Diogenes Taschenbuch 20975

Stendhal Werkausgabe

Band 10

Stendhal

Amiele

Romanfragment

*Deutsch von
Arthur Schurig
Mit Fragmenten
und Aufzeichnungen
aus dem Nachlaß
des Autors*

Diogenes

Lamiel erschien erstmals 1889.
Die vorliegende Ausgabe folgt unverändert der
Edition Albert Langen / Georg Müller Verlag
München 1921–24.
Umschlag: Ausschnitt aus
Portrait de la Comtesse d'Haussonville, 1845,
von Jean-Auguste-Dominique Ingres

Veröffentlicht als Diogenes Taschenbuch, 1981
Alle Rechte vorbehalten
60/81/9/1
ISBN 3 257 20975 4

Inhalt

1. Kapitel: Carville 7
2. Kapitel: Die Mission 15
3. Kapitel: Die Waschweiber 27
4. Kapitel: Räubergeschichten 37
5. Kapitel: Die Vorleserin 42
6. Kapitel: Arzt und Pfarrer 53
7. Kapitel: Amielens Krankheit 60
8. Kapitel: Das Fest im Turm 70
9. Kapitel: Amielens Erziehung und der Abbé Clément 74
10. Kapitel: Was ist Liebe? 83
11. Kapitel: Fedor von Miossens 93
12. Kapitel: Nachrichten aus Paris 105
13. Kapitel: Die Abreise 113
14. Kapitel: Amielens Lektüre 117
15. Kapitel: Die Liebe im Walde 125
16. Kapitel: Duvals Herr 129
17. Kapitel: Der Paß 135
18. Kapitel: Stechpalmengrün 144
19. Kapitel: Amiele und Mademoiselle Volnys 153
20. Kapitel: Paris 160
21. Kapitel: Der Graf Neerwinden 166
22. Kapitel: Der Pistolenschuß 175
23. Kapitel: Der Hutmacher von Périgueux 183
24. Kapitel: Getrennte Schlafzimmer 192
25. Kapitel: Der Abbé Clément 199
26. Kapitel: (Entwurf) 208

Aus einem späteren Kapitel 209
Bruchstücke 211
Anhänge 213
Letztes Bruchstück 222

Erstes Kapitel

CARVILLE

Ich finde, wir sind ungerecht gegen die landschaftliche Schönheit der Normandie, die uns so nahe liegt, daß wir sie von Paris aus am Abend erreichen. Man rühmt die Schweiz; aber ihre Berge muß man mit drei Tagen Langerweile und den Scherereien mit den Zollbeamten und Paßämtern bezahlen. In der Normandie ist unser von der Gradlinigkeit der Großstadt und ihren Mauern ermattetes Auge alsbald von einem Meer von Grün umflutet. Paris entschwindet und mit ihm das trübselige graue Flachland. Die Landstraße schlängelt sich durch eine Reihe anmutiger Täler, zwischen ansehnlichen Hügeln, deren bewaldete Rücken sich zuweilen recht keck am Himmel abzeichnen. Der beengte Horizont regt die Phantasie an: ein ungewohntes Vergnügen für den Pariser.

Und kommt man weiter, so erschaut man zur Rechten zwischen den Bäumen, die die Felder verdecken, das Meer, — das Meer, ohne das sich keine Landschaft wahrhaft schön nennen darf.

Wenn das Auge, das in diesem Paradiese den Reiz der Fernen entdeckt, nach Einzelheiten sucht, so erkennt es, daß jeder „Busch" ein mit Wällen umgebenes Stück Land ist. Diese Dämme, von denen alle Felder gradlinig begrenzt werden, sind mit Reihen junger Ulmen gekrönt.

Solch ein Landschaftsbild sieht man, wenn man sich von Paris her dem Meere nähert, zwei Wegstunden vor dem Marktflecken, in dem sich in den dreißiger Jahren die Geschichte der Herzogin von Miossens und dem Doktor Sansfin abgespielt hat.

Nach Paris zu liegt das Dorf unter Apfelbäumen, in der Niederung verborgen. Zweihundert Schritte hinter den letzten Häusern, die sich von Nordwesten nach dem Meere und dem Sankt-Michels-Berg hin ausdehnen, kommt man, auf einer jüngsterbauten Brücke, über ein klares Bächlein, das munteren Geistes dahineilt. In der Normandie haben nämlich alle Dinge Geist. Nichts geschieht ohne Warum und Wieso, und oft ist dieses sehr schlau ausgeklügelt. Aber das ist es nicht, warum mir Carville lieb und wert ist; und damals, als ich zur Rebhühnerzeit dort weilte, hätte ich, wie ich mich erinnere, Französisch am liebsten nicht verstanden. Ich, der Sohn eines unvermögenden Notars, bekam Unterkunft im Schlosse der Frau von Albret-Miossens, der Gattin des ehemaligen Herrn dieser Gegend. Sie war erst 1814 wieder nach Frankreich gekommen. Um 1826 schätzte man solche Leute.

Carville zieht sich zwischen Wiesenland hin, in einem Tale, das beinahe mit dem Strand des Meeres gleichläuft, welches man von jeder kleinen Anhöhe aus erblickt. Dies liebliche Tal wird vom Schlosse beherrscht. Diese friedsamen Reize der Landschaft konnte meine Seele aber nur bei Tage in sich aufnehmen. An den Abenden — und diese begannen um 5 Uhr, wenn die

Glocke zum Diner rief — mußte ich der Herzogin den Hof machen, und sie war keine Frau, die sich ihre Rechte schmälern ließ.

Frau von Miossens war 1778 geboren. Nie vergaß sie ihren hohen Rang, zumal sie in Paris Frömmlerin gewesen und von der Vorstadt St. Germain mit Vorliebe zur Patronesse bei wohltätigen Veranstaltungen gemacht worden war. Übrigens hatten sich damit die Huldigungen besagten Stadtviertels erschöpft. Sechzehn Jahre alt, war sie an einen Greis verheiratet worden, durch den sie eines Tages Herzogin werden sollte. Dies geschah aber erst vierundzwanzig Jahre später, als der Marquis d'Albret seinen Vater verlor. So ging ihre Jugend in der Sehnsucht nach den hohen Ehren hin, die noch zu Karls X. Zeiten (1824—1830) in Frankreich von der Gesellschaft einer Herzogin erwiesen wurden. Madame de Miossens war keine geistig hervorragende Frau.

Das war die große Dame, in deren Hause ich den September verlebte, gezwungen, mich von 5 Uhr abends bis Mitternacht den kleinen Ereignissen und dem großen Klatsch von Carville zu widmen. Den Ort findet man nicht auf der Landkarte. Die Schändlichkeiten, die ich mir von Carville zu erzählen erlaube, sind ein Stück Wahrheit. Mich vom Wirbel des Pariser Lebens zu erholen, dazu ließen mich die normannischen Schelme und Gauner nicht kommen.

Frau von Miossens hatte mich aufgenommen als Sohn und Enkel der trefflichen Herren Lagier, die schon immer die Notare der Familie von Albret-Miossens, d. h. des Hauses Miossens, das sich von Albret nannte, waren.

Die Jagd des Gutes war prächtig und vorzüglich gepflegt. Der Gatte der Schloßherrin, Pair von Frankreich, Ritter höchster Orden, ein Erzmucker, klebte dauernd am Königlichen Hofe, und das einzige Kind, Fedor von Miossens, war noch Schuljunge. Was mich anbelangt, so tröstete mich ein guter Schuß über alles Ungemach. Alle Abende hatte ich den Abbé Dusaillard zu ertragen. Das war ein Kongregationist vor dem Herrn, dessen Geschäft es war, die Pfaffen der Gegend zu überwachen. Sein taciteisches Wesen langweilte mich. Damals hatte ich wenig Verständnis für diese Sorte Charaktere. Dieser Dusaillard lieferte das Glossar zu den Tatsachen, die in der „Quotidienne" den sieben oder acht Krautjunkern des Kreises vermeldet zu werden pflegten.

Dann und wann tauchte im Salon der gnädigen Frau ein höchst drolliger buckliger Mensch auf. Der machte mir mehr Spaß. Er prahlte mit seinen galanten Erfolgen, und man munkelte, ein paarmal habe er wirklich welche gehabt. Dieser wunderliche Kauz nannte sich Doktor Sansfin. Im Jahre 1818 mochte er sechsundzwanzig bis achtundzwanzig Jahre alt sein.

Wenn er sich nicht hätte als Don Juan aufspielen wollen, wäre er gar nicht so übel gewesen. Einziger Sohn eines reichen Bauern jener Gegend, hatte er Medizin studiert, um sich hegen und pflegen zu können. Jäger war er geworden, um allezeit den vielleicht sonst spottlustigen Leuten des Dorfes bewaffnet zu begegnen. Und um sein Ansehen zu vollenden, hatte er einen Bund mit dem Abbé Dusaillard geschlossen.

Der Doktor hätte nicht als Narr gegolten und wäre sogar als Mann von Geist geschätzt worden, wenn er keinen Buckel gehabt hätte. Aber dies Unglück machte ihn lächerlich, zumal er sich anstrengte, durch allerlei witzige Kapriolen darüber hinwegzutäuschen. Er hätte weniger zum Lachen gereizt, wenn er sich angezogen hätte wie alle Welt. So aber wußte man, daß er seine Anzüge aus Paris kommen ließ, und — welch eine unerträgliche Anmaßung inmitten eines normännischen Dorfes! — er hatte zum Diener einen Friseur aus der Hauptstadt. Und da verlangte er, man solle nicht über ihn lachen!

Nun war der Doktor im Besitz eines prächtigen schwarzen, viel zu breiten und unbeschreiblich gutgepflegten Bartes. Der so geschmückte Kopf war wunderschön, wenn ihm — wie schon gesagt — nicht der dazugehörige Körper gefehlt hätte. Dies erklärt Sansfins Vorliebe für das Theater. Wenn er in einer Loge des ersten Ranges saß, so erschien er wie jeder andere Mensch; stand er auf, und ließ er sein armseliges Körperchen, bekleidet nach der neuesten Mode, sehen, so war der Eindruck unausbleiblich:

„Sehen Sie einmal den Frosch!" rief irgendeine Stimme im Parkett.

Dies galt einem Manne, der galante Erfolge haben wollte!

Eines Abends malten wir in die Asche am Kamin — so maßlos langweilten wir uns! — die Anfangsbuchstaben der Frauen, um deretwillen wir ehedem die unsere Eigenliebe demütigendsten Torheiten begangen hatten. Ich erinnere mich, der Anstifter dieser Liebesprobe gewesen zu sein.

Der Vicomte von Sainte-Foi malte ein M und ein B. Hoheitsvoll wie immer, forderte ihn die Herzogin auf, alle die dummen Streiche zu berichten, die er als junger Mann für diese M und diese B vollführt habe, soweit er sie noch wüßte. Herr von Malivert, ein alter Ritter des Ludwigs-Ordens, schrieb A und E. Und nach-

dem er nach Möglichkeit gebeichtet hatte, gab er den
Feuerhaken weiter an den Doktor Sansfin. Ein Lächeln
spielte um aller Lippen. Aber stolz kritzelte dieser hin:
D C J F.

„Donnerwetter! Sie sind jünger als ich und tragen
schon vier Buchstaben im Herzen?" rief der Ritter
Malivert, dem sein Alter ein wenig zu lachen gestattete.

Ernsthaft erwiderte der Bucklige:

„Da die Frau Herzogin uns das Gelübde der Auf-
richtigkeit abgenommen, bin ich verpflichtet, diese vier
Buchstaben zu zeichnen."

Das Diner lag drei Stunden hinter ihnen. Es war vorzüglich gewesen. Unter anderem hatte es Frühgemüse
gegeben, das durch einen der Diener in Paris besorgt
worden war. Und nun waren wir unserer acht bis zehn,
die sich abmühten, ein Gespräch im Fluß zu erhalten.

Bei der Erwiderung des Doktors leuchteten aller
Augen auf. Wir rückten näher an den Kamin. Schon
bei seinen ersten Worten erregte die gesuchte Ausdrucksweise des Erzählers unser Lachen. Seine Ernst-
haftigkeit war zu komisch. Unsere Heiterkeit erreichte
den Höhepunkt, als er uns versicherte, die Schönen
namens D, C, J und F wären allesamt bis zur Raserei
in ihn verliebt gewesen.

Frau von Miossens, die für ihr Leben gern mitgelacht
hätte, machte uns Zeichen über Zeichen, wir möchten
unsere Ausgelassenheit zügeln.

„Sie werden sich einen Schaden tun!" sagte sie zu
Herrn von Sainte-Foi, der ihr am nächsten saß. „Geben
Sie die Losung: Maß halten, meine Herren!"

Der Doktor war dermaßen in seine Gedankenwelt verloren, daß ihn nichts daraus zu vertreiben vermochte.
Ich glaube, er dichtete die Einzelheiten eines Romans,

den er in großen Zügen schon immer in sich trug, und
sie vortragend, hatte er seine Freude daran. Eines fehlte
ihm, wie in der Folge klar zutage trat, als das Glück
an seiner Tür klopfte: er besaß auch nicht ein Lot
gesunden Menschenverstands. An jenem Abend beichtete uns der gute Doktor sein Liebesglück; mehr noch,
seine einzelnen Gefühle und Gefühlsnüancen, zu denen
ihn das Verhalten jener unseligen D, C, J und F verführt hatte, die von ihrem Herrn und Meister häufig
schlecht behandelt worden waren.

Der Vicomte von Sainte-Foi erinnerte den Doktor an
den Marquis von Caraccioli, den bekannten Gesandten
der beiden Sizilien, zu dem Ludwig XVI. einmal gesagt hat: „Sie fangen Liebesgeschichten hier in Paris an,
Herr Baron?" — „Nein, Majestät, ich kaufe sie fix und
fertig!" Den Doktor brachte nichts aus dem Geleise.

Abgesehen von ihrem Standesdünkel hatte die Herzogin ein entzückendes Wesen, und wenn man sie heiter
stimmte, war sie überglücklich. Sie genoß die Fröhlichkeit der anderen. Heiterkeit aber schaffen, das verbot ihr der Hochmut vollständig. Ihr Benehmen war
bewundernswürdig und dabei so sanft, daß es mich
(der ich lediglich der Jagd wegen zwei- oder dreimal
im Jahre nach dem Schloß Carville kam) in den ersten
beiden Tagen immer wieder täuschte und ich ihr Gedankentiefe zutraute. In Wahrheit war sie nichts weiter
als eine gewandt plaudernde Dame der Welt. Dies belustigte mich und überhob mich der Dummheit, ihr Haus
ernst zu nehmen. Sie beurteilte alles vom Standpunkte
des Hochadels, der auf dem alten Rittertume fußte.

Die Revolution von 1789, Voltaire, Rousseau regten
sie nicht auf; alles das war für sie einfach nicht da.
Diese Verrücktheit erstreckte sich bis in allerlei Klei-

nigkeiten. Zum Beispiel betitelte sie den Gemeindevorstand von Carville „Herr Schöppe!" Diese Sonderlichkeit söhnte mich, den Zweiundzwanzigjährigen, mit allem aus. Jedwede Taktlosigkeit glitt an mir ab, so sehr viele ihrer im Schlosse sich ereigneten. Sie hatte die gesamte Nachbarschaft vor den Kopf gestoßen.

Insgeheim langweilte sich die Herzogin unsäglich, während der Mensch, den sie über alles verabscheute, den sie einen „verruchten Jakobiner" nannte, in Paris glücklich war und daselbst regierte. Dieser Jakobiner war kein anderer als der liebenswürdige Akademiker, den man unter dem Namen Ludwig XVIII. kennt.

Des Pariser Treibens überdrüssig, hatte sie sich dem Leben auf dem Lande ergeben, und ihre einzige Zerstreuung war der Klatsch von Carville, über den sie auf das genaueste unterrichtet war, und zwar durch eins ihrer Stubenmädchen, Pierrette, die im Dorfe ihren Liebsten hatte. Es machte mir Spaß zuzuhören, wenn diese in ihrer drastisch-deutlichen Art einer Dame berichtete, die sich ihrerseits einer oft allzu verfeinerten und gedrechselten Sprechweise bediente.

So ödete ich mich so ziemlich im Schlosse. Da traf eine Mission ein, deren Haupt ein überaus redegewandter Mann war, der Abbé Lecloud. Vom ersten Tage an hatte er mich gewonnen.

Diese Gesellschaft versetzte die Herzogin in wahrhafte Glückseligkeit. Nun gab es abends zwanzig Gedecke. Bei Tisch ward viel von Wundern gesprochen. Die Gräfin von Sainte-Foi und etliche andere Damen aus der Umgegend, die abends im Schlosse erschienen, äußerten sich über mich dem Abbé Lecloud gegenüber: ich sei ein Mensch, aus dem etwas werden könne. Es ward mir klar, daß diese hochvornehmen klugen Damen nicht an Wunder glaubten, trotzdem aber nach Kräften diese Legenden unterstützten. Ich fehlte bei keiner der Predigten des Abbé. Angewidert von dem Blödsinn, den er den Landleuten vorschwatzen mußte, würdigte er mich seiner Freundschaft, und, weit entfernt von der Vorsicht des Abbé Dusaillard, sagte er eines Tages zu mir:

„Sie haben eine schöne Stimme, Sie verstehen trefflich Latein, Ihr späteres Erbteil beträgt höchstens 2000 Taler: treten Sie bei uns ein!"

Eine Weile überlegte ich mir den Vorschlag. Er war nicht übel. Wäre die Sekte vier Wochen länger in Carville verblieben, ich glaube, ich hätte mich auf ein Jahr anwerben lassen. Ich rechnete mir aus, daß ich dabei sparen und mir dann dafür ein gutes Jahr in Paris leisten könne. Mit der Empfehlung des Abbé Lecloud hätte ich Aussicht auf eine Unterpräfektur. Das dünkte mich damals der Gipfel des Erfolges. Hätte ich aber zufällig Geschmack an der freien Rede von der Kanzel herab gefunden, so hätte ich schließlich auch dieses Handwerk, gleich dem Abbé Lecloud, betrieben.

Zweites Kapitel

DIE MISSION

Am letzten Tage, an dem die Mission zu Carville predigte, füllten die Adligen, denen der Schreck von 1793 noch immer in den Gliedern lag, und reich gewordene Bürgerliche, die so taten, als gehörten sie dazu, das hübsche gotische Pfarrkirchlein in edlem Wettstreit. Es hatten aber nicht alle Gläubigen darin Platz. Über tausend Leute standen draußen im Friedhof. Auf Geheiß des Abbé Dusaillard waren die Kirchentüren ausgehoben worden, und so drangen hin und wieder Bruchstücke der Predigt hinaus zu der ungeduldigen, leise schwatzenden Menge.

Es hatten bereits zwei Redner gesprochen. Der Tag neigte sich, ein trübseliger Tag im späten Oktober. Ein Chor von sechzig frommen Jungfrauen, vom Abbé Lecloud einstudiert und dirigiert, trug einen besonders ausgesuchten Wechselgesang vor. Als sie geendet, war es vollkommen dunkel. Da bestieg der Abbé Lecloud die Kanzel, um ein erhebendes Schlußwort zu sprechen. Sowie er damit begann, drängte die Menge von draußen gegen den Eingang und an die unteren Kirchenfenster, von denen etliche eingedrückt wurden. Gläubiges Schweigen brütete über der Versammlung. Jedermann wollte den berühmten Kanzelredner hören.

Der Abbé redete an diesem Abend geschwätzig wie ein Blaustrumpfroman. In erschrecklichster Weise schilderte er die Hölle. Seine drohenden Worte hallten durch die dunklen gotischen Gewölbe. Kaum wagte man zu atmen.

Der Abbé schrie förmlich: der Teufel sei jederzeit allgegenwärtig, sogar am heiligsten Ort. Damit gedachte er die Gläubigen zu sich in seine Schwefelhölle zu reißen.

Mit einem Male hielt er inne, um sodann mit unheimlicher, banger Stimme aufzukreischen:

„Die Hölle, in dem Herrn Geliebte!"

Der Eindruck dieses qualvollen Rufes, der durch die finstere Halle der Kirche voller sich bekreuzigender

Gläubigen gellte, war unbeschreiblich. Ich selbst fühlte mich ergriffen. Der Abbé starrte auf den Altar, als warte er auf irgend etwas. Und kreischend rief er zum anderen Male:

„Die Hölle, Geliebte in dem Herrn!"

Zwei Dutzend „Frösche" gingen hinter dem Altar los und übergossen die todblassen Gesichter mit blutrotem Höllenlicht. In diesem Moment empfand bestimmt kein Anwesender Langeweile. Ein halbes Hundert Frauen fielen ohnmächtig ihren Nachbarn in die Arme. Frau Hautemare, des Küsters Frau, lag leblos da. Und da sie unter den Frauen des Dorfes als Allerfrömmste galt, bemühte man sich allgemein um sie. Ein Haufen Jungens lief zum Küster. Unwirsch wies er sie fort. Die Pflicht hielt ihn auf seinem Posten. Er war eifrigst dabei, auch die winzigsten Reste der Platzpatronen aufzulesen und beiseite zu bringen.

Dieser Auftrag war ihm von Herrn Dusaillard, dem gefürchteten Seelenhirten des Dorfes, gegeben und mehr als einmal erläutert worden, und Hautemare hütete sich, dagegen zu verstoßen. Der Pfarrer war es hauptsächlich, dem der Küster seine Stellung verdankte; er erbebte, wenn er ihn nur die Stirn runzeln sah.

Der Pfarrer hatte seine Herde von der Orgelempore aus im Auge. Und wie er merkte, daß alles gut gegangen war und aus keinem Munde das Wort „Frösche!" laut ward, da lenkte er seine Schritte nach dem Kirchhofe. Mich dünkte es, er war ein bißchen eifersüchtig auf den Bombenerfolg des Abbé Lecloud.

Der Missionsprediger verfügte nicht über die Macht, im passenden Augenblick zu strafen oder zu belohnen und jedweden fremden Willen zu knebeln wie der Pfarrer. Dafür besaß er eine Redegewandtheit, über die jener nicht im entferntesten verfügte. Der Pfarrer gestand sich seine Unterlegenheit nicht ein.

Als er so viel Volk im Friedhofe sah, vermochte er der Versuchung nicht zu widerstehen. Er kletterte auf den Sockel des Kirchhofkreuzes und hielt seinerseits eine Ansprache an seine Herde. Was mich bei seiner Rede stutzig machte, war, daß er es vermied, den eben erfolgten Feuerzauber am Altar Wunder zu nennen. Er sagte sich, derlei dürfe man erst ein halbes Jahr später offen als Wunder bezeichnen.

Während seiner Rede horchte er gespannt, ob er nicht doch das Wort „Frösche" oder einen der heiligen Stätte unwürdigen Witz vernähme. Seine derart geteilte Aufmerksamkeit trug nicht dazu bei, in ihm zu entflammen, woran es ihm schon sowieso ermangelte: die Inspiration. Er ward mißlaunig und fing an, sich die räudigen Schafe herauszuholen. Der Ingrimm brachte seine Worte etwas in Feuer. Seine Blicke entflammten insbesondere über drei Individuen, die inmitten der frommen Weiber im Friedhofe standen.

Der arme Pernin, ein Mann mit schwindsüchtigem Gesicht, starrte den Pfarrer in einer Weise an, die diesem lästig war. Der blasse junge Mann war ehedem Mathematiklehrer an einem Königlichen Gymnasium gewesen; man hatte ihn weggejagt, weil der Anstaltsgeistliche erklärt hatte, Mathematiker seien Atheisten. Er hatte sich dann nach Carville geflüchtet, zu seiner unvermögenden Mutter. Er erteilte etlichen Kindern den ersten Rechenunterricht. Entdeckte er an dem oder jenem Buben die nötige Begabung, so unterwies er ihn unentgeltlich in der Geometrie.

Der Doktor Sansfin sandte ihm einen siegesfrohen Blick zu. Den reizsamen Pfarrer schüttelte es. Die kluge Opposition des Mediziners nötigte ihn zu allerhand Konzessionen. Der Gottesmann fand, Sansfin sei viel zu selbstherrlich; offenbar suchte er nach Gelegenheiten, ihn in eine jener Verschwörungen zu verstricken, die damals an der Tagesordnung waren. Er hielt ihn zu allem fähig; es kam ihm nur auf eines an: seinen Buckel von den Dorfschönen, denen er in unverschämter Art und Weise den Hof machte, als nebensächlich betrachtet zu sehen. „Das ist die Sorte Leute," meinte Dusaillard bei sich, „die imstande ist, das gottlose Wort ‚Frösche!' in die Gemeinde zu schleudern. Geschieht es jetzt, so ist die ganze Sache im Nu zuschanden gemacht. In vier Wochen brauchen wir keine Angst mehr zu haben!"

Des Pfarrers Wut erreichte ihren Höhepunkt, als er keine zehn Schritte vor sich auch noch den ironischen verwunderten Blick eines städtischen Schülers auffing. Es war Fedor von Miossens, der einzige Sohn der Herzogin.

„Der Pariser Bengel!" murmelte der Pfaffe. „Aus dieser Brutstätte des Spottes ist noch nie etwas Gutes gekommen. Dicht am Altar ist der Ehrenplatz seiner Familie. Möglicherweise hat er die Zündschnur bemerkt. Er braucht bloß ein Wort fallen zu lassen, und die dummen Bauern, denen die Miossens halbe Götter sind, plappern es nach wie ein Orakel!"

Diese Überlegungen brachten die Beredsamkeit des Pfarrers schließlich gänzlich aus dem Geleise. Obendrein gewahrte er, daß die Weiber den Kirchhof in Masse verließen. Also mußte er wohl oder übel seine Kapuzinade abbrechen, wenn er nicht Gefahr laufen wollte, am Ende vor dem leeren Platze zu predigen.

Eine Stunde später war ich Zeuge, wie der grimmige

Dusaillard dem jungen Kaplan Lamairette, Fedors Erzieher, die schrecklichste Szene machte. Er stellte ihn auf das Schärfste zur Rede, weil er sich in der Kirche von seinem Zögling getrennt habe.

„Er ist mir entwischt, Herr Pfarrer!" stotterte der arme Kaplan schüchtern. „Ich habe ihn allerorts gesucht. Gewiß sah er mich auch, aber er wollte mir absichtlich fern bleiben."

Der Pfarrer kanzelte ihn nach allen Regeln der Kunst ab, wobei er sogar mit der Ungnade der Frau Herzogin drohte.

Der verängstigte junge Mann stammelte:

„Herr Pfarrer, damit brächten Sie mich um mein Brot! Wenn mir auch noch die gnädige Frau Vorwürfe macht, weiß ich mir nicht mehr zu helfen. Was kann ich im Grunde dafür, wenn der kleine Graf, dem sein Diener von früh bis abends vorhält, er werde dermaleinst Herzog und steinreich sein, ein kleiner Schelm ist, dem es den größten Spaß macht, mich zum besten zu haben?"

Diese Antwort gefiel mir. Ich erzählte sie der Herzogin wieder und brachte sie zum Lachen.

Pfarrer und Kaplan redeten weiter.

„Ich möchte am liebsten wieder zu meinem Vater, der im herzoglichen Palast in Paris Pförtner ist, und meinen Ehrgeiz darauf beschränken, sein Nachfolger zu werden."

„Sie frecher Jakobiner!" schrie der Pfarrer. „Wer bürgt Ihnen dafür, daß Sie sein Nachfolger werden, wenn ich Ihnen das Genick breche?"

„Der Herr Herzog ist mir gnädig gesinnt!"

Dem kleinen Kaplan standen die Tränen in den Augen; er mußte alle Kraft zusammennehmen, um seine tiefe Erregung vor seinem schrecklichen Berufsgenossen zu verbergen.

Fedor war gekommen, um die reine Luft seiner Heimat vierzehn Tage zu genießen. Er sollte mit Macht gescheit werden. Zu diesem Zwecke kamen täglich acht Lehrer, ihn zu unterrichten. Übrigens hatte er bei seiner schwächlichen Gesundheit Erholung recht nötig. Gleichwohl mußte er am zweiten Tage nach dem Wunder nach Paris zurück. Der einstige Erbe so vieler schöner Besitztümer durfte somit nur drei Tage im Schlosse seiner Väter übernachten. Das war das Werk des Pfarrers. Wir, Lecloud und ich, lachten. Es war dem Pfarrer nicht leicht geworden, die Herzogin zum Nachgeben zu bewegen. Er sah sich genötigt, mehr denn einmal das allgemeine Interesse der Kirche ins Spiel zu ziehen.

Er fand die Herzogin außer sich. Die „Frösche" hatten sie zu Tode erschreckt. Im ersten Augenblick hatte sie einen neuen Aufstand der vereinten Jakobiner und Bonapartisten zu erleben vermeint. Wieder im Schlosse, entdeckte sie einen zweiten Anlaß, im höchsten Maße ungehalten zu sein. In der Aufregung über den Feuerzauber hatte sich ihr falsches Haar verschoben, und eine Stunde lang waren etliche Silbersträhne sämtlichen Dorfbewohnern unverdeckt zur Schau gestellt gewesen, sodann den Dienstboten, die zuvörderst getäuscht werden sollten.

„Warum haben Sie mich nicht ins Vertrauen gezogen?" sagte sie in einem fort zum Pfarrer. „Ist es recht, daß man in meinem Dorfe etwas ohne mein Wissen tut? Gedenkt die Geistlichkeit, ihren sinnlosen Kampf gegen den Adel wieder aufzunehmen?"

Es war ein weiter Schritt von diesem Grad der Empörung bis zur Zurücksendung Fedors nach Paris. Der Ärmste, der so blaß aussah und so glücklich war, im Park herumzutollen und aufs Meer hinauszuschauen! Trotzdem gewann Dusaillard die Oberhand.

Der Junge fuhr betrübt wieder ab, und der Abbé Lecloud sagte zu mir:

„Dieser Dusaillard kann nicht reden, aber er versteht es, die Kleinen zu behandeln und die Mächtigen herumzukriegen, was beides gleich wertvoll ist."

Während Fedors Abreise das Schloß beschäftigte, hatte Frau Hautemare, des Küsters Ehefrau, eine ernste Unterredung mit ihrem Manne. Dies ward alsbald der Herzogin getreulich hinterbracht; sie fand so viel Spaß daran, daß sie ihres Sohnes Weggang vergaß.

Hautemare versah als Küster, Kantor und Schulmeister drei Ämter, die alle mit der Kirche in Verbindung standen. Sie trugen ihm monatlich insgesamt 20 Taler ein. Im zweiten Jahre der Regierung Ludwigs XVIII. (1816) hatten der Pfarrer und die Herzogin ihm die Genehmigung erwirkt, eine Schule für die Kinder der legitimistischen Bauern zu eröffnen. In der Folge hatte das Ehepaar Hautemare anfangs 20, dann 40, schließlich 60 Franken allmonatlich zurücklegen können. Sie wurden wohlhabende Leute.

Ehrenmann, der er war, hatte Hautemare der Herzogin den Namen eines Jakobiners verraten, eines Bauern, der sich erdreistet hatte, Hasen wegzuknallen. Überzeugt, daß sämtliche Hasen der Gegend zu ihren Fluren gehörten, faßte sie den Hasenmord als persönliches Attentat auf.

Diese Denunziation hatte des Küsters und seiner Schule Glück begründet. Die Herzogin geruhte im großen Saale des Schlosses eine Preisverteilung abzuhalten. Sie ließ den Raum festlich schmücken und Stuhlreihen aufstellen in zwei Abteilungen. Der Haushofmeister lud die Gutsbesitzersfrauen, die Mütter von Schuljungen waren, auf den ersten Platz ein; die gewöhnlichen Bauernfrauen auf den zweiten. Hatte bis dahin die Schülerzahl ein Dutzend betragen, so stieg sie jetzt auf ein Schock. Zugleich stieg das Vermögen des Schulleiters; und so war es nicht lächerlich, daß Frau Hautemare am Tage des Feuerzaubers nach dem Abendessen zu ihrem Manne sagte:

„Es ist dir wohl nicht entgangen, daß der Herr Abbé Lecloud gegen Ende seiner Ermahnung von der Pflicht der Reichen gesprochen hat? Je nach ihrem Vermögen sollen sie Gott eine Seele darbringen. Diese Worte lassen mir keine Ruhe. Der liebe Gott hat uns Kinder versagt. Wir machen beträchtliche Ersparnisse. Wem fallen sie dermaleinst zu? Werden sie zu erbaulichen Dingen verwendet werden? Wessen Schuld wäre es, wenn dies Geld in die Hände übelgesinnter Leute kommt, z. B. in die Hände deines Neffen, dieses gottlosen Menschen, der 1815 in einem jener Räuberregimenter, ‚Freikorps' genannt, gegen die Preußen marschiert ist? Es wird sogar gemunkelt (woran ich aber nicht glauben mag), er habe einen Preußen erschossen..."

„Nein, nein!" unterbrach sie der biedere Hautemare. „Das ist nicht wahr! Einen Verbündeten unseres vielgeliebten Königs Ludwig gemordet! Nein, nein! Mein Neffe ist ein Tollkopf. Wenn er einen sitzen hat, ist er ein Lästermaul. Ich gebe auch zu: in die Messe geht er selten. Aber einen Preußen hat er nicht getötet!"

Frau Hautemare ließ ihren Gatten eine Stunde lang über diesen Gegenstand weiter schwatzen, ohne ihm die

Gnade einer Widerrede zu gönnen. Als sie der Rederei überdrüssig war, sagte sie endlich:

„Das beste wäre, wir nähmen ein kleines Mädchen an Kindesstatt an, erzögen es in Gottesfurcht und brächten damit dem lieben Gotte buchstäblich eine Seele dar. Und in unseren alten Tagen hätten wir eine Stütze."

Der Vorschlag machte sichtlich tiefen Eindruck auf ihren Ehemann; hieß dies doch, seinen Neffen Wilhelm Hautemare, einen Träger seines eigenen Namens, enterben. Er sträubte sich umständlich dagegen; schließlich aber meinte er kleinlaut:

„Dann wollen wir wenigstens die kleine Yvonne annehmen."

Das war das Jüngste seines Neffen.

„Dies Kind wäre nie und nimmer wirklich unser", erwiderte Frau Hautemare. „Sobald der Jakobiner sieht, daß wir sie gern haben, etwa nach einem Jahre, wird er damit drohen, sie uns wieder wegzunehmen. Dann sind die Rollen vertauscht. Dein Neffe, der Jakobiner und Kriegsfreiwillige von 1815, hat die Entscheidung. Es wird uns pekuniäre Opfer kosten, die Kleine behalten zu dürfen."

Ein halbes Jahr lang quälten sich die beiden Eheleute mit dieser schwierigen Frage ab. Das Ende vom Liede war, daß der biedere Hautemare, versehen mit einem Empfehlungsschreiben des Abbé Dusaillard, in dem er den Titel „Direktor" führte, in Begleitung seiner Frau im Rouener Findelhause erschien.

Sie suchten sich ein kleines vierjähriges Mädchen aus, das vorschriftsmäßig geimpft war und soweit recht nett aussah.

Es war Amiele.

Nach Carville zurückgekehrt, verbreiteten sie, die kleine „Aimable Miel" sei eine Nichte, aus der Nähe von Orléans gebürtig, das Kind eines Vetters namens Miel, Schreiners von Beruf. Die Dorfbewohner ließen sich nichts weißmachen. Und der bucklige Doktor Sansfin meinte, die Kleine sei der Angst entsprossen, die der Teufel ihnen am Tage des Feuerzaubers eingejagt habe.

Es gibt überall gute Menschen, sogar in der Normandie, dort allerdings weit seltener als anderswo. Die Guten von Carville entrüsteten sich, wie sie sahen, auf welche lieblose Weise Hautemares Neffe mit seinen sieben Kindern enterbt ward. So bekam Amiele den Namen „Teufelskind". Verheult kam Frau Hautemare zum Pfarrer und fragte ihn, ob dieser Name ihnen nicht Unglück bringen müsse. Zornentbrannt drohte ihr dieser, solcher Zweifel mache sie allein schon reif für die Hölle. Er fügte hinzu, er nähme Amiele fortan unter seinen persönlichen Schutz.

Acht Tage später machten die Herzogin und er bekannt, Hautemare richte eine zweiklassige Schule ein. Die Herzogin ließ die Schulbänke mit altem Stoff bekleiden. Das waren die Sitze für die Kinder der Ersten Klasse. Die Zweite Klasse saß auf den rohen Holzbänken. Die Erste Klasse zahlte nicht vier Franken Schulgeld, wie bisher, sondern fünf. Und Fräulein Anselma, der Herzogin erste Zofe, vertraute ein paar Busenfreundinnen an, ihre Herrin habe die Absicht, bei der nächsten Preisverteilung die Mütter aller Schüler der Ersten Klasse auf die ersten Stuhlreihen einzuladen, auch wenn sie nur einfache Bauerfrauen wären.

Ein halbes Jahr darauf mußten beinahe alle Schulbänke mit Stoff bezogen werden. So wurden Hautemares reiche Leute. Sie verdienen es, daß wir uns etwas näher mit ihrem Charakter beschäftigen.

Hautemare war ein Mustermensch, ein grenzenloser Frömmler. Sein Sinnen und Trachten galt einzig und allein seinen kirchlichen Diensten. Stand eins der bemalten Holzgefäße, in denen künstliche Blumen prangten, nicht peinlichst symmetrisch auf dem Altar, so hielt er die ganze Messe für umsonst. Er eilte zum Pfarrer und beichtete ihm sofort diese seine große Sünde. Montags darauf lieferte dies Ereignis den Gesprächsstoff in der Unterhaltung des Küsters und der Herzogin. Sie, die Paris anödete, weil sie dort nicht mehr für jung und schön galt, hatte sich allmählich in Carville eingewöhnt. Als einzige Gesellschaft hatte sie ihre Kammerjungfern und den Pfarrer. Der langweilte sich in ihrer Nähe, und da er Angst hatte, Unklugheiten zu reden, erschien er im Schlosse nur auf Augenblicke. Sonntags, beim Hochamt, beweihräucherte er die Herzogin zuweilen, und jeden Montag hatte Hautemare die Ehre, das Riesenstück geweihten Brotes, das der Sitte gemäß tags vorher der Herzogin auf ihrem Herrschaftsplatz in der Kirche dargereicht worden war, in das Schloß zu tragen. Die große Dame hielt auf dies Stück Brot, den glänzenden, ziemlich einzigen Rest verblichener Ehren, die ihrem Hause seit mehr denn vier Jahrhunderten erwiesen wurden.

Die Herzogin pflegte den Küster, wenn er seine Aufwartung mit dem geweihten Brot machte, auf feierliche Art zu empfangen. Ihr Kammerdiener, den Degen angetan, öffnete beide Flügel der Türe des Empfangssaales, denn an diesem Tage galt der Küster als der amtliche Vertreter des Geistlichen gegenüber dem

Patronatsherrn. Ehe Hautemare das Schloß wieder verließ, begab er sich in den Speisesaal, wo ein Gabelfrühstück für ihn bereit stand. Darauf kehrte er ins Dorf zurück und erzählte Hinz und Kunz, sodann seiner Frau und Amielen, was man ihm Feines vorgesetzt, sowie Wort für Wort, was die Herzogin allergnädigst mit ihm geredet hatte. Und abends vor dem Einschlafen besprach das Ehepaar gründlich, wie sie die Almosen, die die Herzogin ihm mitgegeben hatte, verteilen wollten. Durch dieses Vertrauen der Herzogin, und durch den Einfluß, den sich Hautemare durch zwanzigjähriges Katzbuckeln und blindes Gehorchen bei dem ob seines Jähzorns gefürchteten Pfarrer verschafft hatte, war der Küster eine gewichtige Persönlichkeit geworden, vielleicht die gewichtigste in ganz Carville. Man kann wohl behaupten, daß sein Name im ganzen Kreis Avranches berühmt war; man bediente sich seiner Vermittlung auf mannigfache Weise. Seiner Frau gegenüber war er ein Pantoffelheld. Sie war voller Hochmut gegen die Bauern und, wenn das möglich war, noch frömmlerischer als er. Amiele hörte sie in einem fort von Pflichten und Sünden predigen.

Drittes Kapitel

DIE WASCHWEIBER

Am Ausgange von Carville, nach dem Meere zu, hat man linker Hand ein kleines Tal, in dem der Houblon heranfließt, das Bächlein mit dem munteren Geiste. Lange Wiesenhänge prangen an seinen beiden Ufern.

Auf dem linken Ufer dieses Baches leuchtet ein unlängst von der Herzogin erneuerter Fahrweg mit seinen großen Prellsteinen, die den Beruf haben, Unvorsichtige vor einem Sturz in den reißenden Bach zu bewahren, dessen Spiegel hier gut zehn Fuß tief liegt. Auf des Pfarrers Rat hin hatte sich die Gutsherrin verpflichtet, diesen zum Schlosse hinaufführenden Weg im Stande zu halten, wofür das Budget der Gemeinde mit hundert Talern belastet worden ist. Eine rechtsprechende Großgrundbesitzerin empfängt einen Zuschuß von dreihundert Franken von einer Gemeinde. Ein lächerlicher Zustand! Das war anno 1826! Zu diesem Zeitpunkt beginnt nämlich unsere höchst unmoralische Geschichte.

Zehn Minuten von der Brücke entfernt breitet sich eine dritte Wiese vor einem aus, die von der Mündung der Decise in den Houblon an hochsteigt. Entlang der Decise, die starkes Gefälle hat, läuft auf ihrer linken Seite ein Pfad, der die Höhe der dritten Wiese in etlichen Zickzacks erklimmt. Hebt der Wanderer seine Augen, so gewahrt er zur Linken die Ausläufer von Kieswegen in einem wohlgepflegten englischen Park, und über ihnen die Umrisse von Gebüschen, die dazu dienen, den Parterrefenstern des Schlosses die Fernsicht auf das Meer zu entziehen.

Am Fuße des dritten Hügels, an der Mündung der Decise, befindet sich ein öffentlicher Waschplatz unter einer Riesenlinde. Diesen Ort verwünschte die Herzogin. Er besteht aus zwei mächtigen ausgehöhlten Eichenstämmen und mehreren Steinplatten.

Es war am letzten Tag im September. An die dreißig Weiber waren beim Wäschewaschen. Ein paar besonders wohlhabende Bauersfrauen der reichen Normandie arbeiteten nicht selbst, waren aber gekommen unter dem Vorwande, ihre waschenden Mägde zu überwachen. In Wirklichkeit wollten sie mitschwatzen. An diesem Tage ging es überaus lebhaft zu. Mehrere der Wäscherinnen waren groß, wohlgestaltet, gebaut wie die Diana in den Tuilerien. Ihre feinen ovalen Gesichter hätten für schön gelten können, wenn sie nicht die häßliche Haube getragen hätten, deren Zipfel ihnen in der gebückten Stellung weit in die Stirn hereinhing.

„He! Kommt da nicht unser lieber Doktor auf seinem berühmten Hammel geritten?" rief eine der Wäscherinnen.

„Der arme Hammel! Er hat doppelt zu schleppen, den Doktor und seinen Buckel, der nicht von Pappe ist", sagte ihre Nachbarin.

Alle Weiber erhoben die Köpfe und hörten auf zu arbeiten.

Das seltsame Wesen, das ihre Blicke auf sich zog, mit einem Gewehr über dem Buckel, war kein anderer als unser Freund, der Doktor Sansfin. In der Tat, es war kein leichtes Ding für junge Frauen, ihn vorübergehen zu sehen, ohne zu lachen.

Der Bucklige nahm das übel. Um so fröhlicher ward die Stimmung.

Die Decise bildet dort einen Wasserfall, und der schmale Weg entlang des Baches macht eine Menge kleiner Kehren. Diese kam der unglückselige Doktor, begrüßt von dreißig jauchzenden Stimmen, herab.

„Gib auf deinen Buckel acht! Er könnte runterrutschen, zu uns herabrollen und uns zerquetschen, uns arme Waschweiber hier!"

„Infames Pack!" knirschte der Doktor vor sich hin. „Infames Pack, dies Volk! Und ich dummer Kerl nehme nie einen Groschen von diesem Gesindel, wenn mich die Vorsehung hin und wieder rächt und es mit der oder jenen schönen Krankheit plagt!"

„Haltet's Maul, ihr Weiber!" rief er, indem er langsamer hinabritt, als er gewollt hatte. Was für ein Spaß wäre es den Frauen gewesen, wenn sein Hammel ausgeglitten wäre! „Haltet's Maul und wascht eure Lumpen!"

„Fallen Sie nicht, Herr Doktor! Fallen Sie nicht!" kreischten sie. „Wenn der Hammel Sie abwirft, kommen wir alle und schnallen Ihnen den Buckel ab!"

„Und was schnalle ich euch ab? Eure Unschuld? Ist nicht mehr möglich! Die ist längst zum Teufel! Ihr habt ja auch aller Nasen lang einen Buckel, hinten zwar nicht, aber..."

Vom Schlosse her, auf der schönen Straße, wurde Frau Hautemare sichtbar. Sie ging bocksteif und führte an der Hand ein kleines Mädchen von zwölf bis vierzehn Jahren, dessen Lebhaftigkeit sich offenbar nur widerwillig in die unfreie Art des Spazierganges schickte. Es war Amiele, die sogenannte Nichte.

„Seht, da kommt die Madame Hautemare!" riefen die Waschweiber.

Sie erbosten sich über die Küstersfrau, die „die Dame spielte" und das kleine Mädchen „an der Hand" führte statt es wie alle anderen Dorfkinder herumtollen zu lassen.

Der Hammel, der inzwischen die Zickzacks überwunden hatte, labte sich am Bach, ein Stück oberhalb des Waschplatzes.

Ein paar der Wäscherinnen riefen Frau Hautemare entgegen:

„Hallo, Madame! Das Kindchen des Herrn Bruders, das Nichtchen, rennt Ihnen nicht davon!"

Eine andere:

„Herr Bucklinski, verlier deine Perücke nicht! Wer weiß, ob dein Leibfriseur sie wieder in Schwung bringt!"

Der Doktor antwortete mit einem urwüchsigen Schimpfworte.

Die gottesfürchtige Madame Hautemare, die eigentlich am Waschplatze hatte vorbeigehen wollen, machte schleunigst kehrt und ging den Weg zurück, die Nichte an der Hand. Einstimmiges lautes Hohngelächter begleitete diesen Rückzug.

Sansfin unterbrach das Kreischen, indem er mit seiner spitzigen Stimme brüllte:

„Schweigt, ihr albernen Frauenzimmer! Oder ich lasse meinen Gaul in den Schlamm springen. Dann werden eure Hauben aussehen wie eure Seelen: dreckbespritzt!"

Der Doktor sah puterrot aus; so sehr hatte er sich geärgert. Merkwürdig: er, der sein lebelang darauf bedacht war, sich zu benehmen, ließ sich durch seine Eitelkeit zu Torheiten verleiten. Er sah sie voraus, hatte aber nicht die Kraft, sich zu zügeln. Zum Beispiel hätte er jetzt kein Wort mehr sagen sollen, — und das freche Gerede der Waschweiber hätte sich auf die Küstersfrau gerichtet. Aber gerade in diesem Augenblick wollte er sein Mütchen kühlen.

Eine der Wäscherinnen erwiderte ihm:

„Auch nicht schlimm! Ein Kavalier bespritzt uns mit Dreck. Ein bißchen reines Wasser, und der Schaden ist geheilt! Den Bucklichen sollte man mit was ganz anderem einreiben, das Ekel, das noch nie eine unbezahlte Liebe gehabt hat! Pfui Teufel!"

Kaum waren diese Worte erklungen, da gab der Doktor auch schon seinem Pferde die Sporen und trieb es in den Schlamm am Wassertrog. Der Schmutz spritzte hoch auf und traf die erregten Gesichter, die weißen Hauben und — die gewaschene Wäsche, die auf den Platten lag.

Die dreißig Frauen brachen in eine Flut von Schimpfworten aus.

Der Doktor freute sich höchlichst über seine Untat.

„Jetzt werdet Ihr wohl genug haben!" frohlockte er.

Als aber das Geschimpf nicht enden wollte, konnte er der Versuchung nicht widerstehen, seinen Gaul noch einmal in den Pfuhl zu treiben. Er gab ihm die Sporen.

Eines der Mädel, das dicht vor dem Tiere stand, bekam Angst, und in ihrem Schreck fuchtelte sie mit ihrem Holzklopfer vor den Augen des Hammels herum. Der scheute und machte einen Satz nach rückwärts. Durch den unvermittelten Ruck verlor der Reiter seinen Sitz. Er rutschte aus dem Sattel und sauste kopfüber in den Schlamm, der einen Fuß tief war. Es tat ihm weiter nichts; nur daß er der Blamierte war.

Die Weiber dachten, er habe mindesten einen Arm gebrochen und stoben auseinander. Keine wollte in seiner Nähe gestanden haben, um nicht beschuldigt zu werden.

Blitzschnell war Sansfin wieder im Sattel. Als ihn die Waschweiber, die etliche zwanzig Meter davongelaufen waren, so rasch wieder auf den Beinen sahen, erhoben sie ein Freudengeheul, das des Doktors Wut auf den Höhepunkt brachte. Unheilschwanger griff er nach seiner Flinte. Aber selbige war beim Sturz auf den

Boden gestoßen; das Schloß war verschmutzt und der Zündstein herausgefallen. Davon ahnten die Frauen nichts. Als sie ihn zum Gewehr greifen sahen, suchten sie kreischend das Weite.

Da gab der Doktor seinem Gaule die Zinken und trabte in stärkstem Tempo über die Houblonbrücke seinem Hofe zu.

Die Wäscherinnen suchten ihren Platz wieder auf, reinigten ihre Hauben und wuschen die Wäsche nach. Sie waren übler Laune.

Da erschien Frau Hautemare mit ihrer Nichte von neuem auf der Bildfläche.

„Ah! Da ist die Zimperliese wieder, mit ihrer schönen Nichte!" rief die, die sie zuerst entdeckte.

„Nichte? Blödsinn! Das Teufelskind!" verbesserte eine andere.

„Teufelskind?" höhnte eine dritte. „Sag doch gleich: Wechselbalg! Das Gör hat sie hinter dem Rücken ihres Alten einmal gekriegt, und das dumme Luder hat es anerkennen müssen, bloß um dem armen Neffen eins auszuwischen, dem Wilhelm!"

„Seid lieb und gut, Nachbarinnen!" begann Frau Hautemare im Predigertone. „Keine Unanständigkeiten! Nehmt wenigstens Rücksicht auf das junge Blut an meiner Seite!"

Es hagelte neue Gemeinheiten von allen Seiten.

„Geh, Amiele, geh nach Haus!" befahl die Küstersfrau.

Die Kleine ließ sich das nicht zweimal sagen. Im Nu war sie auf und davon, glückselig, daß sie auch einmal frei dahinlaufen durfte.

Die biedere Frau Hautemare aber ließ es sich nicht nehmen, den Wäscherinnen eine regelrechte Rede zu halten, ungeachtet, daß die dreißig sie überschrien. Schließlich trottete sie heim.

Mißmutiger als sie war Doktor Sansfin.

‚Großer Gott!' sagte er sich, die Straße nach Avranches dahinjagend, ‚muß ich ein Tor sein, daß ich mit solchen Schelmen Streit anfange! Es gibt Tage, an denen ich am besten täte, ich ließe mich von meinem Diener am Bettpfosten festbinden.'

Um seine Gedanken abzulenken, forschte er in seinem Gedächtnis, ob nicht an der Heeresstraße, auf der er noch immer in scharfem Trabe dahinsauste, ein Patient wohnte, den er mit einem ärztlichen Abendbesuch beglücken könne.

Da fand er unversehens etwas Besseres als einen Kranken. Dusaillard, der Pfarrer, war just an diesem Tage im Schlosse Saint-Prix, drei Wegstunden von Carville entfernt, zur Mittagstafel eingeladen. Der Pfarrer war im Hasse furchtbar und einer der Machthaber der Kongregation. Zum Ausgleich indes — daß es in allem Ausgleiche gibt, rettet die Zivilisation in Frankreich — war der fürchterliche Seelensorger kein Freund davon, in seinem Wägelchen allein auf der Landstraße hinzutrotten.

Also empfand er lebhafte Freude, wie er den Doktor vor sich auftauchen sah. Die beiden Männer hätten einander viel Böses zufügen können, aber sie verkehrten miteinander wie Diplomaten. Im Hause der Herzogin hatte der Pfarrer überdies Angst vor den boshaften kleinen Geschichten, die Sansfin genial anzubringen verstand.

Der Arzt begleitete den Pfarrer zu Pferd. Kaum war er aber wieder zu Haus und allein, so verfiel er auch wieder seinem düsteren Leid und der Erinnerung an den

Waschplatz. Doch alsbald ward ihm ein Trost. Man rief ihn an das Bett einens fünfundzwanzigjährigen hübschen jungen Mannes, der an die sechs Fuß lang war und einen festen Schlaganfall erlitten hatte. Sansfin brachte die Nacht bei dem Kranken zu, ließ ihm die nötige Hilfe angedeihen und hatte gegen Tagesanbruch die Freude, dem Verlöschen eines Lebens beizuwohnen.

,Dieser herrliche Körper liegt nun unbewohnt da', philosophierte er bei sich. ,Warum kann meine Seele nicht hinein?'

Es war ihm ein Genuß, schöne Männer sterben zu sehen und die paar hübschen Frauen der Gegend zu quälen, wenn sie krank waren.

Die kleine Amiele war ein viel zu gewecktes Kind, um nicht zu merken, daß etwas Besonderes vorlag, wenn ihre Tante sie ins Dorf zurückschickte. Denn sonst durfte sie keine zwanzig Schritt allein gehen.

Ihr erster Gedanke war — wie ganz natürlich — zu erlauschen, was ihre Tante vor ihr verbergen wollte. Dazu brauchte sie nur auf einem kleinen Umweg zurückzukommen und sich hinter dem baumgekrönten Wall zu verstecken, der den Waschplatz überragte. Während sie daran dachte, daß sie gewiß grobe und kränkende Worte hören würde, Dinge, wovor ihr ekelte, da kam ihr ein Einfall, der sie ungleich mehr reizte.

,Wenn ich scharf laufe,' sagte sie sich, ,kann ich zum Tanzplatz kommen, wo ich erst einmal in meinem Leben habe sein dürfen! Ehe die Tante kommt, bin ich zu Hause.

Carville bestand eigentlich nur aus einer ziemlich breiten Straße, mit einem Platz in der Mitte. Am entgegengesetzten Ende von der Houblonbrücke, also nach

Paris zu, lag die hübsche gotische Kirche, dahinter der Friedhof, und noch ein Stück weiter standen drei große Linden, unter denen Sonntags getanzt ward, zum größten Mißbehagen des Pfarrers Dusaillard. Er behauptete, das Tanzen schände die Toten; die Linden rauschten nämlich nur fünfzig Schritt vom Friedhofe. Vom Häuschen, das die Gemeinde dem Hautemare als Schulmeister eingeräumt hatte, und das an der Straße fast gegenüber dem Friedhof lag, konnte man den Lindenplatz sehen und die Tanzmusik hören.

Amiele entfernte sich auf dem alten Wege, der vom Waschplatz außen um das Dorf nach der Pariser Straße führte. Dieser Pfad ging an den Linden vorbei. Von weitem schon sah sie die Wipfel über den Häusern. Das Herz klopfte ihr. „Gleich werde ich die schönen Bäume aus der Nähe sehen!" jubilierte sie.

Auch daran dachte sie, daß sie, wenn sie nicht durchs Dorf ging, keine Gefahr lief, von gewissen Betschwestern, die neben dem Häuschen wohnten, verraten zu werden.

Wie sie so ums Dorf herum ihren Weg hineilte, begegnete sie zu ihrem Ärger ein paar alten Dorfweibern, die Körbe voller Holzschuhe schleppten.

Ehedem war Frau Hautemare genau so arm gewesen wie diese Weiber und hatte ihr Brot mit derselben Arbeit wie sie verdient. Die Gunst des Pfarrherrn hatte das alles geändert. Die Weiber gingen barfuß und trugen ihre vollen Körbe auf dem Kopf. Auf der Stelle sahen sie, daß Amiele besser denn gewöhnlich angezogen war. Offenbar hatte ihre Tante sie mit aufs Schloß genommen, zur Frau Herzogin.

„He, du!" rief eine. „Dir ist wohl der Kamm geschwollen, weil du vom Schloß kommst?"

Und eine andere schrie: „Hol mich der Teufel! Her mit den schönen Schuhchen! Du kannst ebensogut barfuß laufen wie wir!"

Amiele ließ sich nicht einschüchtern. Sie kletterte am Wegrand hinauf aufs Feld und schimpfte von oben herunter weidlich wieder.

„Meine schönen Schuhe wollt ihr mir stehlen? Weil ihr zu fünft seid? Der Schutzmann wird euch ins Loch stecken! Der ist ein Freund von meinem Onkel!"

„Willst du den Schnabel halten, du Kröte! Du Teufelskind, du!"

Bei diesem Namen schrien alle fünf so laut sie konnten: „Teufelskind! Teufelskind!"

„Um so besser, wenn ich des Teufels Kind bin!" rief Amiele zurück. „Da werde ich niemals so grundhäßlich und grob wie ihr! Der Teufel, mein Vater, wird schon dafür sorgen, daß ich immer hübsch vergnügt bleibe!"

Viertes Kapitel

RÄUBERGESCHICHTEN

Amielens Onkel und Tante hatten es durch fleißiges Sparen dahin gebracht, daß sie im Genuß von 1800 Franken Zinsen im Jahre waren. Das beglückte die beiden, aber ihr hübsches Nichtchen kam dabei vor Schwermut um. In der Normandie sind die Geister frühreif. Mit ihren zwölf Jahren neigte Amiele bereits zu dieser Stimmung. Wenn sie in diesem Alter auftritt und nicht in körperlichem Leiden ihren Anlaß hat, so verrät dies das Vorhandensein von Seele. Frau Hautemare sah die geringste Zerstreuung als Sünde an. Sonntags durfte man nicht nur dem Tanze unter den großen Linden nicht zusehen; man durfte sich sogar nicht einmal vor die Haustür setzen, weil man die Fiedeln hörte, und weil man ein Endchen von dem verruchten Tanze sehen konnte, der den Pfarrer vor Ärger gelb färbte. Amiele weinte voller Trübsal.

Um sie zu beruhigen, gab ihr die liebe Tante Zuckerzeug, und die Kleine, die gern naschte, konnte ihr nicht gram werden. Der Küster seinerseits hielt streng darauf, daß Amiele vormittags und nachmittags je eine Stunde las. Dies erachtete er als seine hochnotpeinliche Pflicht.

„Wenn die Gemeinde mich dafür bezahlt," pflegte er zu sagen, „daß ich den Kindern das Lesen beibringe, so muß ich zu allererst bei meiner Nichte anfangen; denn nächst dem lieben Gott bin ich die Veranlassung, daß sie in unser Dorf gekommen ist."

Diese regelmäßigen Lesestunden waren dem Kinde eine Marter. Allerdings, wenn der gutmütige Schulmeister sie weinen sah, schenkte er ihr ein paar Pfennige, um sie zu beruhigen. Aber trotz dieses Geldes, das immer flugs in Pfefferkuchenmännchen umgetauscht ward, haßte Amiele das Lesen.

An einem Sonntage, an dem es der Kleinen nicht geglückt war, zu entwischen, und an dem die Tante ihr verboten hatte, zur offenen Türe hinauszuschauen, aus Besorgnis, irgendwelche weiße Haube könne vorbeiparadieren, entdeckte Amiele auf dem Bücherbrette die „Geschichte von den vier Haimonskindern". Der Holzschnitt des Titels entzückte Amiele. Da sie sich aber nicht so ganz klar war, was er darstellte, überlas sie flüchtig, mit einem gewissen Widerstreben, die erste Seite des Buches. Der Inhalt machte ihr Spaß. Sie vergaß, daß ihr zu ihrem Leid verboten worden war, dem Tanzen aus der Ferne zuzusehen, und es dauerte nicht lange, so dachte sie nur noch an die vier Haimonskinder.

Dieses Buch, das Hautemare einem schlechten Schüler weggenommen hatte, vollbrachte einen unglaublichen Umsturz in der Seele des kleinen Mädchens. Den ganzen Abend und die ganze Nacht dachte Amiele an nichts anderes als an die Haimonskinder und ihr Roß. So unschuldig sie noch war, so ahnte sie doch, daß es nicht ein und dasselbe war, sittsam neben dem gebrechlichen alten Onkel einherzugehen, oder in den Armen eines der Haimonskinder im Tanz dahinzufliegen.

So kam es, daß Amiele immer mehr Bücher des Schulmeisters voll toller Lust las, wenngleich sie nicht viel davon verstand. Zum Beispiel verschlang sie, der Liebesabenteuer der Dido wegen, eine Übersetzung der Äneide des Virgil. Das war ein in Pergament gebundener alter Schmöker mit der Jahreszahl 1620. Jedwede Erzählung belustigte sie.

Als sie die Bücher ihres Onkels allesamt durchgelesen und in sich aufgenommen zu haben glaubte, suchte sie die ältesten und häßlichsten heraus und schleppte sie zum Krämer im Dorfe. Der gab ihr dafür ein halbes Pfund Traubenrosinen sowie drei Hefte Räubergeschichten.

Man weiß, daß diese Art Literatur durchaus nicht im Sinne unseres tugendreichen Jahrhunderts geschrieben ist. Die Akademie Française hat sich auch noch nicht damit abgegeben; folglich ist dies Genre gewiß nicht langweilig. Kurz und gut, alsbald hatte Amiele nichts mehr im Kopfe als alle die Helden dieser Hefte, deren Lebensende ausnahmslos zwischen Himmel und Erde und angesichts einer Menge Schaulustiger stattfand, was der kleinen Leserin erhaben dünkte. Hatten sie nicht Mut und Tatkraft ohnegleichen?

Eines Abends beging Amiele eine Unbesonnenheit, jene großen Männer vor ihrem Onkel zu erwähnen. Entsetzt machte er das Zeichen des Kreuzes.

„Merke dir das, Amiele!" rief er aus. „Nur die Heiligen sind große Männer!"

Und Frau Hautemare jammerte:

„Woher mag sie so schreckliche Einfälle haben?"

Und während des ganzen Abendessens unterhielten sich die beiden Biederleute in Amielens Gegenwart von nichts anderem als von den wunderlichen Worten ihres Pflegekindes. Beim gemeinsamen Gebet hernach fügte der Schulmeister ein besonderes „Pater" hinzu, indem er den Himmel anflehte, seine Nichte vor den Gedanken an böse Spitzbuben fortan gnädiglich zu bewahren.

Amiele war ein aufgewecktes Kind, voll Witz und Phantasie. Das Gebet hatte sie tief ergriffen.

‚Warum will Onkel,' sagte sie bei sich, als sie in ihrem Bette lag, ‚daß ich diese Männer nicht bewundere?'

Sie vermochte nicht einzuschlafen.

Mit einem Male kam ihr der verbrecherische Gedanke:

‚Ob mein Onkel der armen Witwe Renoard, der die Steuereinnehmer die schwarze Kuh aus dem Stalle ziehen wollten und der für sich und ihre sieben Kinder nur noch dreizehn Groschen zum Leben blieben, zehn Taler geschenkt hätte wie der Räuber Kartusch?'

Eine Viertelstunde lang weinte Amiele. Schließlich sagte sie sich:

‚Hätte mein Onkel auf dem Blutgerüst die Schläge mit der eisernen Keule ausgehalten, mit der der Henker dem Herrn Mandrin die Knochen kleinschlug, ohne daß der auch nur mit der Wimper zuckte? Bei jedem Steinchen, an das Onkel mit seinem Gichtfuß stößt, stöhnt er kreuzerbärmlich und ohne Ende!'

In dieser Nacht vollzog sich in Amieles Geist eine große Umwälzung. Am anderen Tage trug sie den bilderreichen alten Virgil zum Krämer. Sie wies Feigen und Rosinen zurück und ließ sich dafür eine neue schöne verpönte Räubergeschichte verabreichen.

Der folgende Tag war ein Freitag. Am Abend, als die Tante vom Tisch aufstand, bemerkte sie, daß der Topf, in dem ein Rest Fleischbrühe vom Donnerstag gewesen, leer war. Höchste Verzweiflung ergriff sie. Amiele hatte Fleischbrühe in die Freitagssuppe getan!

„Was ist da weiter dabei?" sagte Amiele leichtfertig. „Wir haben eine gute Suppe gehabt! Vielleicht wäre das bißchen Fleischbrühe gar verdorben!"

Selbstverständlich wurde Amiele wegen dieser gräßlichen Sünde von beiden Alten tüchtig ausgescholten. Die Tante bekam schlechte Laune, und weil sie niemanden anderen hatte, ließ sie ihren Grimm an der Nichte aus. Amiele war bereits viel zu schlau, als daß sie dies der lieben Tante übelgenommen hätte, die ihr immer Zuckerzeug schenkte. Übrigens erkannte sie, daß sie tatsächlich außer sich war, weil sie an einem Freitag Fleischbrühe genossen hatte.

Amiele grübelte wochenlang über diesen Vorfall nach. Da hörte sie zufällig, wie Frau Merlin, die benachbarte Kneipwirtin, zu einem ihrer Kinder sagte:

„Hautemares sind brave Leutchen, nur ein bißchen beschränkt!"

Amiele hegte sowieso eine zärtliche Vorliebe für Frau Merlin, weil sie in ihrer Schenke den ganzen Tag singen und lachen hörte, mitunter sogar Freitags.

„Da haben wir die Geschichte!" rief Amiele mit einem Male wie erleuchtet. „Onkel und Tante sind beschränkt!"

Acht Tage lang redete sie keine zehn Worte. Diese Aufklärung hatte sie jedweder Grübelei enthoben.

‚Mir sagt man derlei nicht!' dachte sie bei sich. ‚Ich bin dazu noch viel zu klein. Das ist wie mit der Liebe, von der ich auch nicht reden darf, obwohl mir niemand sagt, was das ist.'

Seit diesem großen Erlebnis war alles, wovon die Tante predigte, d. h. alles, was Pflicht und Brauch im Dorfe sei, ohne weiteres etwas Lächerliches in Amielens Augen. „Dummes Zeug!" flüsterte sie vor sich hin, wenn Onkel oder Tante irgend etwas sagten. Den Rosenkranz am Abend eines Feiertages nicht abbeten, an einem Fasttage nicht fasten oder in den Wald auf Liebschaften ausgehen, — alles das hatte für Amiele den gleichen Grad der Sünde.

Fünftes Kapitel

DIE VORLESERIN

So wuchs Amiele heran. Sie war fünfzehn Jahre alt, als sich um die Augen der Herzogin von Miossens die ersten Krähenfüße bemerkbar machten. Sie war außer sich über diese Entdeckung. Schleunigst wurde ein reitender Bote nach Paris gesandt, der den berühmtesten Augenarzt, den Doktor de la Rouze, herbeiholte. Der geistvolle Mann stand in nicht geringer Verlegenheit vor dem Bette seiner Patientin, nachdem er die Untersuchung vorgenommen hatte. Er kramte seinen gesamten Schatz an höflichen Redensarten aus, um irgendein griechisches Wort zu finden, das Altersschwäche ausdrückt. Nehmen wir an, dieser schöne Ausdruck hieß „Amorphose".

Herr de la Rouze setzte der Herzogin lang und breit auseinander, die Krankheit rühre von einer akuten Kopferkältung her, wie sie mit Vorliebe junge Frauen zwischen zwanzig und fünfundzwanzig Jahren heimsuche. Er verordnete ihr strenge Diät und verschrieb ihr zwei Schachteln Pillen, die verschiedene Namen trugen, in Wirklichkeit aber beide aus nichts weiter denn Brotkügelchen mit Koloquinte bestanden. Vor allem aber riet er seiner Patientin, sich zu hüten, irgendwelche Ignoranten zu konsultieren, die ihre Krankheit mit einer anderen verwechseln könnten, die eine schwächende Behandlung nötig mache. Weiterhin schrieb er ihr vor, ein halbes Jahr lang nicht zu lesen, zumal nicht abends. Es hieß also, eine Vorleserin zu nehmen; und der Arzt war so gewandt, daß er ihr dies schreckliche Wort „Vorlesen" in den Mund legte, ebenso das noch schrecklichere Wort „Brille". Er tat so, als denke er scharf nach, und schließlich meinte er behaglich, während der Behandlung, die sechs bis acht Monate dauere, sei eine Brille zur Schonung der Augen nicht unangebracht. Er werde es übernehmen, ihr beim besten Optikus von Paris die richtigen Gläser auszusuchen.

Die Herzogin war entzückt von diesem charmanten Manne, der übrigens Ritter sämtlicher europäischen Orden und noch keine vierzig Jahre alt war. Reichlich honoriert, reiste er nach Paris zurück.

Frau von Miossens war in großer Verlegenheit. Wo sollte sie in ihrem Dorf eine Vorleserin auftreiben? Eine derartige Kammerjungfer war selbst in der Normandie schwer zu finden. Es nützte nichts, daß Fräulein Anselma den Wunsch der Gutsherrin im Dorfe bekannt machte.

Der biedere Küster kam sofort auf den Gedanken, das sei ein Posten für seine Nichte Amiele.

‚In ganz Carville‘, sagte er sich, ‚ist niemand geeignet, dies Amt auszufüllen, und die Herzogin ist gescheit genug, daß sie von selbst an Amiele denken wird.‘

Immerhin konnte folgender Einwand erfolgen: Ist ein Findelkind würdig, einer so feudalen Dame vorzulesen?

Zwei volle Wochen ertrugen die Küstersleute die Qual, die ihnen die Ausführung ihres großen Planes bereitete, da trafen eines Abends wichtige Nachrichten über die Vorgänge in der Vendée ein, und zwar durch die „Quotidienne", die regelmäßig abends mit der Post aus Paris kam und im Schlosse abgegeben wurde.

Fräulein Anselma setzte ihre große Lesebrille auf, erfüllte ihr Amt aber so langsam und unverständlich, daß die Herzogin vor Ungeduld schier verging.

Die alte Jungfer war viel zu klug, als daß sie gut vorgelesen hätte. Sie sah darin eine Mehrarbeit, die ihr aufgebürdet wurde, ohne daß ihr Gehalt auch nur um einen Groschen aufgebessert ward. Sie hielt ihren passiven Widerstand für richtig, aber die kluge Jungfrau täuschte sich da doch. In der Folge sollte sie diese Eingebung ihrer Trägheit tausendmal verwünschen.

Plötzlich unterbrach die Herzogin die schauderhafte Vorleserei.

„Amiele!" rief sie. „Man soll sofort anspannen und Amiele holen, Hautemares kleine Nichte! Ihr Onkel oder ihre Tante soll mitkommen!"

Zwei Stunden später erschien Amiele in ihrem Sonntagskleide. Zuerst las sie schlecht, doch so schelmisch, daß die Herzogin sogar das Interesse an den Neuigkeiten aus der Vendée darüber verlor. Die hübschen Augen der Kleinen leuchteten vor Eifer beim Vorlesen der begeisterten Phrasen der „Quotidienne".

‚Sie ist bei der Sache!' sagte sich die Herzogin.

Und als sich Amiele samt ihrem Pflegevater gegen 11 Uhr abends von der Herzogin verabschiedete, war diese bereits fest entschlossen, die Kleine in ihren Dienst zu nehmen.

Frau Hautemare hegte nun aber Bedenken, daß das fünfzehnjährige reife Mädchen abends nach 9 Uhr allein den Weg vom Schloß zum Schulhause zurücklegen sollte, was eine mehr denn drei Wochen lange Verhandlung zur Folge hatte. Diese Verzögerung genügte, um in der Herzogin den zunächst nur oberflächlichen Einfall, Amiele zur Vorleserin für die Abendzeitung bei sich zu haben, zum leidenschaftlichen Wunsche zu steigern. Nach endlosem Hin und Her ward endlich vereinbart, daß Amiele in Anselmas Zimmer über Nacht bleiben solle. Dieses Gemach hatte die Ehre, an das Schlafzimmer der Herzogin zu stoßen. Selbiger Umstand beschwichtigte die Bedenken der eitlen Küstersfrau durchaus, beunruhigte sie jedoch wieder in anderer Hinsicht.

Als alles schon so gut wie abgeschlossen war, sagte Frau Hautemare zu ihrem Mann:

„Höre! Die bösen Zungen im Dorfe werden sagen, unsere Nichte sei in Dienste gegangen. Das ist Wasser auf die Mühle deines Neffen, des Jakobiners. Was hat er uns nicht schon alles nachgesagt! Schändlichkeit über Schändlichkeit!"

Dieses neue Bedenken führte beinahe zum Scheitern der ganzen Sache. Die Herzogin war nämlich der Meinung, es sei eine besondere Ehre für ein Schulmeisterskind, ins Schloß zu kommen, und so sprach sie sich vor Frau Hautemare aus. Da machte die Oberklatschbase des Dorfes einen tiefen Knicks vor der grande dame und ging wortlos von dannen.

„Da haben wir die reine Revolution!" rief die Herzogin außer sich. „Wir irren uns, wenn wir glauben, wir kämen um sie herum. Sie ist im Anmarsch! Schon treibt sie ihr Wesen unter den Leuten, deren Glück wir machen."

Sie war empört, zugleich von Schmerz und Furcht erregt. Nach einer geradezu schlaflosen Nacht ließ sie frühmorgens den biederen Hautemare rufen, um ihm den Kopf gehörig zu waschen. Um so mehr betroffen war sie, als der Schulmeister, verlegen und den Hut in den Händen drehend, vor ihr stand und ihr verkündete, daß Amiele denn doch zu schwach auf der Brust sei, um der hohen Ehre gewachsen zu sein, die ihr die Frau Herzogin gnädigst zugedacht habe.

Die Antwort auf diese Impertinenz war dem „Bajazet" des Racine entlehnt. Sie bestand in dem einzigen Wörtchen:

„Hinaus!"

Die Herzogin hatte sich erkühnt, diese Angelegenheit zu erledigen, ohne mit dem Herrn Pfarrer Rücksprache zu nehmen. Der hohe Geist des schlauen Seelenhirten hatte öfters ihren Widerspruch erregt, und so hatte sie zuweilen auf seine allzu törichten Einreden sehr kurzgefaßte Antworten gehabt.

„Noch schöner!" hatte sie ihm einmal gesagt. „Vor Anno 1789 wäre das unmöglich gewesen!"

Seitdem vermied sie es nach Möglichkeit, mit dem Pfarrer über wichtige Dinge zu sprechen. Manchmal, wenn sie ihn zu Tisch gebeten, redete sie nur zwei Worte mit ihm, eins, wenn er erschien, und das andere, wenn er sich empfahl. Den klugen Mann belustigte dies hochmütige Gebaren; geduldig harrte er der Stunde, da sie ihn nötig haben würde.

In ihrem Grimm über den Schulmeister befahl sie den Pfarrer unverzüglich zu sich, war aber nicht genial genug, ihn zunächst zu Tisch zu bitten und erst gegen Ende der Mahlzeit von Amiele zu sprechen.

Dusaillard meinte, die Angelegenheit sei nicht gut eingefädelt und gründlich verfahren. Ehe man etwas fordere, hätte man irgendwelchen Tadel an der Hautemareschen Schule finden sollen. Diese sei die Quelle des Wohlstands und der Überhebung des Küsters und seiner Frau. Man hätte ihm androhen sollen, die Schule zu schließen, ja, man hätte sie im Notfalle tatsächlich schließen müssen. Dann wären die Hautemares de- und wehmütig gekommen und hätten himmelhoch um Amielens Aufnahme im Schloß gebeten.

Der Pfarrer ließ die Herzogin den begangenen großen Fehler in seiner ganzen Ärgerlichkeit fühlen. Warum sie sich nicht von vornherein seines Beistandes bedient habe? Nun, in ihrer mißlichen Lage, wo sie in ihrer Eitelkeit durch einen Bauernlümmel gekränkt sei, könne er ihr keinen Rat erteilen.

Die große Dame regte sich derart auf, daß sie das

bißchen gesunden Menschenverstand verlor, das sie sonst in geschäftlichen Dingen hatte. Sie vergaß sogar ihre Würde. Fräulein Anselma mußte an den Küster einen Brief schreiben, in dem sie ihm im Auftrag der gnädigen Frau mitteilte, Fräulein Amiele Hautemare habe die Ehre, als Vorleserin bei der Frau Herzogin angestellt zu sein, bis eine gelehrtere Person aus Paris eintreffe. Das ganze Dorf entrüstete sich über den Titel „Fräulein" vor dem Namen Amiele.

Dieser war keiner der Schritte entgangen, die ihre Pflegeeltern seit drei Wochen unternommen hatten. Sie sehnte sich glühend nach dem Schlosse. Sie hatte die schönen Möbel in allen Gemächern flüchtig bewundert, hatte vor allem die prächtige Bibliothek mit lauter Bänden in Goldschnitt gesehen, wobei ihr freilich entgangen war, daß alle die herrlichen Bücher in Glasschränken standen, deren Schlüssel die mißtrauische Herzogin immer an ihrer Uhrkette trug.

Als Amiele in dem prächtigen Schlosse ankam, um nun unter seinem ernsten hohen Schieferdache zu wohnen, übermannte sie eine so starke Empfindung, daß sie auf den Stufen der Freitreppe stehenbleiben mußte. Ihre Seele war zwanzig Jahre alt. Als Rat auf den Weg hatte ihr die Tante (die bis an das Tor mitgegangen war, aber nicht eintreten wollte, um sich nicht bedanken zu müssen) eingebläut, sie dürfe niemals vor den Dienstboten lachen und sich nie mit ihnen einlassen. „Andernfalls", hatte sie hinzugefügt, „werden sie dich als Bauernmädel verachten und dich mit allerlei Sticheleien quälen, die so geringfügig sind, daß du dich bei der Herzogin nicht beschweren kannst, aber so grausam, daß du nach wenigen Monaten überglücklich sein wirst, wenn du das Schloß wieder verlassen darfst."

Diese Mahnung wurde verhängnisvoll für Amiele. Mit einem Schlage entschwand ihr ganzes Glück, und tiefe Mutlosigkeit befiel sie, als sie die Gesichter der Kammerfrauen erblickte. Nach drei Tagen war sie bereits so unglücklich, daß sie die Eßlust verlor. Ihr Schlafzimmer hatte einen wunderschönen Teppich, aber sie durfte nicht rasch darüber gehen. Das sei nicht schicklich. Alles in dem herrlichen Schlosse müsse langsam und in gemessener Art geschehen, dieweil es der Wohnsitz einer vornehmen Dame sei. Die Herzogin hatte einen eigentümlichen Hofstaat; er bestand aus acht Kammerfrauen, von denen die jüngste fünfzig Jahre alt war. Der Kammerdiener Poitevin war noch älter; ebenso die drei Lakaien, die den Vorzug hatten, die Gemächer des ersten Stockes zu betreten. Vor dem Schlosse lag ein prachtvoller Garten mit Lindenalleen und verschnittenen Hecken, die dreimal im Jahre zugestutzt wurden. Zwei Gärtner pflegten die Blumenbeete, die sich vor den Fenstern hinzogen.

Am zweiten Tage wurde verfügt, daß Amiele nirgends, selbst nicht an diesen Beeten, wenn nicht in Begleitung einer der Kammerfrauen, einhergehen dürfe; und diese weiblichen Wesen fanden immer, es sei zu feucht oder zu warm oder zu kalt zum Spazierengehen. Innerhalb des Hauses hatten sie, die sich allesamt für noch jung hielten, entdeckt, daß ungedämpftes Licht unvornehm sei, und ähnliches mehr.

Ehe vier Wochen verronnen waren, war Amiele voller Lebensunlust. Die „Quotidienne", die sie alle Abende ihrer Herrin vorlas, trug auch nicht zur Erheiterung ihres Lebens bei. Was war diese ewig gleiche Zeitung gegen die Räubergeschichten, die Amielen die vergnüglichste Lektüre der Welt dünkten! Leider hatte sie vergessen, diese Hefte mit ins Schloß zu nehmen, und wenn sie zuweilen auf ein paar Augenblicke nach Hause fahren durfte, so ließ man sie nicht eine Sekunde allein. Somit konnte sie auch nicht zu ihrem Bücherversteck schleichen.

Sie verlor die Lust am Spazierengehen. Sie fühlte sich so unglücklich, daß ihre noch geringe, aber doch bereits erwachte Eitelkeit nicht einmal wahrnahm, welchen Erfolg sie bei der Herzogin hatte. Er war ungeheuer. Besonders schätzte die große Dame, daß Amiele nicht daran dachte, das „Fräulein" zu spielen.

Von allen den abscheulichen Nachwirkungen der Revolution empfand die Herzogin nichts unangenehmer als die Sucht der Mädchen aus dem Volke, sich als „Damen" zu spreizen. Amiele war viel zu lebendig und bewegungslustig, als daß sie ihren Gang verlangsamt und mit gesenkten Augen einherstolziert wäre. Die Ermahnungen der Kammerfrauen fruchteten nicht viel. Amiele ging zwar langsamer, aber wie eine Gazelle an der Leine: tausend kleine Gesten verrieten ihre ländliche Herkunft. Die Gehweise der guten Gesellschaft, der die Gemessenheit ein Ideal ist, vermochte sie sich nicht anzueignen. Sobald sie sich nicht unmittelbar von den strengen Blicken der Frauenzimmer bewacht sah, flog sie wie der Wind durch die Flucht der Gemächer bis zu dem, wo die Gebieterin weilte. Frau von Miossens war durch die Angebereien ihrer Kammerfrauen von der Unbändigkeit ihres Lieblings unterrichtet. Sie ließ einen der Wandspiegel so aufstellen, daß sie die Heranspringende von ihrem Lehnstuhl aus beobachten konnte.

Der allgemeinen Entrüstung zum Trotz gereichte Amielens lebhaftes Wesen ihr schließlich doch zum Vorteil. Sowie die Herzogin überzeugt war, daß es

Amielen nicht einfiel, eine Dame sein zu wollen, schloß sie sie erst recht in ihr Herz.

Amiele verstand nicht die Hälfte der Wörter, die tagtäglich in der Zeitung vorkamen. Frau von Miossens behauptete aber, um tadellos vorzulesen, müsse man jedes Wort verstehen. Von diesem Standpunkte machte sie sich ein Vergnügen daraus, Amiele alle Abende zu belehren, was die „Quotidienne" brachte. Das war keine Kleinigkeit; aber ohne daß es die Herzogin wahrnahm, entstand ihr aus der allabendlichen Bemühung um die Bildung des kleinen Mädchens eine Beschäftigung, die sie ganz erfüllte. Dadurch dauerte das Vorlesen der Zeitung immer drei Stunden, anstatt eine halbe. Die Weltdame erklärte dem kleinen Bauernmädel, das eine gute Auffassung hatte, aber drollig unwissend war, alle Dinge des Lebens. Schließlich währte der Kommentar zur Zeitung, die der Diener um 8 Uhr ins Zimmer brachte, häufig bis Mitternacht.

„Was? 12 Uhr?" rief die Herzogin vergnügt. „Ich hätte gewettet, es sei erst 10! Das war wieder einmal ein netter Abend!"

Die Herzogin hatte einen Abscheu davor, zeitig schlafen zu gehen. Oft begannen die Erläuterungen am nächsten Morgen von neuem, und zuguterletzt erklärte Frau von Miossens, — deren drittes Wort (welche Lästerung!) war: die Normandie habe Frankreich ins Verderben gestürzt, — die Erklärung der Zeitung genüge nicht zur Erziehung der „Kleinen"; so hieß Amiele im ganzen Schlosse. Ihrer Meinung nach mußte eine vollendete Vorleserin auch die Pointen aller der boshaften Histörchen verstehen, die die „Quotidienne" ihren Leserinnen über die Frauen der Hochfinanz und der Liberalen im Feuilleton auftischte. Nun las die Kleine die „Vieilles du Château" der Madame de Genlis vor, dann eine Reihe anderer Romane der berühmten Moralheuchlerin. Später fand die Herzogin Amielen sogar für würdig, den „Dictionnaire des Etiquettes" kennenzulernen, den tiefsinnigsten Schmöker des neunzehnten Jahrhunderts. Alles, was zur Unterscheidung und vor allem zur Abgrenzung der einzelnen Klassen der Gesellschaft dient, wurde besonders erläutert, denn die Herzogin war in ihrer Jugend nahe daran gewesen, Herzogin zu werden, und nur die Tücke des Schicksals war schuld gewesen, daß sie den ersehnten Titel erst als Vierzigjährige erwarb, als sie, ihrer eigenen Aussage gemäß, keinen Wert mehr darauf legte, in der Gesellschaft eine Rolle zu spielen. Das lange Wartenmüssen hatte ihren von Natur schwachen und mißtrauischen Charakter verbittert. Mit der Jugendfrische fehlte ihr alles andere. Für irgendeinen ins Schloß verschlagenen armen Menschen leidenschaftlich sorgen zu können, hätte ihr Trost vielleicht gebracht; aber ihr Beichtvater hatte eine kleine Entgleisung dieser Art mit solchem Entsetzen aufgenommen, daß sie dann ohne weiteren Sündenfall an der Pforte des Alters angelangt war. Jener Fehltritt aber vermehrte nur ihre bittere Stimmung. Zuweilen fand sie das Bedürfnis, zornig zu sein. Ihr Hochmut wurde von den Damen der Nachbargüter als Verschrobenheit gedeutet, und alsbald stand der Salon der Frau von Miossens im Geruche der höchsten Langweiligkeit. Nur mit Widerwillen ging man hin und wegen der guten Tafel, die sie von ihrer ehemaligen fürstlichen Lebensführung beibehalten hatte.

Sechstes Kapitel
ARZT UND PFARRER

Die angebliche Augenschwäche der Herzogin gab ihr den Vorwand, Amiele dauernd bei sich zu behalten. Das junge Mädchen hatte bei ihr das Vertrauen gewonnen, das bisher ihr eben verstorbener Hund Dash besessen.

Jedem gewöhnlichen Bauernkinde wäre dies neue Leben eine endlose Wonne geworden, Amiele jedoch verlor sehr bald all ihren jugendlichen Frohsinn. Nach ein paar Monaten ward sie ernstlich krank.

Die Sache schien gefährlich, so daß sich die Herzogin darein schickte, den Doktor Sansfin holen zu lassen, der seit Jahren nur zum Neujahrstage im Schlosse erschien. Der Pfarrer Dusaillard hatte dafür gesorgt, daß ihm der Doktor Buirette aus dem nahen Städtchen Mortain vorgezogen wurde. Der Geistliche befürchtete nämlich, Sansfin könne Einfluß auf die Herzogin gewinnen und am Ende gar das angebliche Augenleiden heilen.

Der grenzenlos eitle bucklige Arzt war außer sich vor Vergnügen, als er nach dem Schlosse gerufen ward. Das war das einzige, was seiner Berühmtheit weit und breit gefehlt hatte. Er nahm sich vor, einen tiefen Eindruck zu machen. Seiner Vermutung nach mußte die Herzogin vor Langerweile umkommen.

Während der ersten Hälfte seines Besuches benahm er sich absichtlich grob und ungeschliffen. Er sprach in den sonderbarsten Ausdrücken mit der Herzogin, wohl wissend, daß die große Dame feine, erwogene Worte gewohnt war.

Die Krankheit des jungen Mädchens verwunderte ihn.

„Es ist Lebensunlust!" sagte er zu sich. „Etwas sehr Seltenes in der Normandie. Die Kleine langweilt sich im schönen Wagen der Herzogin, in den Prachtgemächern des Schlosses, an der lukullischen Tafel! Ein merkwürdiger Fall! Den groben Kauz habe ich nun genug gespielt. Es heißt einlenken, lieber Doktor. Sonst hast du hier ausgespielt! Das Grausamste, was ich dieser großen Dame, die mich in diesem Augenblick geringschätzt, antun könnte, wäre, wenn ich erklärte, daß die Kleine zu ihren Verwandten zurückmüsse."

Mit einem Male hatte Sansfin sein gewohntes Benehmen wieder. Dies war nicht gerade vornehm, verriet aber einen bedachtsamen Menschen, der seine Sache verstand und zuzugreifen wußte, wenn er auch keine Zeit hatte, das Feuer seines Geistes zu zügeln und seine Worte zu drechseln.

Er nahm eine Leichenbittermiene an.

„Gnädige Frau," begann er, „zu meinem Bedauern sehe ich mich in der Lage, Ihnen etwas Trauriges eröffnen zu müssen. Die liebe Kleine wird kaum zu retten sein. Es sei denn, wir versuchten als letztes Mittel, die schreckliche Lungenkrankheit aufzuhalten: wir müßten sie in ihre gewohnte Umgebung zurückbringen."

Die letzten Worte sagte er mit harter Stimme.

Die Herzogin fuhr erzürnt auf:

„Herr Doktor, ich habe Sie nicht rufen lassen, damit Sie die Ordnung in meinem Hause umstoßen, sondern um zu versuchen, falls Sie dies können, ob Sie das Unwohlsein des Kindes zu heilen imstande sind!"

„Gestatten Sie mir, mich untertänigst zu empfehlen", erwiderte der Doktor mit sardonischer Miene. „Lassen

Sie den Herrn Pfarrer holen! Meine Zeit gehört den Kranken, die ich nach meiner Art behandeln darf."

Damit ging er, ohne auf Fräulein Anselma zu hören, die ihm von der Schloßherrin nachgesandt ward. Es war ihm merkwürdig zumute, daß er einer so vornehmen und herrlichen Dame Leid antat.

„So ein grober Klotz!" rief die Herzogin in höchster Ungnade. „Er weiß auch gar nicht, was sich schickt! Warum rennt er gleich wieder fort? Man hätte ihm die Zeit ja bezahlt!" Sodann befahl sie: „Der Pfarrer soll kommen!"

Dusaillard war im nächsten Augenblick zur Stelle. Er faßte sich nicht so kurz und bündig wie der Doktor Sansfin. Von seinem Beruf her gewohnt, viel Worte zu machen, brauchte er zu seiner ersten Antwort allein fünf Minuten. Sein Wortschwall würde den Leser entsetzen; die Herzogin fand Gefallen daran. Der Ton sagte ihr zu. Der Geistliche wetterte gegen diesen Menschen, den er vor den Leuten seinen verehrten Freund nannte. Sein Besuch währte nicht weniger als sieben Viertelstunden, und das Ergebnis war, daß die Herzogin einen Eilboten nach Paris schickte, um einen berühmten Arzt zu holen.

Ihr Haupteinwand gegen diesen Vorschlag war der gewesen, daß man im Hause Miossens noch nie einen Pariser Arzt für die Leute berufen hatte.

„Die gnädige Frau könnte den Arzt auch für die eigene Gesundheit berufen..." wagte der Pfarrer zu sagen.

„Die Dienerschaft würde doch sehen," wehrte sie hochmütig ab, „daß der Arzt aus Paris wegen Amiele und nicht wegen mir geholt worden ist."

Der durch einen reitenden Boten gerufene Arzt ließ

achtundvierzig Stunden auf sich warten, ehe er zu erscheinen geruhte. Er hieß Doktor Duchâteau und war eine Art Lovelace, noch jung und sehr elegant. Er redete viel und sehr gelehrt, hatte aber etwas so ungemein Gewöhnliches in seinem Benehmen und in seiner Sprache, daß selbst die Kammerfrauen entsetzt waren. Übrigens widmete er bei allem Geschwätz dem Zustand der Kranken keine fünf Minuten. Als man ihm die Symptome der Krankheit erzählen wollte, erklärte er, dies brauche er nicht zu wissen. Was er verordnete, war wertlos. Als er nach dreitägigem Aufenthalt wieder nach Paris fuhr, fühlte sich die Herzogin wie erlöst.

Nun ward der Mortainer Arzt gerufen. Er stand mit einer der Kammerfrauen in brieflicher Beziehung. Als er von der Schwere des Falles vernahm, ließ er sagen, er sei krank und könne nicht kommen.

Schließlich schickte man zum Doktor Dervillers nach Rouen. Der gab das Gegenstück zu seinem Pariser Kollegen ab; er war unheimlich verbindlich und sagte keinen Ton. Vor der Herzogin wollte er sich nicht offen aussprechen, aber zum Pfarrer sagte er, die Kleine habe kein halbes Jahr mehr zu leben.

Das war ein schwerer Schlag für die Herzogin. Sie sah sich ihrer einzigen Zerstreuung beraubt. Ihre Liebhaberei für Amiele stand gerade auf der Höhe. Sie war todunglücklich und wiederholte hundertmal, sie gebe gern hunderttausend Franken, wenn Amiele ihr gerettet würde.

Ihr Kutscher hörte dies und meinte in seiner elsässischen Grobheit:

„Na, gnädige Frau, dann holen Sie nur den Doktor Sansfin wieder her!"

Andern Tags fuhr die Herzogin voller Trübsal von der Messe zurück durchs Dorf, als sie auf der Hauptstraße den buckligen Arzt erblickte. Unwillkürlich rief sie ihn an.

Er hatte sich eine Boshaftigkeit ausgedacht. Mit treuherziger Miene ging er auf den Wagen zu und stieg ohne weiteres ein. Vor der Kranken erklärte er, er fände sie erschrecklich verändert, und verordnete ihr allerlei, was sie noch kränker erscheinen ließ.

Dieser Kunstgriff hatte einen Erfolg, der ihn entzückte. Die Herzogin ward selber krank. Bei all ihrem abscheulichen Egoismus, der im Grunde mehr Hochmut war, hatte sie doch ein gutes Herz. Jetzt machte sie sich Vorwürfe, daß sie Amielens Rückkehr nach Haus nicht gebilligt hatte. Nunmehr fand sie statt, und der bucklige Arzt frohlockte:

„Ich werde ihr Heilmittel sein!"

Er unterhielt die Kranke und flößte ihr Optimismus ein. Dazu wandte er die mannigfachsten Mittel an. Zum Beispiel hielt er ihr die Gerichtszeitung. Alle Morgen las man ihr daraus vor. Die Kriminalfälle interessierten sie. Die Willenskraft, die so mancher Verbrecher beweist, machte Eindruck auf sie. Es dauerte keine vierzehn Tage, und schon sah Amiele nicht mehr so sehr blaß aus.

Eines Tages sprach sich die Herzogin hierüber aus. Stolz erwiderte Sansfin:

„Sehen Sie, gnädige Frau, es ist nicht immer das Richtige, einen Pariser Arzt holen zu lassen, wenn man in der nächsten Nähe einen Doktor Sansfin hat! Und ein Pfarrer mag noch so gerissen sein: wenn der Neid seinen Verstand trübt, schlägt er in Dummheit über. Der Sansfin sieht unentwegt die Wahrheit; aber ich muß gestehen, daß die wissenschaftlichen Studien, die ich zu meiner Vervollkommnung treibe, mir keine Minute Zeit lassen. Deshalb poltere ich mitunter die Wahrheit allzu klar und deutlich heraus, und in vornehmen Häusern — das weiß ich sehr wohl — entsetzt man sich ob der ungeschminkten Redeweise eines Mannes, der seinen Kram versteht und es nicht nötig hat, honigsüße Worte zu machen. Aus Eigenliebe wollte sich die gnädige Frau nicht von einer Kammerjungfer trennen und sie nicht nach Hause lassen. Damit gefährdeten Sie ihr Leben. Es ist nicht mein Beruf, Ihnen zu sagen, welch Urteil die Religion über solch Unterfangen fällt. Wenn der Herr Pfarrer Dusaillard vor einer Dame von Ihrem Range seine Pflicht ordentlich zu erfüllen wagte, so müßte er sich viel schärferer Worte bedienen als ich. Doch, was gilt ihm der Untergang einer Seele? Den seelischen Tod sieht man ja nicht so wie den leiblichen! Sein Handwerk ist bequemer als das meinige. Die beiden Schafsköpfe aus Paris und Rouen haben die Kleine mit ihren Medizinen beinahe ins Grab gebracht. Strafen Sie mich Lügen, wenn ich nicht recht habe! Ich liebe die Menschen und meinen Beruf dermaßen, daß ich wer weiß was unternommen hätte, um die Kleine heimlich zu behandeln; aber es war mir unmöglich. Sie opferten sie Ihrem Widerwillen vor der kraftvollen Sprache der Wahrheit. Jeden Augenblick konnte ein Blutsturz eintreten, und wenn Amiele in ihrem letzten Stündlein die Wahrheit hätte erkennen können, hätte sie Ihnen zugerufen: ‚Herzogin, Sie haben mich gemordet!'"

Die Herzogin war wie niedergeschmettert. Sie wähnte die Stimme eines Sehers zu vernehmen. Sie hatte ihr Leben so ungeschickt eingerichtet, daß sich kein Mensch mehr Mühe gab, beredt zu sein, um ihr die Langeweile zu vertreiben. Und es war lange her, daß ihre Schönheit und die werbenden Worte anderer ihren Salon belebt hatten.

Sansfin spielte mit dem seelischen Leid der Herzoging. Er steigerte es ins Wahnsinnige. Täglich zwang er sie eine Stunde lang auf die Folterbank seiner eindringlichen Worte. Bald war sie nicht mehr imstande, Amiele, wie gewohnt, zweimal am Tage im Hautemareschen Hause zu besuchen. Das Verfahren des Doktors, der sie von ihrer Blasiertheit heilen wollte, brachte die Kraftlose schließlich zu dem tollen Entschluß, ihr Schloß zu verlassen und auf einige Tage in eine kleine Hütte überzusiedeln, die dem Hautemareschen Hause benachbart war. Sansfin ließ sie schleunigst räumen und herrichten.

Des Doktors Eifer wurde durch die Wut des Pfarrers angespornt, der seine ganze Erfindungskraft aufwandte, um den buckligen Arzt aus dem Felde zu schlagen. Sansfin wußte sich auf einfache Weise zu verteidigen. Vor dem Pfarrer hatte jedermann im Dorfe Angst. Der Doktor verbreitete, Dusaillard sei eifersüchtig, weil der Doktor der kleinen Amiele das Leben gerettet habe, während der Pfarrer den Pariser Arzt zu rufen geraten habe. Danach war aller Welt Dusaillards Erregung erklärlich. Man freute sich allgemein, daß dem gefürchteten Pfaffen einmal etwas am Zeug geflickt wurde. Besonders freuten sich seine Amtsbrüder in den anderen Dörfern.

Siebentes Kapitel
AMIELENS KRANKHEIT

Der Doktor sagte sich:
„Zweierlei tut not.

Amiele muß mich lieben! Sie ist bald siebenzehn Jahre alt. Wenn ich sie entjungfert habe, wird sie charmant sein.

Und dann muß ich mich dieser grande dame unentbehrlich machen. Sie hat ein schönes Gesicht, und trotz ihrer zweiundfünfzig Jahre ist sie noch recht ansehnlich. Ich muß sie so weit bringen, nach wochen- oder monatelangem Widerstreben, daß sie sich mit dem von der Natur etwas stiefmütterlich behandelten Landarzt linker Hand trauen läßt."

Die Herzogin zog ihn bei jedweder Sache zu Rate; und es war nicht zu leugnen, daß sie keine Langeweile mehr hatte, seitdem sie Sansfin täglich, und zwar oft mehrere Male sah. Er hielt sie dauernd in seelischer Bewegung. Offen gestand sie aller Welt ein, daß sie das Glück kenne, seitdem sie in einer Hütte wohne.

„Ich wäre vollkommen glücklich," pflegte sie zu sagen, „wenn ich über Amielens Gesundheit beruhigt sein dürfte."

So standen die Dinge, als der Doktor Sansfin eines Tages behauptete, der Apotheker von Avranches verstände sich ganz und gar nicht auf die Herstellung gewisser Pillen, die das junge Mädchen zur Stärkung der Kräfte unbedingt einnehmen müsse. Infolgedessen begab er sich auf ein paar Tage nach Rouen.

Seit etlichen Monaten stand er in eifrigem Briefwechsel mit Monsignore Gigard, dem Großvikar und Vertrauensmann des Kardinal-Erzbischofs. Während seines Aufenthalts in Rouen hielt er es nun für angebracht, sich den Großvikar völlig zu erobern. Er begab sich zu ihm zu einer Generalbeichte; und zu guter Letzt erreichte er den Hauptzweck seiner Reise: er ward dem Erzbischof vorgestellt. Dabei benahm er sich äußerst geschickt; er verriet Klugheit und Maß und lobte den Pfarrer Dusaillard, der sich anderthalb Jahre in Rouen nicht hatte blicken lassen, über den grünen Klee.

Nach diesem Erfolg hielt er auch die Heirat mit einer Witwe, die 200 000 Franken im Jahre auszugeben hatte, nicht für unmöglich... Sie hatte allerdings einen Sohn.

‚Den Geist dieses Jungen werde ich in die Tasche stecken!' sagte er sich, auf seiner einsamen Promenade den Sankt-Katharinen-Berg hinauf, angesichts der tiefliegenden Stadt Rouen. ‚Er soll mich verehren lernen! Und wenn die Sache schief geht? Dann verschwinde ich nach Amerika — nebst 100 000 Franken. Wer soll mich daran hindern? Dort nehme ich einen anderen Namen an. Als Doktor Petit oder Doktor Peter Durand schaffe ich mir eine Praxis. Es wird weder der Herzogin noch ihrem Sprößling einfallen, sich durch einen Steckbrief wider mich und meine ein- oder zweihunderttausend Franken lächerlich zu machen!'

Mit diesen Plänen kam er nach Carville zurück. Amiele wurde von Tag zu Tag gesünder. Um Frau von Miossens abzuhalten, wieder im Schloß zu wohnen, nahm Sansfin seine Zuflucht zu allerlei Medizinen, die Amielens völlige Gesundheit hinzogen.

Eines Tages ging er auf die Jagd nach dem Wald

von Imberville. Statt Fasane zu schießen, verlor er sich in Träumereien.

‚Warum nicht?' sagte er zu sich. Er setzte sich auf den Stumpf einer gefällten alten Buche.

‚Wenn ich die Herzogin geheiratet habe, verfüge ich über ihre 200 000 Franken Jahreszinsen. Bin ich aber dadurch eine andere Persönlichkeit geworden? Nein. Ich habe meine Lage vergoldet, bin aber immer noch eine subalterne Kreatur, die vor jedem Mächtigeren den Hut zieht. Ich werde nach wie vor gegen die Verachtung der Herrenmenschen zu kämpfen haben. Schlimmer noch! Ich verdiene diese Verachtung. Betrachten wir den anderen Plan! Ich sitze überm Ozean, heiße meinetwegen Baron Surgeaire, habe 200 000 Franken in der Brieftasche. Was bin ich dann? Habe ich mich verbessert? Das Gepäck meines Buckels habe ich um die Last meiner Spitzbüberei vermehrt. Der Buckel ist meine Visitenkarte. Was will ich machen, wenn die ganze Geschichte eines schönen Tages in den Zeitungen steht? In Amerika ist die Presse noch deutlicher als bei uns. Also fort mit der Gaunerei! Ich muß mich an das Gesetzmäßige halten. Reichtum ist in meinen Augen Luxus. Gewiß, in einer schönen Kutsche nimmt sich ein Buckel hübscher aus als zu Fuß. Wie ich geschaffen bin: ich pfeife auf den Mammon, wenn ich nur meine 10 000 Franken im Jahre habe!'

Nach vierstündiger fieberhafter Grübelei machte sich Sansfin wieder auf den Heimweg. Er hatte den Entschluß gefaßt, die Herzogin zu seiner Herzensfreundin, nicht aber zu seiner Ehefrau zu machen. Daß er eine Schufterei weniger vorhatte, stimmte ihn überglücklich.

Acht Tage später machte er sich das Geständnis:

‚Der Teufel hol mich! Welche Selbsttäuschung, mir eine neue Ruchlosigkeit aufzubürden! Ich könnte tausendmal glücklicher sein, wenn ich mich meinen Anlagen gemäß weiterentwickelte. Das Schicksal hat mir eine traurige Gestalt gegeben. Dafür habe ich die Gabe der Beredsamkeit. Ich vermag mich zum Herrn der Dummen zu machen; ja sogar..." Er lächelte voller Zufriedenheit. „Ja sogar zum Meister von gescheiten Leuten. Die Herzogin ist in dieser Beziehung durchaus nicht schlecht weggekommen. Sie hat ein wunderbares Gefühl für das Lächerliche und ein scharfes Auge für Unnatur. Allerdings, logisch denken kann sie ebensowenig wie alle ihre Standesgenossen. Die Logik läßt keine Scherze zu, und infolgedessen kommt sie ihr greulich langweilig vor. Und selbst wenn sie zufällig einmal richtig denken und eine mir unbehagliche Konsequenz ziehen sollte, so genügt ein einziger Funken Geist meinerseits und das Gebäude ihrer Hirntätigkeit sinkt zu Asche. Übrigens verstehe ich zu arbeiten. Um Parlamentarier zu werden, brauchte ich bloß ein bißchen Volkswirtschaft zu studieren und ein paar hundert amtliche Verordnungen zu überfliegen. Das ist tausendmal leichter als eine einzige Krankheit zu erforschen! Habe ich Erfolg auf der Tribüne, so sorgt mein Buckel davor, daß mir keine Neider erstehen. Wozu also über das große Wasser wandern? Ich werde den mir gebührenden Platz in meinem Lande angeboten bekommen. Die Herzogin muß sich in Paris einen Salon von Bedeutung schaffen. Dieser wird mir vor der Welt den nötigen Hintergrund abgeben. Durch den Kardinal lasse ich mich in die Kongregation aufnehmen. Sind diese beiden schönen Vorbereitungen getroffen, dann steht mir die Pforte in die Welt offen. Ich brauche bloß einzutreten und fest aufzutreten. In Verfolgung dieses großen Planes muß ich zunächst die Erstlinge dieses jungen Weiberherzens pflücken!'

Um alle diese schönen Dinge zu erreichen, ließ er Amielens angebliches Leiden noch monatelang währen. Der Kern ihrer in Wirklichkeit geringfügigen Krankheit war Melancholie.

Sansfin konzentrierte sich in seinem Bestreben, die Kranke zu unterhalten. Er hatte für nichts anderes Sinn. Dabei erstaunte er über die Klarheit und die Kraft ihrer jungen Intelligenz. Ihr etwas vorzumachen, war äußerst schwierig.

Es dauerte nicht lange, so war Amiele überzeugt, daß der so burlesk aussehende Doktor der einzige Freund war, den sie auf Erden besaß. Durch wohlberechnenden Spott erreichte er alsbald, daß die Liebe zu Onkel und Tante Hautemare in Amielens gutem Gemüt gründlich vernichtet wurde.

„Alles, was du glaubst, alles, was dir diese Leute predigen, selbst das, was dich so allerliebst macht, alles das ist voll der Armseligkeit, die der biedere Hautemare und seine Frau ausstrahlen. Die Natur hat dich mit Anmut begnadet und mit göttlicher Heiterkeit, die sich, ohne daß du es weißt, allen mitteilt, die das Glück haben, dich zu sehen und zu hören. Betrachte die Herzogin! Sie ist kein Genie, und doch, wenn sie noch jung wäre, würde sie für eine sehr liebenswürdige Frau gelten. Du hast sie dir dermaßen erobert, daß sie gern jedes Opfer bringt, nur um sich das Glück zu wahren, die Abende mit dir zu verbringen. Gleichwohl ist deine Lage voller Gefahr. Du mußt dich auf die übelsten Intrigen ihrer weiblichen Dienerschaft gefaßt machen. Fräulein Anselma zumal wechselt bei dem leisesten Lob, das dir gilt, die Farbe. Dem Pfarrer Dusaillard pflegt nichts zu mißlingen, was er unternimmt. Wenn er sich mit diesen Weibern verbindet, dann bist du verloren! Denn du besitzest unendlich viel Grazie; bist aber noch jugendlich-unerfahren. Und logisch denken kannst du auch nicht. In diesem Punkte könnte ich dir ja zur Seite stehen; aber eines Tages wirst du wieder ganz gesund sein und ich habe keinen Vorwand mehr, dich zu besuchen. Dann kannst du die größten Fehler begehen. An deiner Stelle versuchte ich, gewitzigt zu werden. Das ist eine Arbeit von vier bis acht Wochen."

„Warum sagen Sie mir dies nicht in weniger Worten?" fragte Amiele. „Wozu diese lange Einleitung? Ich wußte schließlich gar nicht mehr, worauf Sie hinauswollten?"

Sansfin lachte.

„Der langen Rede kurzer Sinn? Ich möchte dich zu einer schrecklichen Mordtat verleiten. Aller acht Tage werde ich dir in der Tasche meiner feinen Jagdjoppe einen lebendigen Vogel bringen. Ich schneide ihm den Kopf ab; du fängst das Blut mit einem Schwämmchen auf, das du dann in den Mund steckst. Hast du den Mut dazu? Ich möchte es bezweifeln."

„Und was soll das?" fragte Amiele.

„Sehr einfach! In Beisein der Herzogin spuckst du ab und zu Blut! Wenn sie sieht, daß du schwach auf der Lunge bist, wird sie niemals Widerstand leisten, was ich auch zu deiner Belustigung inszeniere. Ich habe ihr bereits gesagt, deine Krankheit könne leicht zur Lungenschwindsucht führen. Bei Mädchen in deinem Alter sei das eine gefährliche Sache. In Wirklichkeit ist dein Leiden nichts als Langeweile!"

„Hören Sie mal, Doktor!" scherzte Amiele. „Haben Sie denn gar keine Angst, daß mich Ihre Methode, gewitzigt zu werden, nicht auch langweilt?"

„Keineswegs! Ich verlange Arbeit von dir, und Arbeit, die zu Erfolgen führt, macht Spaß und vertreibt die Langeweile. Sei überzeugt: alles, was ein junges Mädel in der Niedernormandie glaubt, ist mehr oder minder dummes Zeug! Was tut der Efeu dort unten in der Allee mit den prächtigen Eichen?"

„Er schlingt sich um den Stamm und klettert zur Krone empor."

„Siehst du!" erwiderte der Doktor. „Der gesunde Menschenverstand, den der Zufall dir verliehen, das ist der gute alte Eichenbaum. Wenn du emporwächst, reden dir die Hautemares Tag um Tag allerhand Blödsinn ein, an den sie für ihre Person glauben. Dieser Blödsinn rankte sich um deine schöne Innenwelt wie der Efeu um den Baum. Da kam ich, um den Efeu abzuschneiden und den Baum zu befreien. Wenn ich dich verlasse, wirst du mich in der Allee absitzen und den Efeu an den zwanzig Bäumen links abschneiden sehen. Das ist das Gleichnis vom Efeu! Schreib dir als Merkwort Efeu auf das Titelblatt deines Gebetbuches, und jedesmal, wenn du dich dabei ertappst, daß du irgendetwas in dem Buche glaubst, dann sage das Wort Efeu laut vor dich hin! Eines Tages wirst du erkennen, daß nicht eine der Ideen, die du jetzt in dir trägst, frei von Lug und Trug ist."

Amiele lachte.

„Zum Beispiel," meinte sie, „wenn ich sage, Avranches liegt eine halbe Stunde weit weg, so ist das Lug und Trug! Lieber Doktor, Sie sind ein Münchhausen! Es ist Ihr Glück, daß Sie so spaßig sind."

Es war meisterliche Taktik von Sansfin, daß er seinen Gesprächen mit der hübschen Patientin den Mantel des Scherzes umhing. Er wußte, daß der ernste Ton, den Amiele in ihrer Plauderei mit der Herzogin wahren mußte, die Augenblicke, die sie mit ihm verbrachte, um so reizvoller erscheinen ließen.

Er sagte sich:

‚Wenn eines Tages einer von den verdammten jungen Männern, die ich nicht ausstehen kann und denen die Natur einen tadellosen Körper verliehen hat, Süßholz vor meinem Kleinod zu raspeln beginnt, wird ihr die Melodie dieses verliebten Gimpels in die Nase fahren, und ich habe es leicht, ihn vollends lächerlich zu machen.'

Obgleich das Blut des armen Vögelchens, das der Doktor seiner Patientin hinhielt, ihr zuerst starken Widerwillen verursachte, gelang es ihm doch, daß sie das blutgedrängte Schwämmchen in den Mund nahm. Mehr noch: durch den Klang seiner verstellten Stimme brachte er Amiele in den Glauben, sie begehe ein großes Verbrechen. Er ließ sie einen gräßlichen Schwur nachsprechen, um sie zu ewigem Schweigen über das Komplott mit dem Vogelblut zu verpflichten. Als Sansfin das niedliche Tierchen mordete, drehte sich Amielen das Herz im Leibe herum. Um es nicht sehen zu müssen, preßte sie sich das Taschentuch an die Augen.

Der Doktor weidete sich grenzenlos an der tiefen Erregung des hübschen Geschöpfes.

„Sie wird mein!" frohlockte er.

Seine Seele war glückserfüllt, daß er Amiele zu seiner Mitschuldigen gemacht hatte. Hätte er sie zur größten Schandtat verführt, so hätte ihr Schuldbewußtsein nicht größer sein können. Er hatte eine Saat in ihre Seele gesät. Darauf kam es ihm an. Und durch diesen Terror hatte er noch etwas anderes, nicht weniger Bedeutsames erreicht: sie hatte nun dauernd etwas zu verschweigen.

Dieser Zwang ward ihr einigermaßen durch den erstaunlichen Erfolg des Vogelmords erleichtert. Sowie die Herzogin wahrnahm, daß ihr jugendlicher Liebling zuweilen Blut spuckte, wurden Amielens phantastischste Wünsche heilige Pflicht für sie. Niemand durfte Amielens Einfällen zu nahe treten.

Um seine Macht zu vollenden, verfehlte Sansfin — der nur etwas fürchtete: Dusaillards Scharfblick — nicht, die Herzogin hin und wieder in Angst zu versetzen.

„Die jugendliche Lunge Amielens", erklärte er öfters, „ist für lange Zeit angegriffen. Ja, das viel zu viele Vorlesen vor Euren Gnaden, das ihr eine hohe Ehre gewesen, hat ihr vielleicht den Todeskeim gebracht!"

Er versäumte nichts, um seine neue Freundin in die heftigsten Selbstvorwürfe zu versetzen. Die Herzogin wehrte sich tagtäglich dagegen, und diese Rechtfertigungsversuche erhöhten die Vertraulichkeit zwischen dem Landarzt und der großen Dame. Schließlich waren sie so vertraut, daß Sansfin zu sich sagte:

‚Da ich nicht die Absicht hege, sie zu heiraten, so kann ich ja von Liebe reden!'

Selbstverständlich war nur von platonischer Zuneigung die Rede. Diesen Trick wandte der Bucklige immer an, wenn er sich eine Frau zu eigen machen wollte. Dadurch achtete sie von vornherein nicht auf seinen häßlichen körperlichen Fehler.

Seine Mißgestalt hatte ihn bereits in früher Kindheit ungemein feinfühlig für die belanglosesten Umstände gemacht. Schon als Achtjähriger litt seine unglaubliche Eitelkeit unter dem leisesten Lächeln, das er auf der anderen Seite der Straße, durch die er ging, gewahrte.

Unter dem Vorwande, er friere sehr leicht, hatte er die Gewohnheit angenommen, schöne weite Mäntel und kostbare Pelze zu tragen. Er bildete sich dabei ein, er verberge damit seinen Höcker, während er ihn nur vergrößerte und um so deutlicher bemerkbar machte. Wenn er am ersten kühlen Septemberabend irgend jemanden der Honoratioren von Carville im Mantel über die Straße gehen sah, eilte er voller Dankbarkeit nach Hause und wiederholte sodann vor jedermann:

„Ich trage den Mantel, weil Herr Soundso ihn auch schon trägt. Gerade die erste Kälte ist so gefährlich. Sie legt sich leicht auf die Brust, und so mancher Fall von Schwindsucht hat hierin seine Ursache."

Die Frauen glaubten es ihm.

Ihnen gegenüber befolgte er folgende Strategie. Zuerst isolierte er sie, indem er ihnen einredete, sie seien krank. Durch dieses einfache Mittel lieferte er sie der Langeweile aus. Sodann belustigte er sie durch tausend kleine Aufmerksamkeiten, und mitunter erreichte er es, daß sie seine Mißgestalt vergaßen. Um seine Eitelkeit bei guter Laune zu erhalten, hatte er die nützliche Gepflogenheit, seine Mißerfolge nicht zu zählen, sondern lediglich seine Erfolge.

‚Ein Mann wie ich', pflegte er sich gelegentlich zu sagen, ‚kann bei hundert Attacken auf die Weiber höchstens auf zwei Siege rechnen!'

So grämte er sich nur, wenn der Kurs noch niedriger stand.

Achtes Kapitel

DAS FEST IM TURM

Die Herzogin kam nicht zur Ruhe. Sansfin brachte dies leicht zuwege, indem er Amiele bestimmte, nicht in das Schloß zurückkehren zu wollen.

Frau von Miossens kaufte einen Garten, der an das Hautemaresche Häuschen anstieß. Auf diesem Grundstück ließ sie einen viereckigen fünfstöckigen Turm erbauen; jeder Stock enthielt ein geräumiges Zimmer nebst einem Kabinett. Die Veranlassung zu diesem kostspieligen Gebäude war vor allem der Wunsch, den allzu sozialistischen Einwohnern von Carville ein Wahrzeichen der Feudalzeit vor die Augen zu setzen, um sie daran zu erinnern, was die Herren von Miossens seit uralters her waren. Der Turm war ein genaues Nachbild eines halbverfallenen alten Turmes im Parke des Schlosses.

Etliche Anwandlungen von Geiz während des Bauens beschwichtigte der Doktor. So wollte sie die Hausteine des alten Turmes wieder verwenden lassen. Als der Neubau vollendet war, stellte Sansfin fest, daß die ländlichen Scharwerker nicht sorgfältig gearbeitet hatten. Er ließ Steinmetzen aus Paris kommen und den Turm mit Spitzbogenreliefs umkleiden, im maurischen Stil, von denen man in Spanien so schöne Reste sieht. Jetzt erregte das Bauwerk in der ganzen Gegend das größte Aufsehen.

„Das Ding ist zugleich nützlich und angenehm!" erklärte der Marquis von Fernozière. „Bei einem Jakobineraufstand kann man sich in so einem schönen Turm zurückziehen und sich vierzehn Tage halten, bis militärische Hilfe kommt. Und in ruhigen Zeiten ärgert man damit seinen neidischen Nachbar."

Sansfin bewirkte es, daß dieser Gedanke im Laufe der nächsten vierzehn Tage an die zwanzigmal wiederholt ward. Sie befand sich auf dem Gipfel des Glücks. Der ausbleibende Erfolg in den Schlössern der Umgegend hatte sie maßlos unglücklich gemacht, und Amielens Krankheit machte ihr das Leben noch wehmütiger. Jedesmal, wenn sie auf einer Ausfahrt eines der Nachbargüter zu Gesicht bekam, seufzte sie vor tiefem Schmerz laut auf. Selbstverständlich hatte sich Sansfin die Ursache dieser Schmerzenslaute beichten lassen, nachdem er ärztliche Bedenken geäußert hatte.

Voll Befriedigung beobachtete er, wie die Herzogin wochenlang in Entzücken schwelgte, weil ihr neuer Turm allgemeines Aufsehen erregte. Dies benutzte er, um ihrem Geiz, mit dem er dauernd im Kampfe lag, einen ordentlichen Streich zu spielen. Eines Tages sagte er in eindringlichem Tone:

„Gestehen Sie mir, gnädige Frau, Sie sind glücklich! Der Turm kostet Sie allerhöchstens 55 000 Franken, aber der Genuß, den Sie daran haben, ist unbezahlbar. Die Krautjunker ringsum bewundern Sie. Man erkennt Ihre Superiorität. Geruhen Sie, diese ganze Gesellschaft zu einem Einzugsschmaus in den Marschall-d'Albrets-Turm einzuladen!"

So war der Bau zu Ehren des Marschalls getauft worden.

Seit Monaten war es das Bemühen des Doktors, den Adel des Umkreises mit dem Sonderlingstum der Herzogin auszusöhnen. Er ließ verbreiten, ihr Hochmut, der ihre Nachbarn abgestoßen hatte, sei in Wirklichkeit nichts als üble Pariser Blasiertheit, deren Lächerlichkeit Frau von Miossens selber einzusehen beginne.

Das Gastmahl zur Einweihung des Turmes war glänzend. Sansfin ließ in jedem der fünf Stockwerke eine Tafel decken. Ein paar Schritte vor dem Turm war eine Holzbaracke errichtet worden, die Küche. Auf der Wiese nebenan standen Tische und Bänke für die Eltern der Hautemareschen Schule.

Die sonderbare Verteilung der guten Gesellschaft auf fünf Tafeln erregte allgemeines Ergötzen; es wurde erhöht durch die Liebenswürdigkeit, mit der die Herzogin die schmeichelhaften Höflichkeiten entgegennahm, die ihr zum ersten Male in ihrem Leben dargebracht wurden. Diese Wandlung war ein großer Erfolg des Doktors.

Er hatte für Musikanten gesorgt, die gerade im Augenblick eintrafen, als es zu dunkeln begann und sämtliche jungen Frauen an den fünf Tafeln ihr Bedauern äußerten, daß der so reizende Tag nicht mit einem Tanze schlösse. Da verkündete Sansfin, die Hausherrin habe eben eine durchziehende Musikerbande, die auf dem Wege nach Bayeux wäre, aufhalten lassen.

Wie durch Zufall flammten Lampions in den Bäumen auf der Wiese auf, und der ländliche Tanz begann. Der oberste Stock des Turmes ward zum Ankleidezimmer für die Damen gemacht, und während der halben Stunde, die das Zurechtmachen dauerte, erzählte der Doktor den Herren, daß der Albrets-Turm, ohne daß dies eigentlich beabsichtigt gewesen, eine schwer einnehmbare Festung geworden sei.

„Ihre Vorfahren, meine Herren," sagte er zu den Landedelleuten, „verstanden sich auf das Kriegswesen, und da die Bauleute den Turm genau nach dem Vorbild des alten Turms im Park errichtet haben, so haben sie ahnungslos eine Zwingburg gebaut, die dem Adel zum Stützpunkt dienen wird, falls die Jakobiner jemals wieder die Schlösser stürmen."

Diese tröstliche Aussicht erhöhte die festliche Stimmung. Die Damen tanzten von 8 Uhr abends bis Mitternacht, und ihre Ehemänner dachten in ihrer Begeisterung für den Turm erst spät daran, ihre Kutscher zur Heimfahrt zu beordern. Die Dorfleute tanzten bis in den Morgen. Der Doktor hatte sich auf seinen Gaul gesetzt und hatte Fässer Bier, sogar Wein, auf der Wiese auffahren lassen.

Dieser Tag verwandelte das Verhältnis der Herzogin zu ihren Nachbarn gründlich, und von Stund an übersah sie, daß die Natur ihren lieben Doktor Sansfin so schmählich behandelt hatte.

Amiele schaute dem Treiben durch die verhangenen Fenster des herzoglichen Reisewagens zu, den ihre Gönnerin mitten auf der Wiese hatte aufstellen lassen. Unzählige Male kam die Herzogin zu ihr, um sich zu überzeugen, daß sie vor Feuchtigkeit und Zug geschützt war.

Acht Tage nach diesem gelungenen Turmfeste, von dem im Lande noch lange geredet ward, langte ein riesiger Möbelwagen aus Paris in Bayeux an. Er war voller Möbel und Stoffe, mit denen man ein ganzes Schloß hätte ausstatten können. Die mitgekommenen Handwerker richteten die fünf Stockwerke des Sarazenenturmes ein, alles blendend schön. Die Herzogin hatte ihrem Geiz, der bis dahin in ihr vorherrschenden Leidenschaft, den Laufpaß gegeben. Ihr Herz war leer gewesen; jetzt war es übervoll. Sie verfiel in die Maßlosigkeit der Leidenschaft. Bereits träumte sie von einem zweiten Feste.

Der zweite Stock, der für Amiele bestimmt war, wurde besonders entzückend eingerichtet. Sie erklärte, sie wolle hier wohnen. Kniefällig bat Sansfin, sie möchte bedenken, beide Räume seien noch nicht ausgetrocknet. Das kräftigste würde krank darin, geschweige denn ein so zartes Geschöpf. Vergebens! Amiele blieb dabei. Sie war nicht umsonst seit fünf Monaten seine gelehrige Schülerin gewesen!

Sansfin lenkte ein. Er erkannte das Motiv ihrer Laune.

‚Die liebe Eitelkeit!' sagte er sich. ‚Der Hochmut des Weibes! Ich muß schleunigst nachgiebig werden; sonst lege ich den Keim zu einer Entfremdung, die in der Blütezeit dieser entzückenden Jungfrau zum Ausbruch kommen könnte, gerade dann, wo ihre Eroberung ein holdes Glück für mich Stiefkind der Natur sein wird!'

Neuntes Kapitel

AMIELENS ERZIEHUNG UND DER ABBÉ CLEMENT

Um die Zeit des Turmfestes starb der Pfarrer eines Dorfes unweit des Schlosses, und auf die Empfehlung der Herzogin verlieh der Erzbischof von Rouen die freigewordene Pfarre dem Abbé Clement, dem Neffen von Fräulein Anselma, die vor Amielens Einzuge allmächtig gewesen war. Der junge Priester war sehr blaß, sehr fromm, sehr gelehrt. Er war groß, hager und schwach auf der Brust. Er besaß aber einen bei seinem Beruf sehr schmerzlichen Fehler: er war gegen seinen Willen und trotz seines schwächlichen Leibes ein reger Geist. Es kam ihm schwer an. Aber dieser klarblickende Geist war es, der ihn, ungeachtet seiner niederen Herkunft, alsbald zu einer beachtenswerten Erscheinung im Salon der Frau von Miossens machte. Und gleich im Anfang hatte man ihm ziemlich deutlich beigebracht, daß man ihm, dem Vierundzwanzigjährigen, eine Pfarre mit 150 Franken Gehalt nur gegeben habe in der Erwartung seiner unbedingten Ergebenheit.

Die Herzogin nahm ihn mit in das Hautemaresche Häuschen zu Amiele. Er war überrascht über die Mischung von Anmut, lebhaftem, kühnem, scharfsichtigem Geist, beinahe völliger Unwissenheit in den Dingen des Lebens und grenzenloser Aktivität.

Ein Beispiel:

Eines Nachmittags, als die Herzogin im Begriffe war, in ihren Wagen zu steigen, um den Abend bei Amiele zu verbringen, in Gesellschaft des Abbé, kam mit der Pariser Post eine große Kiste an, die der beflissene Clement sogleich aufmachte. Es war ein prächtiges Bild darin, dessen Rahmen allein einige Tausend Franken wert war. Es stellte den jungen Fedor von Miossens dar, den einzigen Sohn der Herzogin, in der Uniform der Kriegsschule. Trotz ihrer Furcht vor der feuchten Abendluft ließ Frau von Miossens den Wagen aufschlagen, um das Porträt mitzunehmen und es ihrer geliebten Amiele zu zeigen. Sie wagte ihr Entzücken über das Bildnis nicht zu äußern, ehe sie nicht die Meinung ihres Lieblings gehört hatte.

In Amielens Zimmer erging sich die Herzogin in begeisterten Lobesworten, indem sie dabei ihre junge Freundin erwartungsvoll anblickte. Amiele sagte kein Wort. Nach allerlei vergeblichen Anspielungen, die eine Antwort hervorlocken sollten, sah sich die ungeduldige

Herzogin genötigt, Amiele zu befragen, was sie über die Physiognomie des Dargestellten dächte.

Auf diese Frage antwortete Amiele, die den Rahmen bewunderte, dem Bilde selbst aber kaum einen Blick gönnte, einfach und ohne Hintergedanken, sie fände das Gesicht nichtssagend.

Der sonst so bescheidene und sich zurückhaltend benehmende Abbé lachte auf. Er hatte noch keine große Menschenkenntnis; diese Naivität war ihm ganz sonderbar.

Die Herzogin, die sich nicht ärgern und vor allem ihren Liebling nicht betrüben wollte, lachte mit. Der kleine Abbé, der in den tausend unerläßlichen Heucheleien, die der Verkehr im Schlosse mit sich brachte, schon beinahe erstickte, war von dieser reizenden Offenherzigkeit überrascht und entzückt. Ohne es zu merken, verliebte er sich in das junge Mädchen.

Dies ereignete sich um die Zeit, da Amiele durchaus in ihr Turmzimmer übersiedeln wollte. Eines Morgens hatte sich nun mit einem Male ihr Wille geändert. Als der Doktor Sansfin um 8 Uhr erschien, um seinen Morgenbesuch zu machen, teilten ihm die Hautemares zu seinem höchsten Erstaunen mit, Amiele sei vor mehr als einer Stunde im Wagen der Herzogin in das Schloß zurückgekehrt.

Frau von Miossens freute sich wie ein Kind über Amielens Wiederkunft. Allerdings, über jede andere Seltsamkeit des jungen Mädchens wäre sie genau so entzückt gewesen. Sowie irgend etwas sie in Anspruch nahm, vergaß sie das ewige Jammern über die Ausbreitung des Jakobinertums. Ihre Gesundheit war jetzt glänzender denn je, und was ihr das Wesentlichste war: die ersten Runzeln, die sich auf ihrer Stirn gezeigt hatten, waren wieder verschwunden; ebenso die gelbliche Hautfarbe.

Als Sansfin gegen Abend im Schlosse vorsprach, blieb er wie angewurzelt stehen, als er den ersten Salon betrat. Er hörte Lachen aus dem zweiten Salon, in dem sich die Herzogin aufhielt. Es war Amiele. Seit einer Viertelstunde lernte sie Englisch.

Frau von Miossens hatte in ihrer Jugend während der Emigration zwei Jahrzehnte in England gelebt, und sie bildete sich ein, englisch sprechen zu können. Der Abbé, der in Boulogne-sur-Mer geboren war und englisch so gut wie französisch redete, hatte den Einfall gehabt, Amiele solle diese fremde Sprache erlernen, um der Herzogin, sobald sie ihr Amt als Vorleserin wieder aufnähme, die Romane Walter Scotts vorlesen zu können.

Sansfin erkannte, daß er ausgespielt hatte; und da er die grundsätzliche Meinung hatte, daß ein mißlauniger Buckliger, der sich seine Verstimmung anmerken lasse, in dem Salon, wo er diese Unklugheit begeht, für alle Zeiten erledigt sei, so machte er auf der Stelle kehrt. Niemand nahm sein Verschwinden wahr.

Der biedere Abbé Clement war in seinen Gedanken immerdar bei Amiele, ohne sich über den Beweggrund dieser Anteilnahme klar zu werden. Er bildete sich ein, sie werde sich dermaleinst gutbürgerlich verheiraten, wobei ihr die ausgesprochene Gönnerschaft der Herzogin behilflich sein werde. In dieser Voraussicht unterrichtete er sie ein wenig in den Dingen, von denen sie nichts wußte und von denen man etwas wissen muß, um in der Gesellschaft nicht ausgelacht zu werden: in der Geschichte, Literatur usw. Diese Belehrung fiel etwas anders aus als die des Doktors; sie war nicht hart, scharf, der Sache auf den Grund gehend wie bei

Sansfin, sondern mild, sich einschmeichelnd, gemütsreich. Auch der geringfügigsten Lehre ging irgendeine hübsche kleine Geschichte voraus, deren Schlußfolgerung sie sozusagen war, und der junge Lehrer war eifrig darauf bedacht, daß diese Folgerung von seiner Schülerin selbst gezogen wurde.

Oft verfiel sie tiefer Versonnenheit, für die der Abbé keine Erklärung fand. Dies geschah immer, wenn einer seiner Leitsätze in Widerspruch mit den schrecklichen Lebensregeln des Doktor Sansfin stand. Nach dessen Anschauung war z. B. die ganze Welt üble Komödie, ohne jede Grazie gespielt von groben Schurken und gemeinen Lügnern. Auch die Herzogin meine es nie so, wie sie es sage, immer nur darauf bedacht, die Menschen um sich zu nützlichen Dienern ihrer Feudalität zu erziehen. Anständige Frauen — hatte er einmal gesagt — seien ihre eigenen Feinde, denn dadurch, daß sie auf ihr reines Gewissen und ihre Tugend bauten, erlaubten sie sich allerhand Unklugheiten, die ein schlauer Feind ausnutzen könne; während hingegen eine Frau, die ihren Launen keine Zügel anlege, sich allein dadurch Genuß verschaffe. Und dies sei das einzig Wahre im Leben.

„Wie viele jungen Mädchen", hatte Sansfin gepredigt, „sterben mit zwanzig Jahren. Was hat ihnen die brave Zurückhaltung genutzt, deren sie sich seit ihrem sechzehnten Jahre befleißigten? Was die Enthaltsamkeit von allen Freuden, die sie sich auferlegt, um die gute Meinung von einem halben Dutzend tonangebender Klatschbasen zu erringen? Manche dieser Frauen, die in ihrer Jugend nach den lockeren Sitten gelebt hatten, die in Frankreich vor der napoleonischen Zeit gang und gäbe waren, lachte sich obendrein ins Fäustchen angesichts des gräßlichen Zwanges, dem sich die jungen Mädchen von 1829 unterwarfen. Der Stimme der Natur gehorchen und allen seinen eigenen Launen folgen, ist doppelter Gewinn! Erstens schafft man sich Lust, und dies ist der einzige Sinn dieses Lebens, und zweitens bekommt die durch das Lebenselexier der Lust gestärkte Seele den Mut, die Komödie, die heutzutage das junge Mädchen spielen soll, nicht mitzumachen. Eine Gefahr freilich hat diese Lehre von der Lebenslust: die jungen Männer brüsten sich gern der ihnen gewährten Huld. Dagegen gibt es ein ergötzliches Mittel, das sich leicht anwenden läßt: Die Frau muß den Mann, der einem zum Werkzeug der Lust gedient hat, zur Verzweiflung bringen."

Sansfin gab noch eine Menge Einzelheiten:

„Man darf niemals Briefe schreiben, oder, wenn man diese Schwäche hat, nie einen zweiten Brief abschicken, ehe man den ersten zurückgefordert hat. Ein Mann darf einer Frau niemals etwas anvertrauen, wenn er nicht die Möglichkeit in der Hand hat, sie für den geringsten Verrat zu strafen. Nie kann eine Frau für eine andere gleichen Alters ehrliche Freundschaft hegen."

„Alles das ist engherzig," erklärte er, „aber es entspricht den engherzigen Lügen, die von sämtlichen alten Weibern für unantastbare Wahrheit erklärt werden."

Damit sich Amiele von der Nüchternheit dieser Lebensvorschriften erholen konnte, lieh er ihr das „Leben Talleyrands", verfaßt von Eugen Guinot, einem geistvollen Manne.

Der Abbé war, wie schon gesagt, ahnungslos dermaßen in Amiele verliebt, daß ihn ihre zeitweilige Zerstreutheit schmerzlich berührte. Er gab ihr des berühmten Fénelon „Erziehung junger Mädchen" zu lesen. Indessen war Amiele bereits gewitzigt genug, um diese süßlichen Gedanken in glatter, auf Eitelkeit berechneter Form unanwendbar zu finden.

Sie sagte sich:

‚Der Abbé hat etwas Liebenswürdiges in seiner Art, das dem Doktor gründlich abgeht. Wie unendlich verschieden ist Clements Humor von Sansfins Ironie! Dieser freut sich von Herzen, wenn er sieht, daß seinem Nächsten Unglück widerfährt; jener dagegen ist voller Liebe zur gesamten Menschheit.'

Indem Amiele den Abbé bewunderte und fast ein wenig liebte, empfand sie doch auch Mitleid mit ihm, wenn sie sah, wie er die Bonhomie, die er besaß, in den anderen voraussetzte. Schon war sie eine kleine Menschenfeindin. Ihr Einblick in des Doktors Wesen hatte ihr den Beweis seiner Theorie geliefert, daß alle Menschen Schelme seien.

Um sich zu belustigen, erzählte sie eines Tages dem jungen Abbé, daß ihn seine Tante Anselma bei der Herzogin tüchtig schlecht gemacht hatte. Die alte Jungfer war nämlich empört über ihres Neffen Zuneigung zu Amielen, ihrer Rivalin bei der Herzogin. Sie hatte ihre ganze Hoffnung auf den Abbé gesetzt; er sollte der Herrschaft des Dorfmädels ein Ende machen.

Als Amiele das bestürzte und völlig ratlose Gesicht des Geistlichen bei dieser Eröffnung sah, fand sie ihn komisch und schaute ihn lange mit blinzelnden Augen an...

Sie glaubte hinter eine Wahrheit gekommen zu sein.

‚Man kann ihn leiden,' sagte sie sich, ‚aber aus ganz anderem Grunde als den Doktor. Der Abbé ähnelt dem jungen Miossens, wie ihn das Bild darstellt. Er sieht ein wenig beschränkt aus...'

Das war ein Ausdruck, den die Herzogin gern anwandte. Durch ihr Leben in der guten Gesellschaft eignete sich Amiele rasch die Kunst an, ihre Gedanken in Schlagworten wiederzugeben.

Oft scherzte sie mit dem Abbé, wobei sie ihm Bosheiten sagte, aber in so zärtlicher Fassung, daß er sich in ihrer Nähe vollkommen glücklich fühlte. Und auch Amiele verspürte, wenn sie ihm zuhörte, wie die Mißlaune verflog, die sie zuweilen in den hohen weiten Räumen des ebenso prächtigen wie öden Schlosses anwandelte.

Die Herzogin hatte ein englisches Buch wieder vorgenommen, das sie vor Jahren sehr geschätzt hatte, und der Abbé erklärte Amielen, wie schändlich Burke die französische Revolution beurteile. Dieser Mann sei bestochen; man habe seinem Sohne einen guten Posten im Finanzministerium verschafft. Sansfin, der nur noch selten Gelegenheit hatte, mit Amiele zu plaudern, meinte, die Vorliebe der Herzogin für Burkes „Reflections" sei lächerlich. Vom Abbé Clement sprach er selten; aber seine Epigramme richteten sich dauernd wider ihn. Seiner Meinung nach war dieser Priester entweder ein Dummkopf, der die Staatsweisheit der Nationalversammlung zu begreifen unfähig war, oder aber er war ein Schalk wie alle anderen und trachtete nach einem fetten öffentlichen Pöstchen.

War nun Amiele im Begriffe, sich in den liebenswürdigen Abbé zu verlieben? Keineswegs. Der Himmel hatte ihr eine starke spöttische Seele verliehen, die für eine zärtliche Empfindung wenig empfänglich war. Und jedesmal, wenn sie des Abbé ansichtig ward, fielen ihr des Doktors Spöttereien ein, und wenn er den Adel oder die Kirche verherrlichte, sagte sie jedesmal zu ihm:

„Seien Sie aufrichtig, verehrter Abbé! Trachten Sie nach einer Stelle im Finanzministerium? Wollen Sie Burke nacheifern?"

Aber so wenig zugänglich sie Zärtlichkeiten war, um so stärkeren Eindruck machte eine witzige Plauderei auf sie. Die allzu nackte Bosheit des Doktors Sansfin verletzte zuweilen ihre noch jugendliche Seele; dann bedauerte sie, daß seine scharfe Gedankenwelt nicht das Gewand der Grazie hatte, in die Clement alles hüllte, was er sagte.

Damals war es, wo der Abbé Clement einem vertrauten Freunde in Boulogne folgendes Bild Amielens sandte:

„Das erstaunliche junge Mädchen, von dem ich zu oft rede, wie Du mir vorwirfst, ist noch keine Schönheit. Dazu ist sie ein wenig zu groß und zu hager. Ihr Kopf verspricht ein Prachtstück von normannischer Schönheit. Ihre Stirn ist prächtig hoch, kühn; ihr Haar aschblond; ihre Nase klein, tadellos, entzückend. Die Augen hat sie blau und ziemlich groß. Das Kinn ist mager, ein bißchen zu lang. Das Gesicht hat ovale Form; tadeln daran könnte man den Mund, dessen Winkel ein Geringes nach unten gehen, wie beim Hecht. Aber dieses Geschöpfes Herrin, eine Fünfundvierzigjährige, die neuerdings einen Nachsommer erlebt, weist auf die tatsächlichen Fehler des jungen Mädchens so oft hin, daß ich geradezu unempfindlich dafür geworden bin."

Zehntes Kapitel
WAS IST LIEBE?

Wenn eine der Damen der Nachbargüter da war, wurden weder der junge Priester noch die kleine dörfische Vorleserin für würdig erachtet, die Geheimnisse der Partei der Ultras anzuhören. Man bereitete damals die Juli-Ordonnanzen vor, von denen man in vielen Schlössern der Normandie wußte.

Kam solcher Besuch, so zogen sich die beiden an das Ende des Salons zurück, wo sie am Fenster einem prächtigen weißen Kakadu zusahen, der mit einem silbernen Kettchen an eine Stange gefesselt war. Dort befanden sie sich in Seh-, aber außer Hörweite. Der kleine Abbé hatte einen roten Kopf, aber bald plauderte Amiele belebter denn sonst. In der Gegenwart der Herzogin wäre es als Unziemlichkeit aufgefaßt worden, von Dingen zu reden, auf die sie nicht hingeleitet hatte. Sobald Amiele allein mit dem Geistlichen war, überschüttete sie ihn mit tausend Fragen über allerlei, was ihr aufgefallen war. Sie war glücklich, bisweilen aber brachte sie ihren Partner arg in Verwirrung.

So sagte sie eines Tages zu ihm:

„Alle die schönen Bücher, die mir die gnädige Frau zu meiner Bildung in die Hände gibt, warnen mich vor etwas wie vor einem Feinde. Aber nie erfahre ich in klaren Worten, was damit gemeint ist. Herr Abbé, voll des Vertrauens, das ich zu Ihnen habe, bitte ich Sie: Sagen Sie mir: Was ist Liebe?"

Bis dahin war die Unterhaltung so unverfänglich gewesen, daß der junge, durch seine Liebe unsicher gewordene Priester nicht die Geistesgegenwart hatte, zu antworten, er wisse es nicht.

Unbedacht entgegnete er:

„Das ist zärtliche, hingebungsvolle Freundschaft, in der es einem das höchste Glück ist, mit dem geliebten Wesen das Leben zu verbringen."

Amiele wandte ein:

„Aber in allen Romanen der Madame de Genlis zum Beispiel, die ich vorgelesen habe, ist es immer ein Mann, den man in eine Frau verliebt sieht. Wenn zwei Schwestern zusammenleben, hegen sie die zärtlichste Freundschaft, und doch spricht man da nicht von Liebe."

„Weil die Liebe durch die Ehe geheiligt werden muß und ohne dies Sakrament Sünde wäre!"

In aller Unschuld, aber mit dem Gefühl, daß sie damit den Abbé in Verlegenheit setzte, erwiderte Amiele:

„Somit können Sie, der Sie nicht heiraten dürfen, keine Liebe hegen!"

Sie sagte das so herzhaft und mit einem so seltsamen Blick, daß der arme Geistliche sie mit großen Augen anstarrte.

‚Weiß sie, was sie da sagt?' fragte er sich. ‚Dann wäre es unrecht von mir, daß ich so häufig ins Schloß komme. Ihr grenzenloses Vertrauen zu mir ist beinahe Liebe oder führt dazu.'

Ein paar Augenblicke verlor sich der junge Abbé in süße Träumerei; dann aber sagte er sich schaudernd:

‚Du, mein Gott, wohin gerate ich? Ich gebe nicht nur einer Leidenschaft nach, die mich schuldig macht: ich setze mich sogar der Gefahr aus, ein junges Mädchen zu verführen, dessen Tugend mir anvertraut ist, wenn auch durch eine stille Übereinkunft, die mir aber gerade darum um so heiliger sein muß.'

In salbungsvollem Ton und so laut, daß die leise plaudernden Damen aufhorchten, hob er an:

„Liebe Tochter..."

Nach dieser Anrede reckte er sich in seiner vollen Höhe auf, gleichsam als Symbol der Überanstrengung, die es ihn kostete.

Amiele war überrascht; fast fand sie es komisch.

‚Ah!' dachte sie bei sich. ‚Da habe ich einen wunden Punkt berührt! Hinter diesem Worte ‚Liebe' muß doch ein wunderlich Ding stecken!'

Während dieser raschen seelischen Vorgänge fand der Abbé seinen Mut wieder.

„Liebe Tochter," fuhr er fort, seine Stimme mäßigend, „mein Amt verbietet mir unbedingt, dir auf die Frage zu antworten, was Liebe sei. Alles, was ich dir darüber sagen kann, ist dies, daß diese Art Wahnsinn eine Frau entehrt, wenn sie ihn mehr denn vierzig Tage, die Dauer der Fastenzeit, währen läßt, ohne ihn durch das Sakrament der Ehe zu heiligen. Die Männer hingegen sind um so angesehener in der Welt, je mehr sie Mädchen und Frauen verführt haben. Wenn also ein junger Mann zu einem Mädchen von Liebe redet, so trachtet sie danach, es geheim zu halten; und der junge Mann, den man in diesem Falle den Verführer nennt, tut, als läge auch ihm daran, obgleich ihm nichts lieber ist, als daß es alle Welt erfährt. Er will sie zur Geliebten haben, aber die Leute sollen wissen, daß er ihr Eroberer ist. Mit Recht sagt man also, der schlimmste Feind eines Weibes ist der Mann, der zu ihr von Liebe spricht. Eines will ich dir nicht verhehlen. Um sich dem passiven Gehorsam zu entziehen, zu dem eine

Tochter ihrer Mutter gegenüber verpflichtet ist, und um sich ein eigenes Befehlsgebiet zu begründen, trachten die jungen Mädchen naturgemäß danach, sich zu verheiraten. Dies hat aber seine Gefahren. Ein Mädchen kann seinen guten Ruf dabei für immer verlieren. Sie muß also wissen, aus welchem Grunde der junge Mann um sie wirbt. Unter uns Männern gibt es nämlich nur zwei Wege, vor der Welt Geltung zu gewinnen: tapfer gewesen zu sein im Kriege oder in Ehrenhändeln mit angesehenen Leuten, oder aber auffällig schöne und reiche Frauen verführt zu haben."

Amiele war in ihrem Elemente. Zwanzigmal hatte ihr Sansfin doziert, wie es ein junges Mädchen anstellen müsse, um eine vergnügte Jugend zu erleben, ohne die Achtung der Klatschbasen ihres Ortes einzubüßen.

Sie sah den Abbé verschmitzt an und fragte ihn:

„Was bedeutet eigentlich ‚verführen', Herr Abbé?"

„Wenn ein Mann allzu oft und allzu eifrig mit einem Mädchen spricht", erklärte er.

„So verführen Sie also mich!" meinte sie hinterlistig.

„Bewahre mich der Himmel davor!" rief der junge Priester entsetzt, und dunkle Röte vertrieb die Leichenblässe, die seit Minuten sein Gesicht bedeckt hatte. Er ergriff heftig Amielens Hand, stieß sie aber sofort wieder ungestüm von sich. Es kam ihr seltsam vor. Und im Kanzeltone fuhr der Abbé fort: „Ich werde dich nicht verführen, denn ich darf dich nicht heiraten. Aber jedes Mädchen ist ihrer Ehre ledig und wahrscheinlich der Verdammnis verfallen, die einem Manne gestattet, länger denn vierzig Tage von Liebe oder Freundschaft (gleich wie er es nennen mag!) zu reden, ohne den sie vorgeblich Liebenden zu befragen, ob er gewillt sei, seine Gefühle durch das Sakrament der Ehe zu heiligen."

„Wenn dieser Mann, der Freundschaft empfindet, aber bereits verheiratet ist?"

„Dann begeht er Ehebruch, die schrecklichste Sünde, die sich die Männer ihrerseits zur höchsten Ehre anrechnen und nach der sie in Frankreich bemessen werden. Aber während dies dem Manne zum Ruhme gereicht, muß die arme unglückliche Ehebrecherin allein und oft im Elende leben. Betritt sie einen Salon, so ziehen sich alle Damen auffällig von ihr zurück, sogar die, die insgeheim die gleichen Sünderinnen sind wie sie. Ihr Leben ist also schändlich hienieden; ihr Herz füllt sich mit Haß und Bosheit, und im Jenseits erwartet sie die ewige Verdammnis. So ist ihr Leben eine Schande, und nach dem Tode sind ihr die fürchterlichsten Qualen gewiß."

Amiele hörte diese Schilderung scheinbar tiefergriffen an. Im nächsten Augenblick aber sagte sie sich:

‚Gibt es denn eine Hölle? Wie kann Gott gütig sein, wenn er eine Hölle erschaffen hat? Denn als ich geboren ward, wußte er doch schon, daß ich soundso viele Jahre zu leben habe und nach Verlauf dieser Frist der ewigen Verdammnis verfalle. Wäre er nicht barmherzig gewesen, wenn er mich sofort wieder hätte sterben lassen? Wie grundverschieden ist doch die Weltanschauung des Doktors von der des Abbé! Gleichwohl muß ich jetzt eine Antwort geben, sonst wähnt er, ich sei darum verlegen.'

Im Tone vollendeter Blasiertheit sagte sie:

„Ich verstehe wohl. Man darf weder mit einem verheirateten Manne noch mit einem Priester tagtäglich reden, vor allem nicht, wenn man Freundschaft für ihn empfindet?"

Bei dieser Frage zog der Abbé mit einer krampfhaften Gebärde seine Uhr.

„Ich muß zu einem Kranken!" rief er irren Blicks. „Auf Wiedersehen, Mademoiselle!"

Damit lief er hinaus, wobei er sogar vergaß, sich von der Herzogin zu verabschieden. Diese Taktlosigkeit entrüstete sie höchlichst.

„Gehört der nicht zu Ihnen?" fragte die rechts von der Herzogin sitzende Marquise von Jauville.

„Es ist bloß der Neffe meiner Kammerfrau!" entgegnete Frau von Miossens, geringschätzig lächelnd.

„Ein manierliches Pfäfflein!" bemerkte die Baronin von Bruny, die ihr zur Linken saß.

Diese dem jungen Geistlichen mit dem hübschen Haar nachschallenden verächtlichen drei Worte entschieden sein Schicksal in Amielens Herzen. Statt seine im Vergleich mit den siegessicheren Doktrinen Sansfins so armseligen Argumente abzuwägen, dachte sie an sein jugendliches Wesen, an sein kindliches Gemüt, an seine Armut, die ihn nötigte, lächerliche Thesen zu predigen, an die er gewiß selber nicht glaubte.

„Glaubte denn Burke an den Blödsinn, den er gegen Frankreich in die Welt gesetzt hat?" unterbrach sie ihre Grübelei. „Nein! Mein Abbé ist ein Ehrenmann."

Und da sie nach Beweisen suchte, daß Clement ein Ehrenmann sei, verlor sie sich noch mehr in ihre Träumerei. Sie erkannte, daß sie durch ihr Gespräch in einen ungewöhnlichen Stand zu ihm gesetzt worden war. Eine Viertelstunde später war sie darüber entzückt, denn alles, was ihrem Geiste Nahrung zuführte, machte sie glücklich. Es galt zu erraten, was den jungen Priester so verwirrt hatte. Nie war er Amielen hübscher erschienen.

‚Wie grundverschieden ist sein Gesicht von dem des Doktors!' sagte sie sich. ‚Ich habe ihn befragt, was Liebe sei, und, ohne es zu wollen, hat er es mir gezeigt. Ich muß mich entscheiden! Fühlt er Liebe zu mir? Er sucht mich alle Tage auf; jedesmal mit lebhafterer Freude. Er redet zu mir in echter warmer Freundschaft. Ich bin mir sicher, daß er lieber mit mir spricht als mit der Herzogin, obschon sie so klug ist. Und sie versteht, die Leute zu berücken, an die sie das Wort richtet. Ja, aber Sansfin behauptet, die Bosheit der Weiber stehe in ihren Mienen geschrieben. Und die Herzogin sei boshaft. Kürzlich, als man uns berichtete, die Gräfin von Sainte-Foi sei aus ihren Wagen geflogen, hat sie sich darüber gefreut, während mir die Tränen in die Augen kamen. Kein Zweifel, die Herzogin hat ein böses Gemüt. Anselma hat die gleiche Meinung; neulich hat sie zu einer Freundin eine Andeutung gemacht... Aber angenommen, der Abbé hege Liebe zu mir, so frage ich abermals: Was ist Liebe?'

Diese Frage im Munde einer Sechzehnjährigen, die auf dem Lande aufgewachsen war, wo derbe Späße hierüber auf der Tagesordnung stehen, erscheint vielleicht wunderlich. Aber Amiele besaß unter ihren Altersgenossinnen keine Busenfreundin und hatte Zoten selten zu hören bekommen. Die andern jungen Mädchen nannten sie „die Gescheite" und suchten ihr allerlei Schabernack zu spielen.

Das kleine Hautemaresche Haus war der Treffort der Honoratioren des Dorfes. Hier versammelten sich die alten Betschwestern. Die Küstersfrau war stolz darauf, der Mittelpunkt der Gesellschaft zu sein, und damit die

Frauen auch ihre Töchter mitbrächten, hielt sie darauf, daß Amiele zu Hause war, wenn sie kamen. Der Pfarrer Dusaillard freute sich, daß es im Dorfe Gelegenheit gab, den Abend ehrbar zu verbringen; und selbstherrlich wie Landgeistliche sind, nahm er sich die Freiheit, die Versammlungen bei der Frau Küster sogar von der Kanzel herab zu empfehlen.

Dies hatte sich zugetragen bereits ehe Amiele in das Schloß berufen ward. Als sie dann, angeblich aus Gesundheitsrücksichten, auf Anraten des Doktors zu den Küstersleuten zurückkehrte, war sie bedeutend klüger geworden, und das Gewäsch der boshaften alten Frömmlerinnen konnte ihr jetzt gefährlicher werden. Man hechelte die großen und kleinen Sünden der hübschen Frauen des Dorfes durch und nahm sich dabei kein Blatt vor den Mund. Amielens Unwissenheit war ihr Schutzwall. Ihre Gedanken flogen anderen höheren Dingen nach. Vor allem fühlte sie sich unfähig zu derartigen Heucheleien, ohne die man nach des Doktors Lehre in der Welt niemals etwas erreichen könne. Nichts war ihr fader als die Sorgen um den ärmlichen Haushalt, in denen ihre Tante völlig aufging. Jemals einen Carviller heiraten zu sollen, war ihr die widerlichste Vorstellung. Alle ihre Sehnsucht führte sie nach Rouen. Wenn die Gönnerschaft der Herzogin einmal aufhörte, gedachte sie dort Buchhalterin in irgendeinem Geschäft zu werden. Zu Liebesgeschichten hatte sie keine Anlage. Am meisten Spaß machte ihr eine anregende Unterhaltung. Eine Geschichte aus dem Kriege, deren Held große Gefahren bestand und tausend Hindernisse überwand, versetzte sie tagelang in Träumerei, während sie einem Liebesroman nur sehr flüchtige Anteilnahme schenkte. Die Liebe war in ihren Augen etwas Häßliches, weil sie sah, wie die dümmsten Frauenzimmer im Dorfe am meisten hinter ihr her waren. Auch die verlogenen Romane der Madame de Genlis, die Amiele der Herzogin vorlesen mußte, verfehlten ihren Eindruck auf sie. Wenn die Herzogin sie unterbrach und den „guten Geschmack" des Buches rühmte, fand Amiele diese Stellen töricht und lachhaft. Sie hatte nur Sinn für das, was sich dem Liebespaare im Roman in den Weg stellte und zu überwinden war. Träumte ein Held tief im Walde, im bleichen Schein des Mondlichtes, von seiner Schönen, so dachte Amiele an die Gefahr, in die er sich begeben hatte, von Räubern mit Dolchen überfallen zu werden; von solchen Überfällen las sie täglich in der „Quotidienne". Genauer gesagt, es war weniger die Gefahr, die sie bei solcher Lektüre fesselte, als vielmehr der schauerliche Moment des Überfalls, wenn sich plötzlich zwei verlumpte riesige Kerle hinter einer Hecke hervor auf den Helden stürzten. Wenn sie dagegen die Pärchen des Dorfes sah, wenn sie nach dem Tanzplatz zogen, zärtlich Arm in Arm, so kam ihr dieses Sich-zur-Schau-stellen ekelhaft vor.

Das war alles, was Amiele von der Liebe wußte. Um diese Zeit hielt es der biedere Küster für angebracht, sie ein wenig aufzuklären. Öfters sprach er von der großen Sünde, mit einem jungen Manne im Walde spazierenzugehen.

‚Schön!' sagte sich Amiele. ‚Ich muß einmal mit einem jungen Manne im Walde spazierengehen!'

Das war das Endergebnis des langen Nachdenkens, das ihrem Gespräch mit dem Abbé Clement folgte.

‚Ich will unbedingt wissen, was Liebe ist!' sagte sie sich. ‚Mein Onkel schilt sie als große Sünde. Was besagt aber die Meinung eines solchen Schwachkopfes? Die Tante sprach ja auch von einer großen Sünde, als ich an einem Freitag Fleischbrühe in die Suppe getan hatte. Damals sollte der liebe Gott tief beleidigt sein! Die Herzogin und alle im Schloß fasten das ganze Jahr nicht. Sie sühnt diese große Sünde mit ein paar Talern in die Kirchenkasse für das ganze Jahr! Tatsächlich, alles was diese armseligen Hautemares faseln, ist blödsinnig dumm! Wie anders redet der Doktor! Der arme Abbé hat 150 Franken Jahresgehalt, und seit er mir zugetan ist, schenkt ihm seine Tante Anselma keinen Groschen mehr. An seinem Namenstag hat er von ihr nichts gekriegt als sechs Ellen schwarzes Tuch. Das war obendrein von der Trauer um den Herzog übriggeblieben. Allerdings bekommt er von der Herzogin hin und wieder etwas, und von den Bauern Geflügel und Wild. Er ist verpflichtet, dummes Zeug zu schwatzen, um seine Stelle nicht zu verlieren. Geht es doch sogar dem Amtshauptmann so. Was für endlosen Unsinn hat dieser Herr von Bermude zugunsten der Regierung geredet, und jetzt setzt man ihn doch ab, weil er bei den Wahlen nicht genug getan hat! ‚Welche Dummheit von ihm!' meint die Herzogin. ‚Nun muß er von seinen paar Zinsen leben! Hochmut kommt vor dem Fall!'"

Eine Flut erhabener Gedanken drang auf sie ein und ließ sie vergessen, daß sie sich einen jungen Mann suchen wollte, um mit ihm in den Wald zu gehen und ihn zu befragen, was Liebe sei.

Elftes Kapitel
FEDOR VON MIOSSENS

Amielens erster Gedanke angesichts einer Tugend war der Argwohn, Heuchelei vor sich zu haben. Doktor Sansfin hatte ihr gepredigt:

„Die Gesellschaft teilt sich keineswegs, wie Toren glauben, in Reiche und Arme, anständige Leute und Schurken, sondern einfach in Betrüger und Betrogene. Das ist der Schlüssel zum Verständnis des 19. Jahrhunderts, der nachnapoleonischen Zeit, denn persönlicher Mut und Charakterstärke vertragen sich mit der Heuchelei nicht. Man ist kein Heuchler mehr, wenn man sein Bataillon persönlich ins Feuer führt. Solche Dinge ausgenommen, schöne Freundin, glaube ich an keine der Tugenden, die irgendwer besitzen soll. Beispielsweise redet eure Herzogin fortwährend von der Gutmütigkeit. Danach wäre dies eine Kardinaltugend. In Wahrheit bedeutet dies weiter nichts, als daß sie wie alle Damen ihres Ranges lieber mit Betrogenen als mit Betrügern zu tun haben will."

Sansfin fügte hinzu:

„Glaube nun aber nicht etwa aufs Wort alles, was ich dir sage! Wende meine Lehre auf mich an! Weißt du, ob mich nicht irgendwelches Interesse veranlaßt, dich zu täuschen? Ich habe dir gesagt, für mich, der ich mich mit groben Leuten abgeben muß, die einen mit ihren Brutalitäten unterkriegen, wenn man ihnen nicht im Lügen gewachsen ist, sei es ein hohes Glück, ein Wesen gefunden zu haben, das natürlichen Geist besitzt. Die Pflege dieser Natürlichkeit und des Mutes zur Wahrheit gewährt mir so innige Freude, daß ich alles über mich ergehen lasse, was mit meiner Tätigkeit verknüpft ist, um durchs Leben zu kommen. Vielleicht ist alles, was ich dir sage, Lüge. Darum glaube mir nicht blind, sondern gib acht, ob du unter dem, was ich sage, nicht doch zufällig Wahrheit findest! Lüge ich, wenn ich dich auf ein Ereignis von gestern abend aufmerksam mache? Die Herzogin redet fortwährend von der Gutmütigkeit, und gestern abend und heute früh ist sie voller Freude über den Unfall ihrer Freundin, der Gräfin von Sainte-Foi, die vorgestern auf der Heimfahrt nach ihrem Schlosse, eine Viertelstunde von hier, mit dem Wagen umgeworfen und in den Straßengraben geschleudert worden ist."

Nach diesen Worten verschwand Sansfin. Dies war seine Art, mit Amiele umzugehen. Seine Hauptabsicht war die: Amiele sollte sich bemühen, nachzudenken.

Als der Doktor fort war, sagte sie sich:

‚In den Krieg kann ich nicht gehen. Charakterstärke aber kann ich nicht bloß an den anderen sehen, sondern hoffentlich auch selber betätigen!'

Darin täuschte sie sich keineswegs. Die Natur hatte ihr eine Seele verliehen, wie man sie braucht, um die Kraftlosigkeit zu verachten. Gleichwohl unternahm die Liebe die ersten Stürme auf ihr Herz. Der Abbé Clement kam ihr wieder in den Sinn, und zwar unwillkürlich. In seinem armseligen schwarzen Rocke erschien der junge Mann magerer denn je. Er sah sehr blaß aus. Dies vermehrte Amielens zärtliches Mitleid. Sie wäre glückselig gewesen, wenn sie mit ihm über die rauhen Lehrsätze hätte reden können, die sie der Weltklugheit des Doktors verdankte.

Sie sagte sich:

‚Vielleicht verdammt der Abbé die Liebe nur deshalb, weil es ihm der Erzbischof von Rouen anbefohlen hat, wenn er seiner Stelle nicht verlustig gehen wolle. In diesem Falle handelte er durchaus richtig, wenn er so spricht, und ich wäre eine Törin, die er insgeheim auslacht, wenn ich ihm auch nur ein Wort glaubte. Wenn er über die englische Literatur spricht, ist er ein ganz anderer; derlei liegt außerhalb des Interesses seines Erzbischofs, der vielleicht gar nicht Englisch kann. Man will mich über alles, was mit der Liebe zusammenhängt, irreführen. Dabei vergeht kein Tag, an dem ich nicht seitenlang über Liebesdinge lese. Gehören Liebesleute in die Klasse der Betrogenen oder der gescheiten Köpfe?'

Diese Frage legte Amiele ihrem Orakel vor, dem Doktor Sansfin; der aber war viel zu gewitzigt, als daß er klipp und klar Bescheid gegeben hätte.

„Meine liebe Freundin," hatte er erwidert, „merke dir: auf derlei Fragen verweigere ich glatt die Antwort. Bedenke jedoch, welche Riesengefahr in deinem Verlangen nach Aufklärung hierin liegt. Das ist so wie mit dem schrecklichen Geheimnis in einem der Märchen in Tausendundeiner Nacht, die dir soviel Spaß machen. Als der Held sich Gewißheit verschaffen will, da schießt ein ungeheurer Vogel vom Himmel herab und hackt ihm ein Auge aus."

Über diese ausweichende Auskunft war Amiele sehr verstimmt.

„Alle täuschen sie mich in Hinsicht der Liebe!" klagte sie. „Folglich werde ich niemanden mehr um Aufklärung bitten und nur glauben, was ich mit eigenen Augen sehe."

Die Riesengefahr, die der Doktor angedeutet hatte, reizte ihre Kühnheit.

„Ich will doch sehen, ob Gefahr dabei ist!" rief sie aus. „Das einzige, was ich tatsächlich von der Liebe weiß, ist das, was mir der Onkel mitgeteilt hat, der mir immer wieder vorhält, man dürfe mit einem jungen Manne nicht in den Wald gehen. Gut! Ich werde mit einem jungen Manne in den Wald gehen. Dann werden wir es haben! Und zu meinem kleinen Abbé Clement werde ich doppelt zärtlich sein, bis er ganz toll ist. War er gestern nicht äußerst spaßig, als er voll Zorn seine Taschenuhr herausriß? Wenn ich es mir getraut hätte, hätte ich ihn geküßt! Was für ein Gesicht hätte er wohl dazu gemacht?"

Amielens Wißbegier im Gebiete der Liebe war somit auf das höchste gespannt, als sie eines Tages ein Gespräch zwischen der Herzogin und Fräulein Anselma offensichtlich im Moment ihres Eintritts ins Zimmer zum Abbruch brachte. Es war also von ihr die Rede gewesen!

Die Herzogin hatte in der vergangenen Nacht einen Eilboten aus Paris empfangen. Es war am Vorabend der Revolution. Ein vertrauter Freund vermeldete ihr Einzelheiten, die sie um ihren Sohn bange machten. Die Truppen aus dem Lager von St. Omer seien im Anmarsch auf Paris, um die Verschwörung der liberalen Abgeordneten zur Räson zu bringen. Die Herzogin hatte den Boten sofort zurückgehen lassen, um ihrem Sohne die Nachricht zu geben, sie fühle sich von Tag zu Tag schwächer und bäte ihn um einen Beweis seiner Liebe, vielleicht um den letzten. Er solle binnen zwei Stunden nach Empfang ihres Briefes abreisen und auf drei Tage nach Carville eilen.

Der Besuch der Kriegsschule war eine der Entgleisungen des armen Herzogs. Sie war republikanisch, sogar in der napoleonischen Zeit.

„Ein Herzog von Miossens Republikaner!" sagte die Herzogin entsetzt. „Das wäre wirklich das allerschönste!"

Kaum war der Eilbote auf die geheimnisvollste Weise wieder fortgesandt, als der Doktor Sansfin auch schon die bevorstehende Ankunft des jungen Herrn wußte. Das war ein Ereignis, vor dem er Angst hatte.

Er sagte sich:

„Der junge Mann hat ein hübsches Gesicht. Er trägt Uniform. Die allein genügt, um ihn in Amielens Augen in napoleonische Gloriole zu stellen. Dann habe ich das allerliebste Ding verloren. Was hat es mich schon für Mühe gekostet, sie aus dem Banne des kleinen Abbé Clement zu ziehen. Seine Schüchternheit ist mir zu Hilfe gekommen. Bei dem jungen Herzog kann ich auf diese Bundesgenossin natürlich nicht rechnen. Der läßt sich von seinem gerissenen Kammerdiener lenken. Dieser Lakai ist imstande, sich mit Amiele zu verständigen, und dann habe ich das kleine Mädchen mit Mühe und Not zu einem geistreichen Wesen gemacht, lediglich damit ihre Schäferstunden mit dem jungen Herzog so pikant wie nur möglich ausfallen."

Zwei Stunden später erschien der ehrenwerte Hautemare in seinem Sonntagsrock im Schlosse. Sein Kommen um 11 Uhr abends deutete auf Außergewöhnliches. Die erste Klingel am Tor des großen Hofes lärmte eine Viertelstunde lang, ehe Johann, der alte Diener, der die äußeren Türen unter sich hatte, wahrhaben wollte, daß es wirklich läutete.

Die Herzogin bildete sich ein, die Glocke klänge unheilvoll.

‚Es ist irgend etwas in Paris passiert!' sagte sie sich. ‚Welche Partei wird mein Sohn ergriffen haben? Du mein Gott, wie unselig, diesen Herrn von Polignac ins Ministerium zu nehmen! Es ist das Schicksal unserer armen Bourbonen, daß sie immer Schwachköpfe als Ratgeber berufen. Sie hatten Herrn von Villèle. Er ist freilich ein Bürgerlicher, aber um so besser hätte er die Bürgerlichen, die den Hof angreifen, gekannt. Die Kriegsschüler werden mit Geschützen nach den Tuilerien geführt worden sein, und die armen Jungen werden, von etwelchen Schmeicheleien des Königs verführt, das Schloß verteidigen wollen wie ehedem die Schweizer am 10. August..."

In ihrer Ungeduld schellte sie allen ihren Kammerfrauen. Sie öffnete die Balkontür und stürzte halbbekleidet auf den großen Balkon.

„Schnell, Johann, schnell! Bequemen Sie sich endlich, aufzumachen!"

„Zum Donnerwetter!" brummte der alte Diener mißlaunig. „So spät aufmachen zu sollen! Madame, ich habe keine Lust, mich totbeißen zu lassen!"

„Sie haben wohl Angst vor den Leuten, die mein Tor belagern? Wer ist es übrigens?"

„Leute?" räsonierte der alte Mann weiter. „Um Ihre Hunde handelt es sich! Die Beester sind hinter mir her. Wie kann man auch englische Bulldoggen kommen lassen. Wo sich ein Engländer festbeißt, läßt er nie wieder los!"

Es währte eine gute Viertelstunde, bis Lovel, der englische Diener, geweckt und angezogen war. Er erfreute sich des Ruhmes, der einzige im ganzen Schlosse zu sein, der sich bei seinen Landsleuten, den Bulldoggen, Gehör zu verschaffen verstand.

Inzwischen klingelte der Küster, in der Meinung, man wolle ihm nicht öffnen, immer heftiger. Dieses laute

Schellen, das Gekläff der Hunde, das Keifen Johanns und das Gefluche Lovels wandelten die Aufregung der Herzogin in einen regelrechten Nervenchok. Ihre Kammerfrauen mußten sie ins Bett tragen und ihr Riechsalz vor die Nase halten.

„Mein Sohn ist gefallen!" rief sie. „Bei seiner Rückkehr nach Paris hat der Bote die Revolution bereits im Marsche gefunden!"

In diese Vermutung hatte sie sich gänzlich verrannt, als man ihr meldete, der Einlaß Begehrende sei niemand weiter als der Küster aus dem Dorfe.

Johann hatte ihn beim Öffnen angegrobst:

„Ich wüßte nicht, wer mich daran hindern sollte. Ich brauche dem Lovel nur ein Wort zu sagen, und die Hunde beißen Ihnen die Knochen kaputt!"

„Abwarten!" hatte der Schulmeister geantwortet. „Nachts gehe ich nie aus ohne Säbel und Pistole!"

Die Herzogin vernahm die letzten Worte dieses Wortwechsels. Sie war nahe daran, abermals in Ohnmacht zu fallen, diesmal aus Wut. Da erschien Hautemare, ebenfalls in höchster Wut, in ihrem Schlafzimmer.

„Gnädige Frau," begann er, „bei allem Respekt, den ich Ihnen schulde, muß ich mir doch unbedingt meine Nichte Amiele zurückerbitten. Es schickt sich nicht, daß sie unter einem Dache mit Ihrem Herrn Sohn wohnt, der sich das Vergnügen machen könnte, eine anständige Familie zu schänden..."

„Was muß ich hören, Herr Küster?" erwiderte die Herzogin. „Das erste Wort, das Sie sich mir gegenüber erlauben, nachdem Sie zu ungebührlicher Stunde das ganze Schloß in Aufruhr versetzt haben, ist keine Entschuldigung? Sie kommen mitten in der Nacht her als sei dies hier der Dorfplatz!"

„Frau Herzogin," begann der Küster von neuem in wenig ehrerbietigem Tone, „ich bitte um Entschuldigung und zugleich um meine Nichte! Meine Frau wünscht nicht, daß Amiele Ihren Herrn Sohn kennenlernt."

„Was fällt Ihnen ein, von meinem Sohne zu sprechen?" schrie die Herzogin, ganz außer sich.

„Er kann in der Frühe ankommen, und wir wollen nicht, daß er unsere Nichte sieht!"

‚Großer Gott!' dachte die Herzogin bei sich. ‚Die Pariser Verschwörung hat sogar unser Dorf verrückt gemacht! Aber ich darf mich mit diesem dreisten Burschen nicht überwerfen. Er steht beim Proletariat in Ansehen. Das beste wäre, ich verbringe den Rest der Nacht in meinem Turme. In Rouen wird es Mord und Totschlag geben ganz wie in Paris. Nach Rouen kann ich mich also nicht retten! Ich muß meine Zuflucht in Le Havre suchen. Dort wohnen eine Menge Kaufleute, die große Lager voll Waren besitzen. Obwohl sie im Grunde Jakobiner sind, werden sie doch aus Eigennutz eine Weile Widerstand leisten. Meine Cousine, die Larochefoucauld, wurde zu Beginn der Revolution ermordet, weil der Mob erfuhr, daß sie sich Postpferde bestellt hatte. Ich muß den biederen Hautemare auf meine Seite bringen. Leute seines Schlages rutschen vor einem Geldstück auf den Knien. Im Notfalle gebe ich ihm zwei Dutzend Goldstücke, damit er mir Postpferde besorgt.'

Während dieser Überlegung blieb die Herzogin stumm. Der Küster, den die Schikanen der Bedienten grimmig gemacht hatten, vermeinte, dies Stillschweigen bedeute Weigerung. In frechem Tone sagte er deshalb:

„Madame, geben Sie meine Nichte heraus! Zwingen

Sie mich nicht, daß ich sie mir gewaltsam hole, an der Spitze aller meiner Freunde vom Dorfe!"

Diese Unverschämtheit war entscheidend.

Die Herzogin warf ihm einen bösen, haßerfüllten Blick zu; dann aber sagte sie in bestrickendem Tone:

„Verehrter Herr Hautemare, Sie mißverstehen mich gründlichst! Ich will Ihnen Ihre Nichte wiedergeben, aber ich überlegte mir eben, daß die frische Nachtluft ihr Brustleiden verschlimmern könnte. Gehen Sie, bitte, sagen Sie, die Kutsche soll angespannt werden! Ersuchen Sie Fräulein Anselma, daß sie Amiele beim Ankleiden behilflich ist! Ich selbst werde mich auch ankleiden."

Hautemare tat sein möglichstes, um im Zorn zu bleiben. Ohne seine Nichte konnte er unmöglich heimkehren. Er malte sich den schrecklichen Auftritt aus, den er in diesem Falle von seiner Frau zu erwarten hatte.

Die Herzogin wies ihn energisch aus dem Zimmer. Er verließ es. Sofort stürzte sie an die Tür und schob schleunigst alle drei Riegel vor.

Nachdem sie dies getan, kam ein Moment der Ruhe über sie.

‚Da haben wir die Bescherung!' sagte sie sich. ‚Meinetwegen! Ich nehme meine Diamanten, mein Gold und den falschen Paß, den mir der gute Doktor verschafft hat!'

In diesem Augenblick war sie höchst energisch. Ohne jemandes Hilfe öffnete sie eine kleine Klappe unter einem der Füße ihres Bettes. An dieser Stelle hatte der Teppich einen Ausschnitt, der sich mit Leichtigkeit lostrennen ließ. Ein gewöhnliches Kästchen enthielt ihre Brillanten. Das Gold machte ihr mehr Mühe. Es waren an die sechs Pfund. Die Edelsteine nebst einem Bündel

Banknoten barg sie in ihrem Korsett. Das Gold steckte sie in den Muff. Alles das war in fünf Minuten erledigt.

Sodann eilte sie in das Zimmer Amielens, die sie in Tränen fand. Anselma hatte ihr eben ob der Zudringlichkeit ihres Onkels, in so lächerlicher Stunde das Schloß zu alarmieren, grobe Vorwürfe gemacht.

Angesichts von Amielens Tränen vergaß die Herzogin all die Sorgen, die sie noch eben um sich selbst gehabt hatte. Ihr Mut war im Moment so groß, daß sie laut und herzlich auflachte, als Amiele die Frage tat, wie weit der Brand um sich gegriffen habe. Anselma hatte nämlich auf ihre Frage nur Scheltworte erwidert, und so glaubte sie, es brenne im Schlosse.

„Es ist weiter gar nichts los, Kindchen!" sagte die Herzogin. „Es ist wieder einmal Revolution im Dorfe. Beruhige dich aber! Ich bin mit allem versehen. Wir retten uns nach Le Havre und gehen von dort schlimmstenfalls auf ein paar Wochen nach England. Wenn ich dich bei mir habe, werde ich genau so glücklich sein wie hier im Schloß!"

Bei aller Zärtlichkeit und Zuneigung für Amielen hielt es die Herzogin doch für klug und weise, ihren Sohn nicht zu erwähnen. Sie war entschlossen, etliche Stunden im Turm zu verbringen und daselbst Fedors Ankunft in Carville zu erwarten. Im Falle einer starken Erregung der Bevölkerung wollte sie in der Nacht auf einem Umwege, seitwärts der Heeresstraße, in das Schloß zurückkehren, um ihren Sohn zu treffen.

Amiele bewunderte den großen Mut der Herzogin.

Sie sagte sich:

‚Diese großen Damen sind uns Frauen aus dem Volke tatsächlich überlegen. Gewiß, ich hätte keine

Angst, mit der Herzogin auf der großen Straße und über den Dorfplatz zu fahren, mag dort alle Welt schreien: ‚Hoch der Kaiser!' oder ‚Hoch die Republik!' Wenn die Leute den Wagen der Herzogin zertrümmern, werde ich ihr den Arm reichen, und wir werden stolz durch das Dorf zu Fuß gehen. Iwan und Matthias, die beiden Hilfsglöckner, stehen mir sicherlich bei; und Iwan ist ein starker Mann. Furcht habe ich also keine, aber ich bin ernst und gespannt. Unsere Gnädige hingegen scherzt und bringt uns zum Lachen..."

In der Tat war die Herzogin von bewundernswürdiger Kaltblütigkeit. Anselma und Johann erhielten von ihr tausend Franken in Silbertalern mit der Anweisung, sie unter die gesamte Dienerschaft zu verteilen. Niemand durfte sie begleiten. Ausdrücklich wiederholte sie mehrfach, sie käme am nächsten Tage zurück.

Man hatte den Landauer, der ein prächtiges Wappen auf jedem Schlage trug, angespannt. Obgleich die Zeit drängte, befahl sie, einen kleineren geschlossenen Wagen zu nehmen, der kein Wappen hatte und somit weniger auffiel. Endlich stieg sie mit Amiele und Hautemare ein.

Der Küster war erschöpft. Eine Stunde lang den Wüterich zu spielen, hatte ihn außerordentlich angestrengt. Jetzt hatte er vor Schlappheit Tränen in den Augen; er wußte kaum mehr, was er schwatzte.

Beim Einsteigen hatte die Herzogin Amielen zuflüstern können:

„Dieser Mann darf nichts von unseren Plänen wissen! Vielleicht haben ihn die Jakobiner in ihrem Garne."

Nachdem sie zehn Minuten gefahren waren, sagte Amiele:

„Gnädige Frau, es ist alles ruhig!"

Der Wagen fuhr mitten durch das Dorf. Vor dem Gemeindeamt brannte friedlich die Laterne. Kein Geräusch ward hörbar; nur aus einer Stube der ersten Stockes drang lautes Schnarchen.

Die Herzogin lachte auf und umarmte Amielen, die vor Rührung und Anhänglichkeit weinte. Mehrere Minuten lang überließ sich die Herzogin ihrem Freudenausbruche. Hautemare war starr vor Staunen.

Die Herzogin hatte den Gedanken:

‚Den Argwohn dieses Mannes muß ich verscheuchen!'

Sie sagte zu ihm:

„Verehrter Hautemare, sind Sie zufrieden mit dem Mute, den ich habe, um Ihre Nichte zu ihrer Tante zurückzubefördern? Sie haben den Schlüssel zum Turm. Schließen Sie ihn auf und machen Sie im zweiten Stocke Feuer! Ich will mich ein bißchen niederlegen, und wenn Frau Hautemare es gestattet..." (dem Küster entging die Ironie dieser Worte!) „...und weil ich mich vor Gespenstern fürchte, soll Amiele in dem Feldbette neben mir schlafen."

Sie war so klug gewesen, Hautemare nicht zu fragen, woher er wisse, daß Fedor erwartet werde.

‚Er steht offenbar mit den Jakobinern in Verbindung!' dachte sie. ‚Die Wahrheit sagt er mir doch nicht. Es ist also besser, ihn gar nicht erst stutzig zu machen. Später erfahre ich den ganzen Zusammenhang durch meine kleine Amiele.'

Jetzt, wo Hautemare gewiß war, von seiner Frau keine Gardinenpredigt zu hören, schämte er sich der groben Worte, die er zur Herzogin gesagt hatte. Frau Hautemares Zorn aber war angesichts der Zuvorkommenheit der vornehmen Dame, die ihr die Nichte persönlich wieder zuzuführen geruhte, völlig verraucht. Sie zog sich an und goß Tee auf. Daß Amiele im Turme schlafen sollte, erlaubte sie ohne weiteres.

Der Küster trug den Tee in den zweiten Stock, fragte, ob die gnädige Frau noch Befehle habe, und zog sich unter tausend Kratzfüßen zurück.

Zwölftes Kapitel
NACHRICHTEN AUS PARIS

Die Herzogin und Amiele lachten noch eine Weile über die ausgestandene Angst und Not, horchten ein paarmal in die tiefe Stille hinaus und schliefen dann ein.

Am anderen Morgen erwachte die Herzogin erst um 9 Uhr. Eine Viertelstunde später hielt sie ihren Sohn in den Armen. Es war am 28. Juli 1830. Fedor war um 7 Uhr eingetroffen, hatte aber verboten, daß seine Mutter geweckt werde.

Er war sehr trübsinnig.

‚Wenn die Unruhen weiterdauern, werden meine Kameraden sagen, ich sei ein Drückeberger. Hoffentlich erlange ich von meiner Mutter sofort die Erlaubnis, nach Paris zurückzugehen.'

Als Amiele den ruhlosen jungen Mann in seiner engen Uniform sah, fand sie, er habe etwas Erbärmliches in seinem Wesen, was ihr unmöglich machte, Kraft und Mut in ihm anzunehmen. Er war schlank und zierlich und hatte ein hübsches Gesicht, aber seine übergroße Angst, für einen Drückeberger zu gelten, raubte ihm in diesem Augenblick jedweden Ausdruck von Entschiedenheit.

‚Er sieht genau so nichtssagend aus wie auf dem Bilde, das im Zimmer seiner Mutter hängt, und an dem man nichts als den kostbaren Rahmen bewundert!' sagte sich Amiele.

Fedor seinerseits gestand sich in einem Augenblick, in dem ihm sein Gewissen Ruhe ließ:

‚Das ist also das kleine Dorfmädel, das sich mit normännischer Schlauheit und wohlberechneten kleinen Diensten die Gunst meiner Mutter zu erwerben verstanden hat und — was noch mehr besagt! — sich auch erhält!'

Das Milieu, in dem Amiele den jungen Mann zuerst gesehen — es war in der Küche, in Gegenwart der beiden Küstersleute, die betrübt waren, daß die Quelle der kleinen Geschenke versiegen könne, mit denen die Herzogin so freigebig war —, dieses Milieu war ihr allzu bekannt und langweilig, und so hafteten Amielens Blicke immer wieder unwillkürlich an dem schlanken jungen Offizier, der so blaß und verstört aussah.

Dies war also das Miteinanderbekanntwerden Amielens mit Fedor, vor dem der Doktor Sansfin so große Furcht hatte!

Frau Hautemare flüsterte ihrer Nichte immer wieder zu:

„Heiße den jungen Herrn in unserem Hause willkommen! Du bist ja sonst so klug! Rede, sprich mit dem Herrn Herzog! Sonst denkt er gar, wir seien dumme Bauern."

Amiele bemühte sich vergeblich, ihrer Tante begreiflich zu machen, es sei besser, den Ankömmling unbelästigt zu lassen.

Fedor hörte das alles sehr wohl. Seine schlechte Laune richtete sich auf die beiden Alten. Nacheinander machte er die Wahrnehmung, daß das junge Mädchen entzückendes Haar besaß und ganz allerliebst war, wenn die Landluft sie auch ein wenig gebräunt hatte. Alsdann stellte er bei sich fest, daß sie durchaus nicht den falschen Blick und das süßliche Getue einer Dorfintrigantin aufwies.

Frau Hautemare begab sich alle zehn Minuten hinauf in den Turm, um nachzusehen, ob die Herzogin erwacht sei. Währenddem blieb Fedor allein mit Amiele, und seine jugendliche Sinnlichkeit errang schließlich den Sieg über seine Angst, als schlechter Soldat zu gelten. Er beobachtete sie aufmerksam, und sie sprach mit ihm schon aus Neugier mit eifrigem Interesse.

Da trat Doktor Sansfin in die Küche. Man hätte ihn malen können: er stand da mit offenem Munde und starren großen Augen wie einer, der mitten im Gange zu einer Bildsäule versteinert wird.

‚Ein grundhäßlicher Kerl!' dachte Fedor bei sich, als er den Buckligen wahrnahm. ‚Aber man sagt, dieses Scheusal und dies hübsche kleine Mädel haben meine Mutter in der Tasche. Machen wir beiden den Hof! Sie müssen mir helfen, die Erlaubnis meiner Mutter zur Rückkehr nach Paris zu erringen!'

Sowie dieser Entschluß gefaßt war, eröffnete der junge Herzog eifrigst eine Wortattacke auf den Arzt. Er begann mit einem übertriebenen Bericht über die ersten Unruhen am 26. Juli mittags im Garten des königlichen Schlosses, in der Nähe des Café Lemblin. Zwei Kriegsschüler saßen just dort, als man die berühmten Ordonnanzen laut verlas. Sie eilten schleunigst in die Kriegsschule und teilten ihren daselbst im Hofe versammelten Kameraden genauestens mit, was sie eben vernommen hatten.

Sansfin lauschte ihm voller Erregung, die sein Gesicht deutlich verriet. Offenbar war er hocherfreut über das Mißgeschick, das den Bourbonen drohte. Die Unverschämtheiten des Adels und der Geistlichkeit waren von ihm, der sich für einen Gott hielt, stark empfunden worden. Seine Phantasie frohlockte im Gedanken an die Demütigungen, die dieses Herrscherhaus erleiden sollte, das es seit einem Jahrhundert mit den Starken wider die Schwachen gehalten hatte.

‚Die Bourbonen waren es,‘ sagte er sich, ‚die der Klasse, in der ich geboren bin, für alle Zeiten den Namen Canaille gegeben haben! Alles, was Geist hat, ist ihnen verdächtig. Wenn dieser Anfang eines Aufstandes einigermaßen ernste Folgen hat, wenn die lächerlichen Pariser den Mut zum Mute haben, so muß der alte Karl X. abdanken — und die Klasse der Canaille, zu der ich gehöre, kommt einen Schritt vorwärts. Wir entwickeln uns zu einer ehrbaren Bourgeoisie, und die Monarchie wird Mühe haben, sich zu halten...‘

Da fiel ihm plötzlich ein, daß er bei der Kongregation einen Stein im Brett hatte.

‚Ich bin nahe daran, eine Stelle zu ergattern, sofern ich will! Die Insassen aller Schlösser der Umgegend zahlten gern 5o bis 100 Louisdors, je nach dem Grade ihres Geizes, wenn sie mich dafür an den Galgen kriegten. In Erwartung dieses erhabenen Augenblicks bin ich der gegebene Vermittler zwischen diesen Herrschaften und dem Volke. Ich spiele auf ihrer Angst wie Amiele auf ihrem Klavier. Wie es mir gefällt, kann ich sie vermehren oder beruhigen. Siegen sie in großem Stile, so werden die Hitzigsten unter ihnen (die Mitglieder des Kasinos) bei den anderen durchsetzen, daß ich eingesperrt werde. Hat der Vicomte de Saxile, der junge Mann mit der Hausknechtsphysiognomie, nicht in meinem Beisein zu seinen adligen Kumpanen gesagt: ‚Nur ein Jakobiner vermag die Mittel der Jakobiner zum Umsturz mit soviel Behagen und bis ins einzelne darzulegen!' Wenn also die Pariser Revolte trotz des Leichtsinns dieser kläglichen Kerle die Bourbonen zum Teufel jagt, so geht mir auch das Glück in Trümmer, an dessen Untergrund ich seit sechs Jahren bei den Pfaffen der ganzen Gegend mühselig baue. Leute anderen Schlages werden die Macht bekommen, und mein Genie wird Wunderdinge verrichten müssen, um sich im Regime der Brutalität einen Platz zu erringen. Triumphiert die Hofpartei, so werden ein paar Dutzend liberale Abgeordnete an die Wand gestellt; ich muß mich nach Le Havre retten, von da vielleicht gar nach England, denn besagter Vicomte wird alles aufbieten, mich festzusetzen. Auf jeden Fall werden sie meine Papiere durchwühlen, um zu erkunden, ob ich mit den Pariser Liberalen in Verbindung stehe. Dieser junge Narr hier will in seine Kriegsschule zurück. Ich muß die Herzogin überreden, daß sie es ihm erlaubt. Ich werde als Hemmklotz mitgehen, ihn nach Paris begleiten. Ich werde seiner Mutter zweimal täglich Bericht schicken; im übrigen werde ich alles aufbieten, mich an die siegreiche Partei heranzuschlängeln. Die Pariser sind ja so dumm, daß sich die Regierung gewiß durch schöne Versprechen aus der Klemme helfen wird. Ist das Volk nicht mehr in Wut, dann kümmert es sich um nichts mehr. Und es dauert keine acht Tage, daß sich die Pariser abkühlen. Für diesen Fall werde ich mir die Gunst der Kongregationshäupter erwerben und als ihr Abgesandter nach Carville zurückkehren. Dann bringe ich all den Schwachköpfen der Partei bei, daß Herr von Saxile ein Heißsporn ist, imstande, den ganzen Brei zu verderben. Zum mindesten rette ich mich damit vor dem Gefängnis, in das mich dieser Schuft bringen möchte. Kurz und gut, ich muß das dumme Kerlchen beschwatzen, mich zu seinem Reisebegleiter zu machen!'

Gesagt, getan! Alsobald begann Sansfin dem jungen Herzog zu schmeicheln, indem er den Geist der Kriegsschule ordentlich in den Himmel hob. Er pries die Gründer dieser Anstalt. Das waren Fedors Götter. Sie waren es, die in seinem Herzen den Kampf wider die feudalen Vorurteile leiteten, die ihm seine Eltern sorglichst anerzogen hatten. Er war stolz darauf, Herzog zu sein; ein paarmal am Tage dachte er an seinen Titel, aber hundertmal am Tage war er voller Entzücken darüber, daß er als einer der besten Schüler der Kriegsschule galt.

Als Frau Hautemare endlich erschien und meldete, es werde im Zimmer der Herzogin hell gemacht, sah Fedor in Sansfin bereits einen geistreichen Menschen, und in Amielens Augen wuchs des Doktors Ansehen ob der Geschicklichkeit, mit der er dem jungen Herzog zu gefallen verstand.

Im Augenblick, wo dieser wegging, um den wundervollen Blumenstrauß, den er aus Paris mitgebracht hatte, vor dem Schlafzimmer seiner Mutter abzugeben, gelang es Sansfin, Amielen zuzuflüstern:

„Das Schwierigste in der Welt ist es, jemandem zu gefallen, den man verachtet. Ich weiß wirklich nicht, ob es mir glücken wird, vor diesem Herzöglein Gnade zu finden."

Fedor begab sich hinauf zur Mutter. Der Doktor

hatte Krankenbesuche zu machen. Sodann wollte er von der Herzogin persönlich hören, was ihr ihr Sohn gesagt. Selbstverständlich sollte das unter vier Augen geschehen, denn bei dieser Gelegenheit gedachte er sie dahinzubringen, ihn mit Fedor nach Paris zu entsenden.

Aber als er nach einer Stunde zurückkam, fand er die Herzogin in Tränen, einem neuen Nervenchok nahe. Von der Rückkehr ihres Sohnes wollte sie nichts hören. Bei jedem Wort, das sie sprach, klammerte sie sich geradezu hysterisch an ihn.

Sie sagte zu ihm:

„Entweder ist der Aufstand in Paris belanglos, dann wird deine Abwesenheit gar nicht weiter bemerkt. Du hast eben deine kranke Mutter besucht. Nichts ist natürlicher! Oder aber der Aufstand geht so weit, daß die 30 000 Mann aus St. Omer, die auf Paris marschieren, herangeholt werden. In diesem Falle will ich nicht, daß ein Miossens im Lager der Feinde des Königs stehe. Deine Laufbahn wäre für immer vernichtet. Und da ich bei Fragen von Bedeutung deinen Vater ersetze, so befehle ich dir feierlich, du bleibst hier!"

Dies sagte sie in ziemlich energischem Tone. Sodann ersuchte sie ihren Sohn, da er die ganze Nacht in der Post gesessen habe, sich im Schloß zu Bett zu legen und zwei Stunden auszuruhen.

Als sie mit Sansfin allein war, sagte sie:

„Unsere armen Bourbonen sind wie gewöhnlich Opfer des Verrats. Sie werden sehen, daß die Truppen von St. Omer von den Jakobinern gewonnen werden. Diese Leute arbeiten mit Mitteln, die unerklärlich sind, mir wenigstens. Ein Beispiel! Sagen Sie mir, verehrter Doktor, auf welchem Wege hat Hautemare gestern abend um 9 Uhr erfahren, daß mein Sohn aus Paris hierher beordert war? Ich habe keiner Seele etwas von dem Briefe anvertraut, den ich dem Eilboten des Herzogs von Larochefoucauld mitgegeben hatte. Mein Sohn hat mir soeben den Brief gezeigt. Wir haben das Siegel eine Viertelstunde lang genauestens untersucht; es war unversehrt, als Fedor den Brief erhielt."

Sansfin verstand es, die Nerven seiner Patientin einzuschläfern. Darin war er Künstler. Er wußte, worauf es ankam. Durch Fedor wußte er, was die Herzogin über den Aufstand in Paris erfahren hatte. Sie kam ihm wie eine gereizte Löwin vor. Nun lag es in seinem Interesse, dem Dorfe fernzubleiben, bis das Endergebnis der Revolte in Carville bekannt wurde.

Die Herzogin kam bald auf einen Einfall. Ihr Sohn war sehr erholungsbedürftig. Wie alle Kriegsschüler hatte er zuviel gearbeitet. Er solle vierzehn Tage an die See; aber nicht nach Dieppe, das durch die Herzogin von Berri bei den Jakobinern in schlimmen Ruf gekommen war, sondern viel richtiger nach Le Havre. Die Sorge um die vollen Warenspeicher war der beste Schutz, im Falle, daß die Jakobiner Erfolg hatten. Blieb aber der Hof am Ruder, was Doktor Sansfin für das wahrscheinlichste hielt, so konnten die bösen Zungen der Nachbarschlösser die kleine Reise der Herzogin unmöglich für lächerlich halten. Fedors Magerkeit und Blässe bewiesen genug, daß er überarbeitet war. Zudem herrschte drückende Hitze. Was war natürlicher als daß der Arzt einen Aufenthalt an der See angeordnet hatte? Dieppe kam nicht in Frage, weil die Toilette der Herzogin erst aus Paris hätte vervollständigt werden müssen. Schließlich hatte Fedor schon oft den Wunsch geäußert, einmal ein paar Tage nach

England zu gehen; eine längere Reise gestattete ihm sein Studium nicht. Gut! Von Le Havre sollte er acht Tage nach Portsmouth fahren.

Dreizehntes Kapitel
DIE ABREISE

Unverzüglich wurden alle Vorkehrungen zur Reise getroffen, die Doktor Sansfin angeregt hatte. Die Herzogin versprach sich unermeßlich viel davon. Le Havre war weiter entfernt von Paris als Carville. Außerdem schmeichelte sie sich, auf der Strecke Carville—Le Havre niemandem bekannt zu sein. Sie war wirklich recht leidend und verließ den Turm nicht. Der Reisewagen ward im Schlosse gepackt.

Abends 8 Uhr, als die Postpferde am Turm eintrafen, sah man auf der Straße Paris—Carville die gewöhnliche Post kommen, die Trikolore am Bock.

„Bei Gott," rief die Herzogin aus, als sie mit ihrem Sohne und Doktor Sansfin in ihrem Reisewagen Platz nahm, „wie bin ich froh, daß ich Ihnen voll vertraut habe!"

Der Doktor wollte den Platz zur Seite der Herzogin durchaus nicht annehmen. Fedor, den diese Höflichkeit ärgerte, setzte sich, sowie man ein Viertelstündchen aus dem Dorfe war, auf den Bock neben den Kutscher.

Sansfin war glücklich. Im Augenblick, wo das endgültige Ergebnis der Revolution in Carville bekannt werden würde, weilte er in der Ferne, und für lange Zeit hatte er jedwede geistige Verbindung zwischen dem eleganten und urbanen jungen Herzog und der reizenden Amiele unmöglich gemacht.

Unterwegs fanden die drei Reisenden überall nichts als Neugier. Alle Welt fragte sie nach neuen Nachrichten aus Paris. Sie antworteten mit Gegenfragen, indem sie erklärten, aus der Nachbarschaft zu kommen. Und bei der Ankunft im Posthause zu Le Havre wies die Herzogin hochmütig ihren Paß vor, der auf die Namen: Frau Miaussante und Sohn lautete. Sie hatte Fedor genötigt, auf seine Uniform zu verzichten. Der junge Mann war trostlos.

„Während sich die anderen schlagen," wehklagte er, „drückt sich der Herzog von Miossens nicht nur, sondern versteckt sogar seinen Rock!"

In Le Havre richteten sie sich in einem Privathause ein, bei Bekannten des Doktors. Er besorgte eine Kammerjungfer und zwei Diener, von denen keiner wußte, wer Frau Miaussante eigentlich war.

Von persönlichen Besorgnissen frei, überstand die Herzogin die ersten Tage der Verzweiflung, die ihr das unglaubliche Ergebnis der Julirevolution verursachte. Als sie die Verbannung des Königs Karl nach England vernahm, begab sie sich mit ihrem Sohne nach Portsmouth, während Sansfin nach Paris fuhr, nachdem er die Herrschaften an das Schiff begleitet und sich alsdann eine blauweißrote Rosette in das Knopfloch seines Rockes gesteckt hatte. Bei seinen Freunden von der Kongregation übertrieb er die Gefahren, die er in Carville durchgemacht hatte.

Acht Tage darauf machte der „Moniteur" bekannt, daß Doktor Cäsar Sansfin zum Unterpräfekten in der Vendée ernannt worden war. Jetzt hatte er nichts anderes im Kopfe als der neuen Regierung seine Treue zu beweisen.

Die Kongregation gab ihm allerhand gute Empfehlungen. Seine ärztliche Tätigkeit in Carville hatte ihm sieben- bis achttausend Franken im Jahre gebracht; es graute ihm davor, in Paris in Uniform und Degen einherstolzieren zu sollen.

Er sagte sich:

‚In Carville war man an meinen Buckel gewöhnt.'

Acht Tage nach seiner Ernennung ward er krank und nahm Urlaub nach Carville.

Amiele war bei ihrer Tante verblieben. Drei Tage nach der Abreise der Herzogin kamen vier riesige Pakete an, die den Handwagen des Schlosses beinahe ausfüllten. Es waren Kleider aller Art und Wäsche, ein Geschenk der Herzogin. Diese Gunstbezeigung war besonders rührend, weil die hohe Dame, als sie am 27. Juli vor der Wegfahrt eine Stunde im Schlosse weilte, diese Sendung vor ihren Augen einschnüren und umständlich hatte versiegeln lassen. Sie traute der Ehrlichkeit ihres Personals nicht so recht. Das war eine kluge Maßregel, denn Fräulein Anselma war übelster Laune, als sie die Pakete erblickte. Ihre Verstimmung steigerte sich zur Wut, als sie sah, daß Amiele im Dorfe verblieb, ihr aber keinen Besuch machte.

Amiele dachte gar nicht daran; sie hatte genug damit zu tun, die tolle Freude zu verbergen, die sie verzehrte. Jeden Morgen, beim Erwachen, empfand sie von neuem ihr Glück, wenn sie sich vergegenwärtigte, daß sie nicht mehr in dem feudalen Schlosse wohnte, wo alle Menschen alt waren und wo von zehn Worten, die gesprochen wurden, neun nichts als Tadel enthielten. Die einzige ihr unliebsame Beschäftigung war der Brief, den sie täglich an die Herzogin schreiben mußte. Wenn sie ihre Gedanken nicht fest am Zügel hielt, mißlangen ihr diese Briefe, aber sie hatte nicht die Geduld, sie in diesem Falle nochmals zu schreiben. Sie wußte wohl, daß sie eine höfliche Vermahnung zu erwarten hatte, aber der Gedanke daran war ihr lästig und sie unterdrückte ihn sofort. Alles in allem waren ihr vom Schloß, acht Tage nachdem sie es verlassen, nur drei Dinge in der Erinnerung verblieben, drei Dinge, die Amielen als Sinnbild der abscheulichsten Mißlaune galten: die Feudalität, der zeremonielle Prunk und das wohlgefällige Gerede von kirchlichen Dingen.

Nichts kam ihr lächerlicher und zugleich widerlicher vor als affektiertes gewichtiges Benehmen und die strenge Gewohnheit, über alles, sogar über die unterhaltsamsten Dinge, kühl und gemessen, gewissermaßen ablehnend, zu reden. Nicht ohne Bedauern gestand sie sich diese Eindrücke ein; auch sah sie ein, daß die Dankbarkeit, die sie der Herzogin zweifellos schuldete, die Abneigung aufwog, die ihr das Wesen dieser großen Dame einflößte. Sie hätte ihre Gönnerin völlig vergessen, wenn sie nicht durch die täglichen Briefe immer wieder an sie erinnert worden wäre. Ihr Widerwillen vor allem, was ihr den Aufenthalt in dem langweiligen Schlosse ins Gedächtnis zurückrief, war so stark, daß er sogar die Eitelkeit besiegte, die im Herzen einer Sechzehnjährigen etwas so Natürliches ist. Als sie am Tage nach der Abreise der Herzogin herunterkam und Frau Hautemare Guten Morgen sagte, war diese höchlichst erstaunt, Amiele in ländlicher Kleidung zu sehen. Sie trug sogar die landesübliche Haube, die die hübschen Gesichter der Dorfmädchen in der Gegend von Bayeux verunziert.

Vierzehntes Kapitel
AMIELENS LEKTÜRE

Dieser Zug angeblicher Bescheidenheit trug Amielen das einstimmige Lob des gesamten Dorfes ein. Die mordsgarstige Haube auf einem Kopfe, der die hübschesten Hüte getragen, ließ den Neid zu Atem kommen. Alle Welt lächelte ihr zu, wenn sie in ihren Holzschuhen und in ihrem schlichten Bäuerinnenrock durch das Dorf ging.

Wie sie über den Platz schritt und nicht umkehrte, lief ihr Onkel hinter ihr her.

„Wohin willst du?" rief er ihr aufgeregt nach.

„Mich auslaufen!" erwiderte sie lachend. „Im Schloß war ich eine Gefangene."

Und in der Tat wanderte sie ins Freie hinaus.

„Warte doch eine Stunde, bis meine Schule aus ist! Dann begleite ich dich."

„Beim Teufel!" wehrte sie ab. (Das war eins der gewöhnlichen Wörter, die im Schlosse streng verpönt waren.) „Beim Teufel! Wenn Strolche kommen, werde ich mir die Kerle schon vom Leibe halten!"

Sie stiefelte weiter in ihren Holzschuhen, um jeglichen weiteren Einwand abzuschneiden.

Mehr als zwei Stunden war sie unterwegs. Mit jeder alten Freundin, die ihr begegnete, blieb sie stehen. Es war bereits stockdunkel, als sie endlich heimkam.

Schon wollte der Schulmeister eine wohldisponierte Strafrede loslassen, ob der Ungehörigkeit für ein junges Mädchen ihres Alters, in der Nacht außer dem Hause zu sein, aber seine bessere Hälfte ließ ihn nicht zu Worte kommen. Es drängte sie, ihrem Erstaunen, ihrer

Bewunderung, ihrem Neid Luft zu machen, die ihr die
Wäsche und die seidenen Kleider verursacht hatten,
die in Paketen aus dem Schlosse gebracht worden waren.

„Ist's die Möglichkeit, daß alles das dir gehört?"
rief sie, ebenso entzückt wie verstimmt.

Nach allerlei Fragen über die einzelnen Gegenstände,
die Amielen reichlich genug dünkten, versuchte Frau
Hautemare einen vertraulichen Ton anzuschlagen, den
jedoch der Klang ihrer Stimme Lügen strafte.

Sie sagte:

„Ich habe dich abgepuddelt, als du ein kleines Kind
warst, und da darf ich wohl hoffen, du gestattest mir,
wenigstens an den Sonn- und Feiertagen, die schlech-
testen deiner Kleider zu tragen?"

Amiele war sprachlos.

Eine solche Redeweise wäre im Schlosse unmöglich
gewesen!

Fräulein Anselma und die übrigen Frauenzimmer
hatten ziemlich niedrige Gefühle, aber sie verstanden es,
sie in anderer Weise zu äußern. Beim Anblick der Kleider hätte Fräulein Anselma Amielen am Arm gefaßt,
sie mit Liebkosungen und Glückwünschen überschüttet
und sie schließlich lachend gebeten, ihr eines der Kleider zu leihen, es mit seiner Farbe bezeichnend. Über
Frau Hautemares Bitte um ein Kleid war das junge
Mädchen starr. Eine Flut peinlicher Gedanken über-
fiel sie.

So hatte sie niemanden, den sie lieben konnte! Selbst
die Menschen, von denen sie vermeint, sie wären vollkommen, wenigstens in Dingen des Gemüts, die waren
ebenso gemein wie alle anderen!

„Ich habe also niemanden, den ich lieben könnte!"

Unbeweglich stand sie da, ernsten Gesichts. Tante

Hautemare schloß hieraus, daß ihre liebe Nichte Bedenken hege, ihr eines der Kleider zu lassen. Um sie zu bereden, fing sie an, alle die Wohltaten einzeln aufzuzählen, die sie ihr bis zu ihrer Aufnahme im Schlosse zu verdanken habe.

„Na, und übrigens bist du gar nicht unsere leibliche Nichte", fügte sie hinzu. „Mein Mann und ich, wir haben dich im Findelhaus geholt."

Amielen zerriß das Herz.

„Gut! Ich will dir vier Kleider geben!" sagte sie mißmutig.

„Kann ich sie mir aussuchen?" erwiderte die Tante.

„Beim Teufel! Ja!" rief Amiele laut, in sichtlicher Empörung und Verzweiflung.

Die Gemeinheit, der sie im Schlosse entrückt war, drückte sie nieder. Wohl war sie sich klar gewesen, daß der Onkel und die Tante keine geistreichen Leute waren, aber sie hatte das Gefühl der Familienzugehörigkeit gehegt. In ihrem Bedürfnis nach Zärtlichkeit hatte sie der alten Frau ihre Ungebildetheit sogar hoch angerechnet. Jetzt war ihr das alles vernichtet. Mit einem Male kamen ihr die Tränen.

Nun versuchte der Onkel sie über das eben geschehene ungeheure Opfer der vier Kleider zu trösten. Er erklärte ihr, wieviel Anrecht seine Frau auf Amielens Dankbarkeit habe.

Um nicht auch noch ihrer Anhänglichkeit zu ihm verlustig zu werden, folgte sie einer unwillkürlichen Regung und lief davon, nach dem Friedhof.

‚Wenn ich den Doktor hier hätte,' sagte sie sich, ‚würde er mich auslachen wegen meines Herzeleids und der törichten Erwartungen, die es verursacht haben. Er würde mich nicht trösten, aber er würde mir

Wahrheiten sagen, die es verhinderten, daß ich je wieder solchem Wahne verfiele.'

Alles Nette und Gemütliche in ihres Onkels armseliger Hütte verschwand mit einem Schlage vor ihren Augen. Es blieb ihr nicht einmal erlaubt, ihr Stübchen im Oberstockwerk zu bewohnen, angeblich, weil sie dort allein wäre und die Klatschbasen des Dorfes nicht verfehlen würden zu behaupten, sie könne nachts einem Liebhaber ihre Tür öffnen. Dieser Gedanke war ihr schauderhaft. In ihrem kleinen Bett war sie vom Eßzimmer nur durch eine dünne Wand getrennt, so daß sie alles hören konnte, was im Hause besprochen ward. Ihr tiefer Abscheu wuchs in den nächsten Tagen immer mehr. Außer dem Gram über das, was sie sah, grollte sie auch noch sich selbst.

‚Ich hielt mich für klug,‘ sagte sie sich, ‚weil ich zuweilen den Abbé Clement in Verwirrung gebracht habe, ja sogar den schrecklichen Doktor. Und doch bloß, weil ich ein paar hübsche Worte zu sagen verstehe! Im Grunde bin ich doch ein recht unwissendes Ding. Acht Tage dauert es nun schon, daß ich meine tiefe Verwunderung nicht zu überwinden vermag. Ich hielt es für selbstverständlich, daß ich in meines Onkels Haus Bewegungsfreiheit haben und folglich glücklich sein würde. Die Ungebundenheit, die mir auf dem Schlosse so qualvoll gefehlt, die habe ich gefunden. Dafür nimmt mir etwas anderes, dessen Dasein ich nicht geahnt, jede Spur von Glück!‘

Zwei Tage später folgerte Amiele aus ihren trübseligen Empfindungen, die sie nicht einen Augenblick verließen, daß man keinerlei Hoffnung hegen dürfe. Diese Erkenntnis setzte sie beinahe in Verzweiflung. Sie hatte die ganze Welt für schön gehalten. Auf einmal wurden ihre Träume von Glück aufs grausamste Lügen gestraft. Sie hatte durchaus kein zärtliches Herz, wohl aber einen vorzüglichen Geist. Für ihre Seele, die noch nichts von Liebe wußte, war eine unterhaltsame Plauderei das erste Bedürfnis, und jetzt sah sie sich verurteilt, anstatt der kleinen Geschichten aus der vornehmen Welt, die die Herzogin so anschaulich und lebhaft zu erzählen verstand, und anstatt der entzückenden Geistesblitze, die in den Erläuterungen des Abbé Clement aufleuchteten, den lieben langen Tag die niedrigsten Gedanken normännischer Gerissenheit in den derbsten, also gemeinsten Ausdrücken anzuhören.

Ein neuer Kummer kam dazu. Sie wollte den Abbé in seiner Pfarre besuchen. Sie sah ihn im Obstgarten, wie er in seinem Brevier las. Gleich darauf erschien eine dicke Magd und sagte ihr, der Herr Pfarrer könne sie nicht empfangen. Und spöttisch fügte die Dicke hinzu:

„Geh, Kindchen, geh! Bete in der Kirche und denke dran, daß man nicht so mit dem Herrn Pfarrer spricht!"

Amielens Empfindsamkeit war empört. In Tränen aufgelöst kam sie nach Hause.

Am folgenden Tage war sie entschlossen, niemals wieder auch nur im geringsten empfindlich zu sein. Im voraus schauderte sie bei dem Gedanken, Fräulein Anselma zu besuchen, denn sie mußte darauf gefaßt sein, mit Hohn und Spott empfangen zu werden. Was machte sie sich aber schließlich daraus, nachdem sie vom Abbé Clement, den sie für ihren Freund gehalten hatte, so übel empfangen worden war?

Obgleich Amiele in der Normandie geboren war, ging ihr doch die Kunst ab, ihrem Gesichte zu verbieten, der Spiegel ihres Innenlebens zu sein. Übrigens hatte sie gar nicht Gelegenheit gehabt, sich hierin Erfahrungen zu sammeln. Sie war in Herz und Hirn Romantikerin. Sie glaubte an ihr Glück. Durch die Gespräche, die die Herzogin, der Abbé Clement und der Realist Doktor Sansfin mit ihr geführt hatten, war der ihr angeborene Witz geschliffen worden. Allerdings war sie bei ihren Träumereien und in diesen Unterhaltungen niemals den Eindrücken und kleinen Leiden ausgesetzt gewesen, die der rauhe Umgang mit Gleichgestellten mit sich bringt. Bisher hatte sie nichts erfahren als die Unverschämtheit einer Schar neidischer Dienstboten. Sie war sechzehn Jahre alt und wußte von jungen Männern und Liebschaft weniger als das kleinste Bauernmädel. Im Gegensatz zu den Dorfgeschichten der Literatur hat die Liebe auf dem Lande wenig Grazie. Es geht da derb und deutlich zu.

Als Amiele in Anselmas Zimmer trat, verrieten ihre Blicke Furcht und Verzweiflung. Sie hatte den Salon durchschritten, in dem der Abbé Clement, der nun nichts mehr von ihr wissen wollte, so oft Gütiges und Schönes gesagt!

Die alte Kammerfrau hatte sich eine Menge Anzüglichkeiten in höflicher Form zurechtgelegt, die sie Amielen bei der ersten Begegnung sagen wollte. Sie vermochte ihr die sieben seidenen Kleider, die sie von der Herzogin geschenkt bekommen, und auf die sie selber gerechnet hatte, nicht zu verzeihen. Aber als sie das junge Mädchen erblickte, fiel ihr ein, daß niemand in der Nähe war als nebenan ein alter tauber Diener. Infolgedessen benahm sie sich gegen Amiele voll honigsüßer Zuvorkommenheit.

Dies reizte Amielen. Brüsk sagte sie zu ihr:

„Die gnädige Frau hat befohlen, daß ich Vorleserin bleibe. Ich soll Bücher holen."

„Nehmen Sie, was Sie wollen!" erwiderte Fräulein Anselma. „Wir wissen ja, daß im Schlosse alles zu Ihrer Verfügung steht!"

Amiele nützte die Erlaubnis aus und trug mehr als zwanzig Bände fort. Damit verließ sie die Bibliothek, kam aber rasch zurück.

„Ich habe etwas vergessen", sagte sie zu Anselma, die jede ihrer Bewegungen eifersüchtig verfolgte.

Amiele hatte beim ersten Male die Romane der Madame de Genlis, die Bibel, Erast oder der Jugendfreund, Sethos, die Geschichten von Anquetil und anderes mehr geholt, lauter von der Herzogin gebilligte Werke.

,Bin ich töricht!' sagte sie sich. ,Ich bin voll Ekel vor dem süßlichen Geschwätz dieses Frauenzimmers, das mich nicht leiden kann. Ich vergesse das Rezept des Doktors: ,Immer die Lage beurteilen und die Stimmung des Augenblicks überwinden!' Ich kann mir jetzt alle die Bücher aneignen, die mir die Herzogin strengstens verboten hat!'

Sie nahm die Romane von Voltaire, die Korrespondenz Grimms, den Gil Blas usw.

Anselma wollte die ausgesuchten Bücher in die Liste eintragen. Um dieser verräterischen Kontrolle zu entgehen, hatte Amiele schlauerweise ungebundene Bände genommen. In Rücksicht darauf begnügte sich Anselma, nur die Anzahl der Bände einzutragen.

Amiele schleppte den Stoß Bücher in ihr Zimmer. Sie war tieftraurig und nicht imstande, eine Frage zu beantworten, die sie sich vorlegte und die sie wider sich selbst empörte:

,Warum ärgere ich mich über meines Onkels Derbheit, die doch so voller Güte ist? Warum rege ich mich über Anselmas Heuchelei auf? Ich bin also mit sechzehn Jahren so, wie Doktor Sansfin die Frauen im Alter von fünfzig Jahren schildert? Ich empöre mich über alles und grolle der ganzen Menschheit.'

Es war Amielen gelungen, alle Bände in den Turm einzuschmuggeln, ohne von ihrem Onkel gesehen zu werden, den der Anblick so vieler Bücher unfehlbar in Zorn versetzt hätte. Denn, obgleich er Schulmeister war, wiederholte er unaufhörlich:

„Durch die Bücher ist Frankreich zugrunde gegangen!"

Diesen Ausspruch hatte er vom Pfarrer Dusaillard.

Als Amiele ihre Bücher im Erdgeschoß des Turmes versteckte, blätterte sie im Gil Blas. Sie nahm dies Buch zuerst vor, weil sie bemerkt hatte, daß es Kupferstiche enthielt. Ein paar Stellen gefielen ihr dermaßen, daß sie um 11 Uhr, nachdem ihre Pflegeeltern fest eingeschlafen waren, das Wagnis beging, durch ein Hinterfenster das Haus zu verlassen. Sie hatte den Schlüssel zum Turm, ging hinein und las bis 4 Uhr morgens.

Als sie sich dann wieder in ihr Bett legte, war sie vollkommen glücklich, mit sich selbst völlig im Einklang. Einmal war ihre Phantasie im Banne der im Gil Blas erzählten Abenteuer; sie hatte die Empfindungen vergessen, die sie sich vorgeworfen hatte. Und dann hatte sie vor allem aus dem Buche etwas geschöpft, was alles andere aufwog: Nachsicht gegen sich und die anderen. Sie fand die Begehrlichkeit ihrer Tante beim Anblicke der schönen Kleider nicht mehr durchweg gemein.

In den nächsten acht Tagen gehörte Amiele nur den Büchern an.

Fünfzehntes Kapitel
DIE LIEBE IM WALDE

Während der folgenden Monate langweilte sich Amiele jedesmal, wenn sie im Hause ihres Onkels verweilte. Aus diesem Grunde verbrachte sie ihre freie Zeit in Wald und Flur. Von neuem begann sie über die Liebe nachzugrübeln. Indessen waren ihre Gedanken keineswegs gefühlvoll. Es war lediglich Neugier, die sie bewegte.

Die Redeweise, deren sich die Tante bediente, um Amiele vor den Gefahren der Verführung zu warnen, hatte durch ihre Geschmacklosigkeit den größten Erfolg. Der Ekel, den sie damit in ihr erweckte, übertrug sich auf den Begriff, den sie von der Liebe hatte.

Eines Tages sagte Frau Hautemare:

„Da es bekannt geworden ist, daß die schönen Kleider, die ich Sonntags in der Kirche trage, von dir sind, so werden die jungen Männer wohl vermuten, und nicht zu Unrecht, daß dir die Frau Herzogin eine Ausstattung schenken wird, wenn du einmal heiratest. Infolgedessen werden sie versuchen, wenn sie dich allein antreffen, dich zu umarmen."

Diese letzten Worte erregten Amielens Wißbegier.

Eines Tages, auf dem Rückweg von einem Nachmittagsspaziergang, begegnete ihr ein junger Bursche, den sie flüchtig kannte. Er kam von einer Hochzeit in einem Nachbardorfe, wo viel Apfelwein getrunken worden war.

Er sprach Amiele an und schickte sich an, sie zu umarmen. Sie ließ sich das gemütlichst gefallen. Dies erregte ernstliches Begehren in ihm. Da stieß ihn

Amiele derb von sich. Und als er sich von neuem ihr nahte, machte sie ihm eine Faust und lief weg. Er war zu bezecht, um ihr nachlaufen zu können.

‚Was?' sagte sich Amiele. ‚Ist das alles? Er hatte eine weiche Haut und nicht so harte Lippen wie der Onkel, dessen Kuß weh tut.'

Aber schon am anderen Tage kam die Wißbegier von neuem über sie. Sie grübelte darüber nach, daß die Umarmung eines jungen Mannes so wenig Spaß mache.

‚Es muß noch etwas dabei sein', sagte sie sich. ‚Das habe ich bloß noch nicht verspürt. Sonst würde der Pfarrer nicht ineinemfort diese Sünde verbieten!"

Hautemare hatte eine Art Famulus für die Arbeitsstunden, namens Hans Berville, einen großen semmelblonden Tölpel von zwanzig Jahren. Er hatte einen kleinen runden Kopf, der zu seinem ungeschlachten Körper gar nicht paßte; sogar die Kinder lachten über ihn. Wenn er Amiele sah, zitterte er wie Espenlaub.

An einem Feiertage sagte sie nach Tische zu ihm:

„Alles ist beim Tanz. Wir wollen uns am Kreuz im Dorfe treffen. Geh immer allein hin! In einer Viertelstunde komme ich nach."

Hans setzte sich in Marsch. Am Kreuz setzte er sich auf einen Stein, ohne sich etwas Besonderes zu denken.

Amiele kam.

„Komm! Wir gehen in den Wald spazieren!"

Der Pfarrer hatte den jungen Mädchen insbesondere verboten, im Walde spazierenzugehen.

An einem lauschigen Platze, inmitten hoher Bäume, hinter einer Hecke, sagte Amiele zu Hans:

„Umarme mich! Küsse mich!"

Hans tat es. Er war über und über rot. Amiele wußte

nicht, was sie ihm weiter sagen sollte. Eine Viertelstunde lang saß sie nachdenklich da. Dann sagte sie zu Hans:

„Wir wollen gehen! Du machst einen Umweg, über Charnay hinaus, und sagst keinem Menschen, daß wir im Wald spazierengegangen sind!"

Hans, knallrot, gehorchte.

In den nächsten Tagen, im Schulhause, sah er Amiele viel an. In der Woche darauf war der erste Montag im Monat, Amielens Beichttag.

Sie beichtete dem Pfarrer den Spaziergang im Walde; es fiel ihr nicht ein, ihm irgend etwas zu verheimlichen, aus glühender Wißbegierde.

Der biedere Pfarrer machte ihr eine fürchterliche Szene, erweiterte aber Amielens Wissen in keiner oder so gut wie keiner Weise. Drei Tage darauf ward Hans Berville fortgeschickt, und der Küster behielt seine Nichte immer im Auge. Einer Bemerkung, die Hautemare fallen ließ, entnahm Amiele, daß sie des Burschen Verbannung verschuldet hatte. Sie suchte ihn. Nach acht Tagen fand sie ihn. Er fuhr für einen Nachbarn einen Karren.

Amiele lief ihm nach und gab ihm zwei Goldstücke. Verwundert schaute er sich um, und als er auf der Landstraße keinen Menschen erblickte, gab er Amiele einen Kuß. Sein Stoppelbart stach sie; sie stieß ihn derb zurück, war aber entschlossen, sich Aufklärung über die Liebe zu verschaffen.

„Komm morgen abend um sechs in den Wald!" sagte sie zu Hans. „An die Stelle, wo wir am vorigen Sonntag waren! Ich werde dort sein."

Hans kratzte sich hinter dem Ohr.

„Das ist so eine Sache!" meint er, blöde lächelnd.

„So zeitig bin ich morgen nicht fertig. Morgen muß ich nach Mery fahren. Vor acht komme ich da nicht zurück. Ich bekomme den Tag 2 Taler..."

„Wann bist du einmal frei?" fragte Amiele energisch.

„Am Dienstag!" erwiderte Hans. „Das heißt, genau weiß ich es nicht. Und bezahlt werde ich immer erst, wenn alles gemacht ist. Wenn ich meine kleinen Einnahmen nicht beeinträchtigen will, Fräulein Amiele, so wäre der Mittwoch am sichersten."

„Abgemacht! Ich werde dir 3 Taler geben. Also Mittwochabend Punkt sechs im Busch!"

„3 Taler! Oh, wenn das Fräulein es wünscht, kann ich auch schon morgen abend da sein, Schlag sechs!"

„Meinetwegen morgen!" sagte Amiele, ärgerlich über die viehische Habgier.

Am folgenden Tage traf sich Amiele mit Hans im Walde. Er hatte seinen Sonntagsanzug an.

„Küsse mich!" befahl sie.

Hans küßte sie. Sie bemerkte, daß er sich ihrem Wunsche gemäß hatte rasieren lassen. Sie lobte ihn deswegen.

„Das ist doch selbstverständlich!" meinte er lebhaft. „Sie sind meine Gebieterin! Fräulein, Sie zahlen gut und Sie sind so hübsch!"

„Du hast recht!" sagte Amiele. „Ich will deine Liebste sein!"

„Das ist etwas anderes!" erklärte Hans pflichtschuldigst, und ohne weiteres, ohne Zärtlichkeit, machte er, der junge Normanne, Amiele zu seiner Liebsten.

„Ist das alles?" fragte sie.

„Ja!" erwiderte er.

„Hast du schon viele Liebsten gehabt?"
„Drei!"
„Und es ist nichts weiter dabei?"
„Das ich nicht wüßte!" bestätigte er. „Soll ich wiederkommen, Fräulein?"
„Ich werde es dir heute in vier Wochen sagen. Aber nicht plaudern! Mit niemandem darüber reden!"
„So dumm bin ich nicht!" rief Hans, und sein Auge leuchtete zum ersten Male.

‚Was?' wiederholte sich Amiele voll Erstaunen. ‚Die Liebe ist weiter nichts als das!? Und das verbietet man? Aber ich betrüge den braven Hans. Um mich hier wiederzutreffen, versäumt er am Ende Arbeit und Lohn.'

Sie rief ihn zurück und gab ihm noch 2 Taler. Er dankte ihr überschwenglich.

Amiele setzte sich und schaute ihm nach. Dann lachte sie laut auf und sagte abermals zu sich:

‚Was? Die berühmte Liebe ist weiter nichts als das!'

Sechzehntes Kapitel

DUVALS HERR

Als Amiele voll spöttischer Gedanken heimging, erblickte sie einen vornehm gekleideten jungen Herrn, der ihr auf der Landstraße entgegengeritten kam. Offenbar war er kurzsichtig, denn in geringer Entfernung vor ihr parierte er sein Pferd und betrachtete die ihm Begegnende mit seinem Lorgnon. Alsbald machte er eine Gebärde freudigster Überraschung, rief den Reitknecht heran und übergab ihm sein Tier. In flottem Trabe ritt der Diener mit dem Handpferde davon.

Es war Fedor von Miossens, der junge Schloßherr. Er strich sich das Haar und schritt selbstbewußt auf Amiele zu.

‚Entschieden will er etwas von mir!' sagte sie sich. Als er nahe vor ihr war, fügte sie hinzu: ‚Innerlich ist er schüchtern; er stellt sich bloß kühn!'

Diese Empfindung beruhigte sie; aber als sie ihn mit festen Schritten und hochmütigen Bewegungen daherkommen sah, dachte sie doch:

‚Weit und breit kein Mensch...'

Am Tage nach seiner Ankunft aus Paris hatte der junge Herzog durch Duval, seinen Leibkammerdiener, erfahren, daß man es in Erwartung seines baldigen Eintreffens für angebracht erachtet hatte, ein sechzehnjähriges junges Mädchen, ein allerliebstes Ding, das Englisch konnte und von seiner Frau Mutter begönnert wurde, schleunigst aus dem Schlosse zu entfernen.

„Kann ich's ändern?" meinte der junge Mann.

„Ändern?" erwiderte der Diener, seines Einflusses gewiß. „Das wäre etwas für Sie! Die Kleine kriegt ein kleines Taschengeld und ein nettes Zimmer im Dorfe, und der junge Herr raucht dort abends gemütlich seine Zigarette."

„Das ist derselbe Stumpfsinn wie im Schlosse!" entgegnete der Herzog gähnend.

Als Duval sah, daß die Schilderung solchen Glückes keinen Eindruck machte, setzte er hinzu:

„Wenn Durchlaucht einen Freund zu Besuch da haben, kann der Abend außerhalb des Schlosses verbracht werden..."

Das war schon eher ein Grund. Duvals Beredsamkeit rastete nicht. Er sprach von früh bis abends von Amiele, und so machte er den jungen Mann, dem vor nichts mehr graute denn vor Lächerlichkeiten, doch empfänglich. Fedor langweilte sich zu Tode. Der Abbé Clement hütete sich, einem aus Paris kommenden jungen Herrn gegenüber Ideen zu äußern, noch dazu vor jemandem, der wußte, daß er der Neffe einer Kammerfrau seiner Mutter war.

Wenn auch widerwillig, ergab sich also der Herzog den Attacken seines Tyrannen. Seit drei oder vier Jahren hatte er sich ernstlich mit Geometrie und Chemie beschäftigt. Über den leichten seichten Ton, den ein wohlgeborener junger Mann einem kleinen Mädchen gegenüber anzuschlagen hat, selbst wenn sie Englisch kann, hatte er seine eigenen Gedanken. Diese eigenen Gedanken waren es, die ihn widerstreben ließen; nur wagte er dies seinem Kammerdiener nicht zu bekennen. Die vollendete Unverfrorenheit dieses Mannes war ihm tief zuwider. Es bangte ihm vor einer Entgleisung. Er war weit entfernt davon, zu erkennen, daß es nicht bloß die 100 Franken, die der Diener bei der Einrichtung eines Liebesnestes verdienen mochte, sein konnten, die dieser im Sinne hatte. Je ängstlicher Fedor wurde, um so mehr umgarnten ihn Duvals Schmeicheleien. Der Lakai wußte wohl: nur dann konnte er den jungen Mann zu einem entscheidenden Schritte bringen, wenn er seine Lobhudeleien auf die Spitze trieb. Dies hatte er just an dem Tage getan, an dem Fedor dem jungen Mädchen begegnete.

Unter lebhaften Gesten sprach er Amiele an:

„Mademoiselle, hier ist das allerliebste kleine Necessaire aus Holz mit Stahlecken, das Sie beim Verlassen des Schlosses vergessen haben! Meine Mutter, die Sie zärtlich liebt, hat mich beauftragt, es Ihnen zuzustellen, sobald ich Sie einmal sähe. Wissen Sie, daß ich Sie seit über vier Wochen suche? Obgleich ich Sie noch nie gesehen, habe ich Sie an Ihrem besonderen Aussehen sofort erkannt..."

In Amielens Augen sprühte köstlicher Geist und klarer Sinn, während sie, völlig regungslos, von der Warte ihres Hochmutes den eleganten Jüngling musterte, der sich in seiner Geflissenheit benahm wie ein erster Liebhaber auf einer Vorstadtbühne.

‚Nett ist er tatsächlich kein bißchen‘, dachte Amiele bei sich. ‚Und kaum mehr wert als der blöde Hans, dem ich soeben den Laufpaß gegeben habe. Da ist der Abbé Clement von anderem Schlage! Wie nett wäre der, wenn er mir das Etui zu übrbringen hätte!‘

Nach zehn Minuten, die dem jungen Mädchen endlos dünkten, fand Fedor endlich ein geschicktes natürliches Kompliment. Amiele lächelte. Jetzt war der junge Herzog reizend, und keinem von beiden kam die Zeit noch so schrecklich lang vor.

Ermutigt durch diesen kleinen Erfolg, den er mit Entzücken wahrnahm, zeigte sich Fedor von der allerbesten Seite. Er war ein gescheiter Mensch; nur fehlte ihm der angeborene Wille zur Ungezwungenheit. Dazu war der arme Junge immer von neuem mit Verhaltungsregeln überschüttet worden, wie er das tausendfache Linkische seiner sechzehn Jahre überwinden und sich als tadelloser Salonheld benehmen solle. Bei jeder Bewegung, die er ausführen, bei jedem Wort, das er sagen wollte, fielen ihm die verschiedenen, einander widersprechenden Vorschriften ein, gegen die er nicht verstoßen wollte — und ganz verwirrt stand er da.

Das erste echte, liebenswürdige Wort, das er fand, um Amiele zu gewinnen, machte ihn kühn. Er vergaß alle Regeln und war ein Galantuomo. Artiger hätte er nicht sein können.

‚Schade, daß ich den Hans nicht eher heimgeschickt habe‘, sagte sich Amiele. ‚Der hätte mir die Liebe beibringen sollen! Aber vielleicht hat er selber keine Ahnung davon.‘

Nach einer Weile fühlte sich der Herzog allzu wohl; zum mindesten sah er danach aus.

Sofort sagte Amiele:

„Leben Sie wohl, Herr von Miossens, und folgen Sie mir ja nicht!"

Wie ein Bild aus Stein blieb Fedor mitten auf der Straße stehen. Die unvorhergesehene Wendung grub die Erinnerung an Amielens Bekanntschaft für ewig in sein Herz.

Glücklicherweise wagte er es bei seiner Heimkehr, seinem Kammerdiener darüber ein Geständnis zu machen.

„Durchlaucht müssen acht Tage vergehen lassen, ohne mit der Zierpuppe zu reden..."

Duval merkte, daß er seinem Herrn mißfiel.

„Das heißt," fügte er hinzu, „so würde ein gewöhnlicher junger Mann handeln. Ein Herr vom Range Eurer Durchlaucht natürlich tut, was ihm am meisten Vergnügen macht. Der Erbe eines der edelsten Namen und größten Vermögen Frankreichs ist den Lebensregeln des großen Haufens nicht unterworfen..."

Der Herzog plauderte mit dem Manne, der ihm in so gefälliger Weise redete, bis tief in die Nacht hinein.

Am anderen Morgen regnete es. Fedor war außer sich

darüber. Von früh bis abends träumte er von Amiele. Er hatte keine Hoffnung, ihr auf der Straße zu begegnen; er ließ anspannen und fuhr zweimal am Hautemareschen Hause vorüber.

Am nächsten Tage wartete er mit der vollen Ungeduld eines Verliebten auf die Ausgehzeit. Die ihm von Duval eingeimpfte Liebe hatte Fedor bereits einigermaßen der Langenweile enthoben.

Duval hatte ihm ein halbes Dutzend verschiedene Annäherungsweisen doziert. Fedor vergaß sie samt und sonders, als er Amiele aus zwei Kilometer Entfernung auf dem nämlichen Flecke wie neulich gewahrte. Er galoppierte bis auf hundert Schritt heran, schickte den Gaul zurück und ging voll Zittern und Zagen auf Amiele zu.

In seiner Erregung sagte er, was er dachte:

„Vorgestern haben Sie mich weggeschickt. Ich war ganz verzweifelt. Was muß ich tun, damit Sie mich heute nicht wegschicken?"

„Reden Sie mit mir nicht wie zu einer Zofe Ihrer Frau Mutter! Ich war beinahe eine, aber ich bin es nicht mehr."

„Sie waren Vorleserin," erwiderte er, „niemals Zofe, Mademoille, und meine Mutter hat Sie zu ihrer Freundin gemacht. Ich möchte auch Ihr Freund sein, aber unter einer Bedingung: Sie übernehmen die Rolle der Herzogin! Sie sollen in des Wortes voller Bedeutung meine Gebieterin sein!"

Diese Einleitung gefiel Amielen. Die Demut des jungen Mannes tat ihrem Hochmut wohl. Nur eins störte diese Empfindung: es gesellte sich ihr reichliche Verachtung dieser Unterwürfigkeit.

Nach einer Viertelstunde sagte sie ihm:

"Leben Sie wohl! Morgen werden wir uns nicht sehen." Und als der Herzog zögerte sich zu verabschieden, setzte sie herrisch hinzu: "Wenn Sie nicht im Augenblick gehen, werde ich Sie acht Tage lang nicht sehen."

Fedor stürmte davon.

Diese Flucht belustigte Amiele höchlichst. Im Schlosse hatte sie tausendmal von der Ehrerbietung sprechen hören, die der einzige Sohn und Erbe eines so feudalen Hauses von jedermann zu fordern habe. Sie fand Genuß daran, gerade das Gegenteil zu tun.

Siebzehntes Kapitel

DER PASS

Die Liebelei spann sich weiter, in der nämlichen Tonart. Amiele war Fedors unumschränkte wie launenhafte Gebieterin. Nach vierzehn Tagen wurden die Stelldicheins häufiger, weil Amiele sich zu langweilen begann, wenn sie den hübschen Jungen nicht quälen konnte. Er war toll vor Liebe. Sie tat von früh bis abends nichts als neue Quälereien zu ersinnen.

"Kommen Sie morgen in Schwarz!" befahl sie ihm eines Tages.

"Ich werde gehorchen. Wozu aber dies Trauerkostüm?"

"Ein Vetter von mir ist neulich gestorben. Er war Käsefabrikant."

Sie amüsierte sich über den Eindruck, den diese Todesanzeige auf den jungen Kavalier machte.

‚Wenn dies je ruchbar wird,' sagte er sich melancholisch, ‚ich bin auf immerdar erledigt!'

Er bat seine Mutter, nach Paris zurückkehren zu dürfen. Sie erlaubte es nicht. Wahrscheinlich hätte er auch nicht den Mut gehabt, dort zu verbleiben.

Als er am anderen Tag zum Stelldichein ging, nach einer Holzschuhmacherhütte in einem entfernten Walde, sagte er sich:

‚So leugne einer noch die Ausbreitung des Jakobinertums! Ich trage Trauerkleider um einen Proleten!'

Wie Amiele ihn prompt in Schwarz kommen sah, rief sie ihm zu:

„Küsse mich!"

Der liebe Junge weinte vor Freude, aber Amiele verspürte nichts als das Glück ihrer Macht. Sie erlaubte ihm, sie zu umarmen, weil ihr die Tante an diesem Tage eine heftigere Szene denn je gemacht hatte, wegen ihrer häufigen Zusammenkünfte mit dem jungen Herzog. Das ganze Dorf redete bereits davon. Umsonst wählte Amiele immer neue Orte.

Seit drei Tagen machte es ihr besonderes Vergnügen, sich von Fedor die kleinsten Einzelheiten seines Pariser Lebens erzählen zu lassen. Darüber vergaß sie alle Vorsicht.

Der Tag neigte sich längst. Amiele und ihr Freund kamen aus dem Gehölz und schlenderten dem Dorfe zu. In gewinnender Natürlichkeit und mit viel Witz schilderte Fedor, wie er in Paris den Tag totschlug.

Plötzlich gewahrte Amiele von weitem ihren Onkel Hautemare, der eben einem Wagen entstieg, den er gewiß für teures Geld gemietet hatte, um ihr nachzuspüren. Bei seinem Anblick war ihre Geduld zu Ende.

„Haben Sie Ihren treuen Duval noch?"

„Gewiß!" erwiderte Fedor lachend.

„Schicken Sie ihn mit dem Auftrage, irgend etwas zu holen, nach Paris!"

„Ich entbehre ihn höchst ungern."

„Sie weinen wie ein kleines Kind, wenn die Wärterin weggeht! Übrigens, versuchen Sie nicht, mich zu finden, solange Duval noch in Carville ist! Dort kommt mein Onkel. Er rennt mir nach. Schade, daß ich ihn nicht wegschicken kann wie Sie! Leben Sie wohl!"

Hautemare hielt ihr eine endlose, sehr unangenehme Rede. Zu Hause wiederholte sich das. Frau Hautemare ergriff das Wort und hörte nicht gleich wieder auf. Amiele verlor vor Ekel jedwedes Gefühl. Sie hätte sich ohne Überlegung in einen Strom gestürzt, um ihren Onkel oder ihre Tante zu retten, wenn sie ins Wasser gefallen wären. Sobald die beiden aber zu ihr, die sich bei ihnen so langweilte, von ihren weißen Haaren redeten, die durch ihr Benehmen entehrt würden, waren ihr die Alten widerlich.

Am Schlusse seines pathetischen Wortschwalls verlangte der Küster von Amielen, sie solle ihm ihr Wort geben, daß sie tags darauf nachmittags nicht ausgehen werde. Sie hatte keinen ernstlichen Grund der Weigerung, und ihre Ehre war ihre Religion. Hatte sie einmal ihr Wort gegeben, so durfte sie es nicht brechen.

Als der Herzog sie an keinem der gewohnten Trefforte fand, war er verzweifelt. Nach einer Nacht voll Hin- und Herüberlegen hatte er seiner Gebieterin den Mann geopfert, der sein Herr und Meister war. Er behielt nur eines im Auge: dem Diener den Anlaß zu seiner Verbannung zu verheimlichen. Deshalb überhäufte er ihn mit Gunstbezeigungen und gab ihm den

Auftrag, Erkundigungen über das Leben seines besten Freundes, des Vicomte D***, einzuziehen. Es handle sich darum, die Hand von Fräulein Ballard, der Tochter eines reichen Lederfabrikanten, zu erringen. Ein gemeinsamer Freund habe ihm mitgeteilt, der Vicomte sei sein Mitbewerber.

Drei Tage goß es in Strömen. Dieses mißliche Wetter im Verein mit den Strafpredigten der Hautemares tilgte in Amielens wenig sentimentalem Herzen jedwedes Mitleid mit der künftigen Vereinsamung der beiden alten Leute.

Am vierten Tage regnete es weniger. Aufs Geratewohl ging Amiele nach der Hütte im Walde. Sie trug derbe Holzschuhe, eine wollene Haube auf dem Kopf und einen Umhang aus ölgetränktem Segeltuch.

Es war eine Stunde Weg.

In der Hütte fand sie den Herzog durch und durch naß. Sie bemerkte, daß er sich um sein Pferd gekümmert hatte, kein bißchen um sich selbst. Er war zwei Stunden unterwegs gewesen.

„Ich habe alle unsere anderen Plätze abgaloppiert", berichtete er ihr, sichtlich alles andere denn verliebt und leidenschaftlich. „Mein Sperber macht nicht mehr mit. Sie machen sich kein Bild von dem Dreck hierzulande."

„Doch! Ein Landkind wie ich kennt das. Ich liebe Ihren Sperber, weil er Sie lächerlich macht. Im Augenblick liegt er Ihnen tausendmal mehr am Herzen als die, die Sie als Ihre Herzenskönigin verhimmeln. Mir ist es gleichgültig, aber Sie macht es lächerlich!"

Es war wirklich so. In den Abbé Clement hatte sich Amiele ehedem beinahe verliebt. Den Herzog beachtete sie aus Neugier. Sie studierte ihn.

Sie sagte sich:

‚Das ist also der Typ eines jungen Mannes der besten Gesellschaft! Ich glaube, wenn ich mich entscheiden müßte, nähme ich immer noch lieber den blöden Hans, der mich für 2 Taler liebte. Ich bin gespannt auf die Miene, die er zu meinem Vorschlag machen wird. Er hat seinen Duval nicht, dessen Geschick und Frechheit alle seine Sorgen in Geldopfer verwandelt. Wie wird sich der gute Kerl zu helfen wissen? Vielleicht gar nicht! Vor lauter Hilflosigkeit wird er nicht wissen, wie er mich in seine Arme nehmen soll. Wir werden ja sehen!'

„Lieber Fedor, der arme Sperber ist naß wie eine Ratte, und Sie haben keine Decke für ihn. Er wird sich erkälten. Ich rate Ihnen, ziehen Sie Ihren Rock aus und decken Sie ihn damit ein. Und anstatt mit mir zu plaudern, sollten Sie den Gaul im Walde hin und her führen."

Der junge Mann gab vor Sorge um sein Pferd keine Antwort. Amiele hatte also recht.

„Ich habe Ihnen noch mehr zu sagen", fuhr sie fort. „Vernehmen Sie die schlimme Botschaft! Das Glück sucht Sie heim!"

„Wieso?" fragte Fedor verdutzt.

„Ich will mit Ihnen durchbrennen! In Rouen werden wir zusammen wohnen. In ein und demselben Zimmer! Verstehen Sie?"

Der Herzog war vor Erstaunen ganz starr. Ein Schauer überlief ihn. Amiele auch.

„Eine Liebschaft mit einem Dorfkind steht wohl nicht im Einklange mit Ihrer Ehre?" fuhr sie fort. „Ich möchte sie greifbar vor mir haben, Ihre angebliche Liebe. Oder besser gesagt: ich möchte Sie überzeugen, daß Ihr Herz nicht stark genug ist, um zu lieben."

Er sah so lieb aus, daß Amiele ihm zum zweiten Male, seit sie sich kannten, sagte:

„Küsse mich! Aber ordentlich... Oh, meine Haube!"

Hierzu muß man wissen, daß es nichts Häßlicheres und Komischeres gibt als die wollenen Hauben, die in der Normandie von den jungen Frauen getragen werden.

„Ach ja!" sagte Fedor lachend, nahm ihr die Haube ab, setzte ihr seine Jagdmütze auf und küßte sie mit einer Innigkeit, die den Reiz des Unvorhergesehenen für Amiele hatte. Der Spott verflüchtigte sich aus ihren Augen.

„Wenn du immer so wärst, liebte ich dich!" rief sie aus. „Wenn Ihnen der Handel zusagt, den ich Ihnen vorschlage, so werden Sie mir einen Paß besorgen, denn ich habe Furcht vor der Polizei. Sie versehen sich mit Geld, beurlauben sich bei Ihrer Frau Mutter, mieten in Rouen eine nette Wohnung — und wir leben zusammen, wer weiß wie lange, mindestens vierzehn Tage, bis Sie mir langweilig sind..."

In einem Freudentaumel wollte Fedor sie von neuem küssen.

„Nein!" wehrte Amiele ab. „Sie küssen mich nur, wenn ich es gebiete. Ich habe meine Verwandten satt mit ihren ewigen Moralpredigten. Um ihnen einen Streich zu spielen, schenke ich mich Ihnen. Ich liebe Sie nicht. Sie sind nicht wahr und natürlich! Sie schauen immer aus, als spielten Sie Komödie. Kennen Sie den Abbé Clement, den armen jungen Mann, der nur den einen abgeschabten schwarzen Rock hat?"

„Was soll der arme Kerl hier?" fragte der Herzog, hochmütig lächelnd.

„Er sieht aus, als ob er denke, was er sagt, und im Augenblick, wo er es sagt. Wenn er reich wäre und einen Sperber besäße, würde ich mich an ihn wenden!"

„Sie machen mir eine Haß-, keine Liebeserklärung!"

„Dann lassen wir Rouen! Tun Sie nichts von dem, was ich Ihnen nicht aufgetragen habe! Was mich anbelangt: ich lüge nie, und nie übertreibe ich!"

Fedor lächelte.

„Meine Liebe ist so heiß," sagte er, „daß ich am Ende dies schöne Marmorbild erwärme! Aber mit dem Paß hat es seine Schwierigkeit... Wenn Duval dawäre!"

„Ich wollte gerade einmal sehen, was Sie ohne Duval sind!"

„Sind Sie solch ein Machiavell?"

Allmählich begriff Fedor sein Glück. Eine Weile blieb er so, daß sich Amiele einbildete, sie sei bereits in Rouen. Aber schließlich erreichte er nichts als daß sie ihn eine halbe Stunde vor Sonnenuntergang heimschickte.

Sie rief ihn zurück. Es war so naß im Walde, daß sie bis zur Landstraße mit auf seinem Pferde reiten wollte.

Sie so dicht bei sich zu haben, war zuviel für Fedors Vernunft. Er war trunken vor Liebe, und er zitterte dermaßen, daß er kaum die Zügel halten konnte.

„Du!" flüsterte ihm Amiele zu. „Dreh dich um und küsse mich so viel du willst!"

In seinem Glücksrausch verriet Fedor Charakter. Er begab sich geradenwegs zu einem seiner Waldwärter, einem ausgedienten Soldaten, gab ihm Geld und bat ihn, er solle einen Paß für eine weibliche Person besorgen.

Lairel überlegte lange.

Er war ein Mann von festem Willen und einigem Mutterwitz.

Es fiel ihm nichts ein.

Zum ersten Male in seinem Leben war Fedor von Miossens genötigt, selber nachzudenken und einen Gedanken zu erfassen.

Bald erschien ihm eine Möglichkeit.

„Sie haben eine Nichte", sagte er zu dem Waldwärter. „Lassen Sie ihr einen Paß ausstellen. Sagen Sie, sie hätte in Forges eine Erbschaft gemacht. Das liegt über Rouen hinaus. Sie müsse in Rouen einen Anwalt befragen und sodann in Dieppe einen Vetter, der miterbe. Schließlich müßte sie unter Umständen nach Paris. Also, bester Lairel: Paß nach Rouen, Dieppe, Paris! Den Paß überbringen Sie mir, und drei Tage später erklären Sie dem Gemeindevorstand, das Dokument sei ihr abhanden gekommen und nun graue ihr vor der weiten Reise. Sie bleibe da, denn ein verlorener Paß sei eine schlechte Vorbedeutung. Ich lasse Ihnen aus Rouen einen Brief zugehen, in dem die Erbschaft mitgeteilt wird und in dem steht, daß die Reise Ihrer Nichte nötig sei..."

„Ich bin bereit, dies Punkt für Punkt zu tun", erklärte Lerail. „Aber die Ehre! Der Name meiner braven Nichte wird von irgendeinem Dämchen getragen werden, die Euer Gnaden sich aus Paris kommen läßt..."

„Das könnte stimmen!" gab der Herzog zu. „Ändern Sie die Schreibweise des Namens Ihrer Nichte ein wenig! Wie heißt sie doch?"

„Johanna Bertha Laviele, neunzehn Jahre alt."

Fedor riß ein Blatt aus dem Wirtschaftsbuche des Waldwärters und schrieb darauf:

„Johanna Gerta Leviail."

„So! Versuchen Sie, den Paß auf diesen Namen zu bekommen!"

„Es ist erst 9 Uhr", sagte Lairel. „Der Vorstand sitzt in der Kneipe. Ich werde ihm das Ding schon abluchsen. Wenn er nicht erst zum Pfarrer läuft, ist der Hammel unser!"

Noch am selben Abend, ein Viertel vor 12 Uhr, kam der Waldwärter ungeachtet des scheußlichsten Wetters auf das Schloß und händigte dem jungen Herrn einen Paß aus, lautend auf den Namen:

„Johanna Gerta Leviail."

Der Herzog schenkte ihm so viele Napoleons, wie Lairel Frankstücke erwartet hatte.

Am nächsten Morgen um acht ging Fedor an Hautemares Haustür vorüber, den Paß in der Hand.

Amiele sah ihn.

„Er ist doch nicht so unbeholfen!" sagte sie sich. „Oder sollte Duval zurück sein?"

Auf einmal, völlig gegen ihre Erwartung, empfand sie Mitleid mit den beiden alten Leuten, die sie zu verlassen im Begriffe stand.

Sie schrieb ihnen einen ausführlichen, wohlgefügten Brief. Gleich in den ersten Worten schenkte sie ihrer Tante alle ihre schönen Kleider. Sodann versprach sie, in acht Wochen wieder da zu sein, ohne „gegen ihre Pflichten gefehlt" zu haben. Zum Schluß riet sie ihren lieben Pflegeeltern, auszusprengen, sie sei mit ihrer Einwilligung in ihre Heimat bei Orléans zu einer alten kranken Tante gereist, die sie pflegen solle.

Achtzehntes Kapitel
STECHPALMENGRÜN

Am anderen Morgen waren die Wiesen noch naß, aber das Wetter war herrlich. Um 3 Uhr stand Amiele an einer Brücke, dreißig Schritte abseits der Heeresstraße.

Fedor ahnte nicht, daß die Entführung bereits an diesem Tage stattfinden sollte.

Amiele sagte zu ihm:

„Ich war so traurig, so gerührt, als ich das Haus und die armen alten langweiligen Leute verließ, daß ich nicht wieder zurück mag."

Der junge Mann war schon nicht mehr der vom Tage zuvor. Er war überrascht und verwirrt. Erst als ihm Amiele darlegte, daß sie sich mit ihrem Passe und einen Mietswagen nach B*** begeben und daselbst ein oder zwei Tage auf ihn warten werde, bekam er seine Geisteskräfte wieder, und Amiele sah, wie er sich freute.

Sie fragte ihn, ob die Westen aus Paris angekommen seien. Er hatte ihr nämlich tags zuvor lang und breit von einer Auswahlsendung köstlicher Westen erzählt, die ihm sein Schneider angekündigt hatte. Eine besonders, grau auf grau gestreift, solle entzückend sein; ebenso eine Jagdweste der allerneuesten Mode.

Wie er ihr so ausführlich von der grau auf grau gestreiften Weste vorschwärmte, hatte sich Amiele gesagt:

‚Offenbar hat er es gern, wenn ich ihm allerlei Einzelheiten aus meinem häuslichen Leben erzähle, denn er erzählt mir ja auch alles, was ihn berührt.'

Diese kluge Einsicht gebot ihrer Geringschätzung halt.

„Wie gesagt," begann sie von neuem, „ich reise bis B*** allein, und Sie kommen dahin nach, sobald die Angelegenheit mit den neumodischen Westen Sie nicht mehr im Schlosse zurückhält."

„Wie grausam Sie sind! Sie mißbrauchen den Geist, den Ihnen der Himmel geschenkt hat. Sie wissen doch, daß Sie meine erste Liebe sind!"

Er sprach voller Grazie, und an netten, feinen, gewinnenden Einfällen fehlte es ihm nie. Amiele ließ ihm in dieser Hinsicht Gerechtigkeit widerfahren. Aber der Gedanke an die grau auf grau gestreifte Weste verdarb ihr die Stimmung.

„Es ist schon aus Vorsicht besser, wenn ich allein reise," sagte sie, „denn im Falle, daß sich meine armen Pflegeeltern an unseren Nachbar, den Gendarmen Bonel, wenden, können Sie keinesfalls wegen Entführung vor Gericht kommen. Übrigens könnte ich tatsächlich beschwören, daß Sie sehr wenig der Entführer sind! Also aus Vorsicht werden Sie morgen an unserem Hause vorbeifahren. Und auch sonst lassen Sie sich im Dorfe sehen!"

Zunächst machten Amiele und Fedor einen Spaziergang im Walde. Überall standen große, drei bis vier Zoll tiefe Wasserlachen, die zu fortwährenden Umwegen nötigten. Amiele, in Gedanken bei ihren Pflegeeltern, war trübsinnig und nachdenklich. Nachdem sie reichlich lange geschwiegen hatte, sagte sie zum Herzog in festestem Tone:

„Hätten Sie den Mut, mich auf Ihr Pferd zu nehmen und mich in die Nähe von Bayeux, ans andere Ende des Waldes, zu bringen? Dort nehme ich mir einen Wagen. Wenn man mich verfolgen sollte, wird niemand an die Möglichkeit denken, daß ich den Weg durch den jetzt so versumpften Wald genommen haben könne."

Fedor stand, zu Boden blickend, da und hörte gar nicht, was sie noch sagte. Die grausame Frage: „Hätten Sie den Mut?" hatte in ihm den französischen Ritter erweckt.

„Sie sind gräßlich unfreundlich!" sagte er zu Amiele. „Und ich muß ganz toll sein, daß ich Sie liebe..."

„Sie brauchen mich nicht zu lieben!" rief sie. „Man sagt, die Liebe mache demütig. Aber ich täusche mich wohl stark. Hat Ihr Herz wirklich einen anderen Beruf, als sich ernstlich mit den köstlichen Westen zu beschäftigen, die Ihr Schneider aus Paris schickt?"

In diesem Moment gab sich Fedor die größte Mühe, Amiele nicht zu lieben, aber er fühlte, es ging über seine Kraft, sie nicht mehr sehen zu wollen. Er lebte ja nur den ganzen Tag über in der einen Stunde, die er mit ihr verbrachte. Also sagte er ihr eine Menge entzückender Dinge mit ziemlichem Feuer und mit einer Anmut, die anfing, starke Wirkung auf Amiele zu haben.

Als sie sich versöhnt hatten, hob er sie aufs Pferd, nicht ohne allerlei Schäkereien, die einem Verliebten Freude machen. Wo hätte er ein hübscheres, frischeres und vor allem pikanteres Geschöpf finden können? Es fehlte ihr bloß ein wenig an Fülle. „Das ist der Fehler der ganz Jungen!" sagte er sich.

In der Kunst, in den Sattel zu kommen, war er ein Meister. Er sprang hinter ihr auf. Unterwegs ward ihm wiederholt die Erlaubnis zu teil, sie zu küssen.

Amiele war bald in B***. Sie erwartete Fedor am nächsten Tage; aber er kam nicht.

‚Es fällt mir nicht ein, hier auf ihn zu lauern!'
sagte sie sich. ‚Vielleicht war es ihm nicht möglich,
seine Koffer nach Rouen aufzugeben. Aber brauche
ich denn dies Puppengesicht? Ich besitze drei Napoleons. Das genügt, bis Rouen zu kommen.'

Beherzt setzte sie sich in die Abendpost. Es waren
bereits vier reisende Kaufleute drin. Das Benehmen
dieser Leute empörte sie. Wie ganz anders war doch
der Herzog!

Es ward ihr ängstlich zumute. Sie griff sogar zu
ihrer Schere und sagte zu ihren Mitreisenden:

„Meine Herren, ich nehme vielleicht eines Tages einen
Geliebten, aber keinen von Ihnen! Sie sind mir zu häßlich. Die Hände, die die meinen zu drücken versuchen,
sind Hufschmiedshände, und wenn man sie nicht augenblicklich zurückzieht, werde ich sie mit meiner Schere
schneiden."

Und dies tat sie zur großen Verwunderung der Commis voyageurs.

Zur Entschuldigung der vier Kaufleute sei gesagt:
erstens: Amiele war viel zu hübsch, um allein reisen zu
können, — zweitens: war nichts an ihr problematisch,
nur ihre Augen. Ihr Blick war derart lebendig, daß er
auf grobe Naturen, die sich wenig auf die Nuancen
verstehen, herausfordernd wirken konnte.

Abends um 9 Uhr kam Amiele in N*** an. Bei ihrem
Eintritt in den Speisesaal des Gasthofs fand sie an der
Tafel ein ganzes Dutzend reisender Krämer. Sie ward
der Gegenstand allgemeiner Aufmerksamkeit und alsbald allseitiger Komplimente.

In der Postkutsche hatte sie die Erfahrung gemacht,
daß ein scharfes, im Notfalle verletzendes Wort besser
wirkte als sonst was. Einer der Kommis belästigte sie

auf das frechste. Er behauptete Amielen zu kennen und begann Liebesabenteuer von ihr zum besten zu geben.

„Sie sind wohl gewohnt, auf den ersten Blick zu siegen?" fragte sie ihn.

„Gewiß!" erwiderte er. „Und die schönen Normanninnen haben mich wahrlich nicht schmachten lassen!"

„Sie machen mir seit einer halben Stunde den Hof auf Ihre Weise. Ich bin Normannin und stolz darauf. Sagen Sie mir bloß, wie kommt es, daß ich Sie lächerlich und blöd finde?"

Alle Anwesenden lachten. Der Don Juan riß vor Wut seinen Stuhl um und verließ den Saal.

Einen häßlichen, aber schüchternen jungen Mann zeichnete Amiele aus. Sie sprach ihn in liebenswürdiger Weise an. Er ward über und über rot und vermochte kaum zu antworten. In wenigen Minuten hatte sie in ihm einen Beschützer gefunden.

Leise riet er ihr, die Wirtin um Tee und um ihre Gesellschaft zu bitten.

„Sie erwerben sich ihre Protektion für die Nacht gegen drei Franken!"

Amiele befolgte diesen guten Rat und lud dann den schüchternen jungen Mann ein, mit ihr und der Wirtin den Tee zu trinken. Er war Provisor in einer Apotheke.

„Habe ich nicht recht," sagte er zur Wirtin, nachdem er ihren Tee gelobt hatte, „das Fräulein ist viel zu hübsch, um allein reisen zu können? Ihre Augen sprühen zu sehr. Sie müßten Stumpfsinn heucheln. Aber da eine solche Metamorphose unmöglich ist, so will ich ihr ein Rezept geben."

Das Wort „Metamorphose", mit besonderem Nachdruck ausgesprochen, imponierte der Gasthofsbesitzerin.

Mit steigender Wichtigkeit fuhr der Apotheker, zu Amielen gewandt, fort:

„Wir zerstoßen die Blätter der Stechpalme. Sie wissen, sie sind am Rande zackig und wunderschön grün. Würden Sie es über sich bringen, solch grünes Pulver auf eine Ihrer Wangen zu reiben?"

Der Vorschlag erregte fröhliches Lachen.

„Wozu aber diese Maßregel?" fragte Amiele.

„Solange Sie das Grün nicht von der Wange waschen, werden Sie garstig aussehen, und wenn Sie den Fleck nicht mit dem Taschentuch verbergen, wird keiner dieser Schwätzer Sie mit seinen galanten Anträgen anöden."

Man lachte, bis es elf schlug.

„Die Apotheke wird gleich geschlossen", rief die Wirtin.

Rasch ließ sie noch eine Schachtel Stechpalmengrün holen. Der Apotheker stellte sich vor den Spiegel, rieb sich eine Wange ein und zeigte sich dann den Damen. Er sah abscheulich aus.

„Mademoiselle," sagte er zu Amiele, „Ihre Koketterie wird einen kleinen Kampf mit der Sehnsucht nach Ungestörtheit bestehen. Sie haben es in Ihrer Macht, morgen früh, wenn Sie in die Postkutsche steigen, ebenso garstig auszusehen wie ich!"

Amiele war höchst vergnügt über das Rezept, aber ehe sie einschlief, dachte sie länger als eine Stunde an Fedor.

‚Wie verschieden die Menschen sind!' sagte sie sich. ‚Dieser Apotheker ist nicht auf den Kopf gefallen und versteht seine Sache. Und doch guckt der Trottel hervor. Was für einen salbungsvollen Ton er annahm, als er den Erfolg seines Rezeptes bemerkte! Diese gescheiten Leute erwecken in mir kein anderes Verlangen als das: zu schweigen. Mit meinem kleinen Herzog kann ich stundenlang plaudern. Leider sage ich ihm zuviel Lieblosigkeiten...'

Fedor traf auch am nächsten Tage nicht ein. Sie vermeinte dies Ausbleiben dahin deuten zu müssen: er habe Charakter. Dadurch stieg er im Ansehen bei ihr.

Sie sagte sich:

‚Ich habe ihn zu sehr mit der Grau-auf-grau-Gestreiften geärgert. Jetzt rächt er sich. Um so besser. Ich hätte ihn nicht dazu für fähig gehalten.'

Wiederum waren die reisenden Kaufleute in der Überzahl im Gasthofe. Amiele warf einen Blick in den Speisesaal und ging wieder in ihr Zimmer, um sich die eine Wange leicht grün zu pudern. Die Wirkung war großartig.

Während der Tafel kam die Wirtin zehnmal in den Saal, um sich das Spiel anzusehen. Lachend bemerkte sie die mürrischen Gesichter der Commis voyageurs, die Amiele betrachteten. Der Wirt, der den Vorsitz hatte, glaubte den Grund der Heiterkeit seiner Ehehälfte zu wissen, und lachte auch. Er überhäufte das arme Mädchen, das eine so garstige Flechte im Gesicht hatte, mit Aufmerksamkeiten, und jedesmal, wenn sie mit ihm sprach, lachte er sich von neuem halbtot.

Mitten bei Tisch erschien der Herzog. Als er Amiele erkannte, war sein Gesicht entzückend. Aber der arme junge Mann konnte keinen Bissen essen, so betroffen war er ob des grünen Flecks, mit dem die abscheuliche Farbe eine der Wangen seiner Freundin verunstaltete.

Amiele glühte vor Ungeduld, mit ihm zu reden.

‚Sollte ich ihn lieben? Wer weiß? Wäre das die seelische Seite der Liebe?'

Sie war nicht gewohnt, ihren Launen Zügel anzulegen. Vor dem Nachtisch erhob sie sich, und wenig später stand auch der Herzog auf. Aber wie sollte er ihr Zimmer finden? Sollte er danach fragen?

Er hielt einen Kellner an; er nannte ihn „du".

„Habe ich mit Ihnen die Schweine gehütet, daß Sie mich duzen?" entgegnete dieser schroff.

Der Herzog war noch nie ohne Duval gereist. Er drückte einem anderen Kellner einen Franken in die Hand. Der geleitete ihn vor die Tür Amielens, die ihn zum ersten Male in ihrem Leben voll Ungeduld erwartet hatte.

„Ah! Sie sind doch gekommen, Verehrtester!" begrüßte sie ihn. „Lieben Sie mich trotz meines Malheurs?"

Sie bot ihm die grüne Wange zum Kuß.

Fedor benahm sich heldenhaft. Er küßte sie, wußte aber kaum etwas zu sagen.

„Ich gebe Ihnen Ihre Freiheit wieder!" sagte Amiele zu ihm. „Kehren Sie heim! Eine Geliebte mit Flechten im Gesicht mögen Sie nicht!"

„Der Teufel soll mich holen: doch!" erklärte der Herzog und blieb Held. „Sie haben Ihren guten Ruf für mich auf das Spiel gesetzt. Ich werde Sie niemals verlassen!"

„Brav!" sagte Amiele. „Küß mich noch einmal! Ich will dir gestehen, ich habe eine Flechte, die aller Vierteljahre zum Vorschein kommt, besonders im Frühjahr. Fühlen Sie Verlangen, diese Wange zu küssen?"

Es war das erstemal, daß Fedor einen Widerhall seiner Liebkosungen verspürte.

„Ich habe Ihre Liebe erobert!" rief er und küßte sie leidenschaftlich. Und erstaunt fügte er hinzu: „Ihre Haut ist genau so frisch und samtig wie sonst!"

Amiele tauchte ihr Taschentuch in Wasser, preßte es auf ihre Wange und warf sich in Fedors Arme.

Wenn er nicht so überglücklich und so schüchtern gewesen wäre, so hätte er alles haben können, was er so heiß begehrte. Aber als er kühner wurde, war es etwas über eine Minute zu spät.

„In Rouen!" erklärte Amiele. „Nicht eher!"

Dann scherzte sie über seine späte Ankunft und erzählte ihm, daß sie eine Beute der Commis voyageurs geworden wäre ohne den Schutz des Provisors. Der Herzog berichtete ihr von der riesigen Verlegenheit, in der er sich befunden hatte. Er hatte die Dummheit begangen, zu sehr ins einzelne zu lügen. Er hatte seiner Mutter vorgemacht, er habe einen Ausflug nach Le Havre vor, mit Pariser Freunden, die er mit Namen nannte. Die Herzogin, die sie alle persönlich kannte, hatte sofort mitreisen wollen. Erst am nächsten Tage log Fedor dazu, einer seiner Freunde käme in nicht ganz gesellschaftsfähiger Begleitung, mit einer sehr begabten Kabarettsängerin...

Mehr wollte die Herzogin nicht hören.

„Genug! Geh allein! Oder besser: geh gar nicht!"

Und nun hatte es eines halben Tages bedurft, bis er die Erlaubnis erhielt.

„Ja, ja," sagte er, „so geht's, wenn ich Duval nicht da habe! Alles fasse ich falsch an!"

„Aber ich, ich mag den Duval nicht!" sagte Amiele. „Ich will keinem schwachen König angehören. Sie sollen selbständig handeln!"

„Gut!" erklärte Fedor, indem er ihr die Hand küßte.

„Somit befehle ich, daß wir unverzüglich nach Rouen aufbrechen."

Es wurden Pferde bestellt, und am nächsten Tage, früh 5 Uhr, fuhr das Liebespaar in Rouen ein.

Neunzehntes Kapitel

AMIELE UND MADEMOISELLE VOLNYS

Vierzehn Tage gingen dahin. Fedor war vollkommen glücklich. Sein Glück stieg Tag um Tag; aber Amiele begann sich zu langweilen.

Der Herzog, der sich im „Englischen Hof" einfach Herr Miossens nannte, überschüttete seine Geliebte mit Geschenken. Aber nach acht Tagen ließ sie sich Kleider kaufen, wie sie die Töchter von Kleinstädterinnen tragen; ihre kostbaren Roben und Hüte nach Pariser Geschmack packte sie ein.

„Ich mag auf der Straße nicht angeschaut werden. Es erinnert mich immer an die Commis voyageurs. Gewiß verstehe ich es nicht, wie eine Pariserin zu gehen."

Sie beging, als geliebte Frau, den Fehler, sich zu wenig um den Geliebten zu kümmern und viel zu wenig mit ihm zu plaudern. Sie machte ihn zu ihrem Literaturlehrer. Die Komödie, in die sie abends gingen, mußte er ihr vor Tisch vorlesen und erklären.

Sie sah die Volnys, die große Pariser Schauspielerin, die ein Gastspiel in Rouen gab und dann nach Le Havre ging.

„Das ist eine Frau," sagte sie, „die ihre schönen Hüte zu tragen versteht, ohne damit auszusehen, als hätte sie sie gestohlen. Komm, wir wollen nach Le Havre fahren. Ich will Mademoiselle Volnys ordentlich studieren."

„Ich habe von meiner Mutter die mißliche Nachricht, daß sie sich dorthin begibt. Wenn sie uns sieht... heilige Maria!"

„Dann wollen wir noch rasch hin! Sofort!"

Die beiden reisten ab.

Amiele wurde mit Riesenschritten eine Meisterin der Verstellung. Bei ihrer Ankunft in Le Havre fand sie an allen Gasthöfen, vor die sie fuhren, allerlei auszusetzen, bis der Portier des Admirals-Hofes, um das Hotel zu empfehlen, sagte:

„Mademoiselle Volnys, die erste Schauspielerin vom Gymnase, ist bei uns abgestiegen!"

Acht Tage lang saß Amiele regelmäßig in der Orchesterloge des Theaters. Nicht eine einzige Bewegung der Volnys entging ihr. Und stundenlang saß sie im Vestibül des Hotels, um zu beobachten, wie die Künstlerin die breite Treppe herabschritt.

Die Herzogin von Miossens traf in Le Havre ein. Fedor zitterte wie Espenlaub. Eines Tages, als er, am Arm Amielen, die allerdings einen breitrandigen Hut trug, die Pariser Straße, den Korso von Le Havre, hinschlenderte, sah er seine Mutter entgegenkommen. Amiele hatte die Empfindung, Fedor werde vor Angst umfallen; sie verlangte, er solle tapfer an seiner Mutter vorübergehen; aber abends, nach dem Theater, willigte sie ein, wieder nach Rouen zu fahren.

Ohne Amielens Wissen war er bei seiner Mutter gewesen, sie um Verzeihung zu bitten, daß er es nicht gewagt, sie zu grüßen, wegen seiner Begleiterin. Die Herzogin empfing ihn erschrecklich streng. Schließlich wies sie ihm sogar die Tür und warf ihm vor, es sei dreist, sie ohne vorherige Erlaubnis aufzusuchen.

Amiele hatte sich derart gewandelt, daß die Herzogin sie in der nächsten Nähe nicht erkannt hatte, trotz ihrer prächtigen, kaum zu vergessenden Gestalt. Amiele war graziös geworden und hatte die mädchenhafte Eckigkeit verloren.

Zweimal hatte sie an ihre Pflegeeltern geschrieben. Diese Briefe, die der Herzog in Orléans zur Post hatte geben lassen, wiederholten das Märchen von der Erbschaft, das die Hautemares in die Welt setzen sollten.

Vier Wochen blieben Fedor und Amiele in Rouen. Sie langweilte sich gründlich, während der Herzog nunmehr voll echter Leidenschaft war, die seine Geliebte um so mehr anödete. Sie hatte im Herzen nichts als Überdruß. Täglich mußte er ihr vier Stunden lang vorlesen, so daß er fast Lungenschmerzen bekam. Den Anlaß ihrer Mißstimmung ahnte Amiele nicht. Ein paarmal überraschte sie sich, daß sie im Begriffe war, den Herzog nach dem Motiv ihrer gräßlichen Unlust zu befragen. Sie kam rechtzeitig davon ab.

In ihrem sonderbaren Zustande nahm sie ihre Zuflucht zu allerhand Zerstreuungen. Ihr Freund mußte ihr Geometrie beibringen. Diese Laune erhöhte seine Verliebtheit. Die Geometrie hatte ihn gelehrt, daß bloße Worte nicht hoch zu werten sind. Ohne sich klar zu werden, was er dieser Wissenschaft verdankte, war er ihr doch leidenschaftlich zugetan. Und er war glücklich darüber, daß Amiele die Grundbegriffe mit Leichtigkeit erfaßte.

Durch den Einfluß solcher Studien und ihrer fortwährenden Grübelei glich Amiele nicht mehr dem jungen Mädchen, das sie noch vor sechs Wochen war, als sie ihr Dorf verließ. Sie verstand es bereits, den Gedanken, die sie bewegten, Ausdruck zu verleihen.

Sie sagte sich: ‚Ein junges Mädchen, das von zu Haus wegläuft, führt sich übel auf. Es muß fortan ihren Lebenswandel verbergen. Und was ist der Grund ihres Betragens? Man will ein vergnügtes Dasein führen. Ich jedoch komme vor Langerweile um. Ich habe die Pflicht vor mir selbst, etwas zu finden, was mir mein Leben lieb und wert macht. Was habe ich jetzt? Abends das Theater und, wenn es regnet, einen Wagen, und alle Tage den Spaziergang in der Allee unter den großen Bäumen, die Seine entlang. Den weiß ich auswendig. Der Herzog meint, es sei unvornehm, durch die Felder zu wandern. ‚Wenn wir das tun, wem gleichen wir da?' hat er mich gefragt. ‚Spießern, die sich amüsieren.' Obendrein sagte er mir in einem Tone, der mich ärgert, davon nur zu reden sei gewöhnlich und unschick. Fedor langweilte mich bereits acht Tage, nachdem mir Hans Berville — für mein Geld — beigebracht hatte, was Liebe ist. Jetzt sind es acht Wochen, die wir zusammen sind! Du mein Gott! Noch dazu in diesem verrußten Rouen, wo ich keinen Menschen kenne!'

Da erleuchtete sie ein Gedanke:

‚Als ich ihn nach dem Intermezzo mit den aufdringlichen Krämern, die Don Juans sein wollten, wiedersah, ist mir Fedor liebenswert erschienen. Ich muß ihn auf drei Tage wegekeln!'

„Lieber Freund," sagte sie zu ihm, „gehen Sie drei oder vier Tage zu Ihrer Frau Mutter! Ich schulde ihr viel Dank. Und wenn sie je erführe, daß ich es bin, der an dem lüderlichen Leben schuld ist, das Sie hier in Rouen führen, so könnte sie mich für undankbar halten, worüber ich trostlos wäre."

Amielens Idee von der Undankbarkeit war nicht nach Fedors Geschmack; sie kam ihm inkorrekt vor, denn sie setzte Gleichstellung zwischen ihr und seiner Mutter voraus. Nachgedacht hatte er hierüber noch nicht; dies war eine Selbstverständlichkeit, eine Art mathematische Tatsache: eines Dorfküsters Nichte schuldete einer großen Dame wohl allerlei Rücksicht und Respekt, selbst wenn diese ihr niemals Güte erwiesen hätte, aber von Dankbarkeit oder Undankbarkeit zu reden, dünkte ihm lächerlich. Zudem verspürte er durchaus keine Lust, sich endlosen Strafpredigten auszusetzen. Als aber Amiele ihren Befehl wiederholte, muß er sich wohl oder übel entfernen.

Sowie sie sich allein sah, frei von den ewigen Verliebtheiten und Komplimenten des Herzogs, war Amiele bis zur Tollheit froh. Zuvörderst kaufte sie sich ein paar Holzschuhe, nahm das Wirtschaftsfräulein des Hotels am Arm und sagte zu ihr:

„Kommen Sie mit, liebe Martha! Wir wollen durch die Felder laufen, weit weg von diesem ewigen Boulevard, den der Teufel holen soll!"

Als die beiden durch das Freie wanderten, auf Feldwegen, zuweilen ohne Weg und Steg, und Amiele ihr Glück in vollen Zügen genoß, sagte Martha:

„Er kommt nicht?"

„Wer?"

„Gewiß suchen Sie doch Ihren Verehrer?"

„Der Himmel bewahre mich vor Verehrern! Meine Freiheit ist mir lieber als sonst was! Haben Sie nicht auch Liebschaften gehabt?"

„Ach ja!" erwiderte Martha leise.

„Und was halten Sie davon?"

„Es ist etwas Köstliches!"

„So? Für mich gibt es nichts Öderes! Alle Welt preist die Liebe als das höchste Glück. In allen Komödien reden die Leute von nichts als von ihrer Liebe, und in allen Tragödien bringen sie sich aus Liebe um. Ich bin anders. Ich möchte, mein Liebhaber wäre mein Sklave. Ich schickte ihn nach einer Viertelstunde ans andere Ende der Welt!"

Martha war starr vor Staunen.

„Aber, Mademoiselle, wo Sie einen so reizenden Freund haben! Neulich sagte jemand, der Sie gut kennt, zu unserer Frau, Herr Miossens habe Sie einem Andern ausgespannt, der Ihnen 1000 Franken im Monat gegeben hätte."

„Ich wette," sagte Amiele, „das war irgendein Handlungsreisender."

„So ist's!" bestätigte Martha überrascht.

Amiele lachte hell auf.

„Und ließ er nicht durchblicken, ich hätte ihm meine Gunst und Gnade geschenkt?"

„Ja, ja!"

Martha schämte sich. Amiele lehnte sich an den nächsten Baum und lachte, daß ihr die Tränen kamen.

Bei der Rückkehr nach Rouen wurde sie von den jungen Herren erkannt, die sie alle Abende im Theater gesehen hatten. Martha bekam etliche mit Bleistift hingekritzelte Briefchen nebst je einem Geldstück in die Hand gedrückt. Sie wollte sie Amielen geben.

„Aber nein! Geben Sie sie Herrn Miossens, wenn er wiederkommt! Da bekommen Sie noch einmal Trinkgeld."

Zur Theaterzeit bedauerte sie einen Augenblick, daß der Herzog nicht da war; dann aber frohlockte sie:

‚Unsinn! Wenn ich mir die Sache überlege, verzichte ich lieber auf das Theater, als daß ich ihn mit seinem obligaten Blumenstrauß antreten sehe.'

Sie suchte rasch die Hotelwirtin auf.

„Wollen Sie mich ins Theater begleiten?" fragte sie diese. „Ich nehme eine Loge."

Die Frau lehnte zuerst ab; dann nahm sie die Einladung an und ließ einen Coiffeur holen.

‚Ach!' sagte Amiele zu sich. ‚Ich bin der leibhafte Widerspruch!'

Sie nahm das Stechpalmengrün her und puderte sich die linke Backe damit.

Aber die Loge lag zur Linken. Aller Augen hefteten sich auf Amiele. Und gegen Mitternacht wurden drei lange Briefe im Hotel abgegeben, diesmal mit Tinte geschrieben.

Amiele las sie mit viel Interesse, das sich flugs in Ekel wandelte.

‚Das Geschreibsel ist nicht so plump wie das Gerede der Reisenden, dafür recht fad!'

Amiele war völlig glücklich und hatte den Herzog beinahe gänzlich vergessen, da erschien er wieder auf der Bildfläche. Es war am dritten Tage.

‚Schon!' sagte sie sich.

Sie fand ihn geradezu liebestoll, und, mehr noch, er ließ nicht eine Minute ab, ihr mit schönen Reden zu beweisen, daß er liebestoll war.

‚Jetzt ist er noch langweiliger als zuvor!' dachte die junge Normannin.

Die zweitägige Freiheit hatte Amiele völlig zur Rebellin wider die Langeweile gemacht.

Am nächsten Morgen fing Fedor gleich nach dem Aufstehen an, ihr die Hände zu küssen.

‚Dieses Individuum ist vor jedwedem Ereignis in Aufregung', sagte sich Amiele. ‚Sobald es heißt: Hilf dir selbst! — ist er ein Mensch in zwei Bänden. Er braucht einen Duval.'

Amiele schickte ihn mit Aufträgen fort. Er mußte die Hotelrechnung bezahlen. Sodann kamen auf ihr Geheiß Tischler, die Kisten bauten, in die alle die hübschen Sachen verpackt wurden, die ihr der Herzog geschenkt hatte. Sie selbst packte ihre und Fedors Koffer.

Wie sie ihn von ihrem Fenster aus gegen 4 Uhr zurückkommen sah, ging sie hinunter und ihm entgegen. Es gelang ihr, ihn zu bewegen, mit ihr die Mahlzeit in M***, einem Dorfe an der Seine, einzunehmen.

Nach der Rückkunft fuhren sie sofort ins Theater. Als es 8 Uhr schlug, sagte sie zum Herzog:

„Hüten Sie die Loge! Ich bin sofort wieder da!"

Sie eilte ins Hotel und ließ die Koffer des Herzogs nach Cherbourg aufgeben. Die Post dahin ging 1/29 Uhr ab. Ihre eigenen Sachen ließ sie in die Post nach Paris tragen. Fedor besaß 3100 Franken; 1550 Franken tat sie in seinen, ebensoviel in ihren Koffer. Sie hatte ihm die Geldtasche beim Spiel mit ihm gestohlen.

Zwanzigstes Kapitel

PARIS

Es wäre schwer, das überschwengliche Glück zu schildern, das Amiele in dem Augenblicke empfand, als sich die Postkutsche nach Paris in Bewegung setzte. In eine Ecke gehuschelt, die Wange tüchtig grün, lachte und zappelte sie vor Freude, wenn sie sich die Bestürzung des Herzogs vorstellte, der bei seiner Rückkehr ins Hotel weder Geliebte noch Geld noch Gepäck vorfand. In den ersten Stunden fürchtete sie ein wenig, ihn auf einem Postgaul im Galopp nachkommen zu sehen. Sie hatte sich bereits ausgedacht, wie sie sich verhalten wollte: ihn einfach gar nicht kennen. Übrigens hatte sie im Gasthofe deutlich genug durchblicken lassen, daß sie mit der Post nach Bayeux zu fahren gedächte; und in der Tat, der arme Fedor verfolgte sie auf jener Straße.

Diese Reisenacht, in der sie einer überaus rücksichtsvollen und zärtlichen Liebe entrann, war, alles in allem, das schönste Erlebnis ihres bisherigen Daseins. Nur vor den Pariser Gaunern bangte ihr ein wenig.

Als sie aus dem Postwagen stieg, hatte sie den unseligen Einfall, zu tun als kenne sie Paris. Sie fragte nach einem großen Hotel, dessen Namen sie angeblich vergessen hatte. Die Folge war, daß sie im ***er Hof in der Rue de Rivoli landete, in einem Zimmer des dritten Stockes, das 500 Franken den Monat kostete.

Einigermaßen erstaunt über die Unmenge Bedienter und den Prunk im Hause, wandte sie sich an die Besitzerin des Hotels und bat sie im Vertrauen um die Adresse eines guten Arztes. Auf diesen Gedanken brachte sie eine kleine Geschichte, die ihr Fedor einmal erzählt hatte.

Am nächsten Tage suchte Amiele die Wirtin abermals auf.

„Madame," sagte sie zu ihr, „ich bin zum ersten Male in Paris. Da ich keine Kammerjungfer habe, befürchte ich vor allem, man belästigt mich. Ich möchte wie ein Bürgermädchen angezogen gehen. Wollen Sie die Güte haben, mich beim Einkaufe der dazu nötigen Kleidungsstücke zu begleiten?"

Frau Legrand — so hieß die Hotelwirtin — staunte

die junge Dame an, die auf das kostbarste gekleidet war und sich in eine kleine Bürgersfrau zu verwandeln begehrte. Ein zweiter Umstand erhöhte ihre Verwunderung. Als Amiele in ihr Zimmer trat, nahm sie ihr Taschentuch, weil es ihr heiß war, und wischte beinahe die ganze grüne Farbe weg, die ihre Wange verunzierte.

Die neugierige Frau Legrand war auf das höchste gespannt. Sie studierte den Paß der jungen Dame und behandelte sie mit so viel Güte, daß Amiele ihr am nächsten Tage gestand, sie habe sich aus Mißmut über die Nachstellungen der Mitreisenden, insbesondere der Commis voyageurs, auf den Rat hin eines anderen Reisenden, eines Apothekers, die Wange mit Stechpalmenpulver geschminkt.

Binnen zweier Tage war das gesamte Hotel voll Bewunderung über das schöne große Fräulein mit dem allerdings ein wenig exaltierten Benehmen und der sonderbaren Schminke.

Frau Legrand erwies ihr den Dienst, einen Brief an Herrn von Miossens in Rouen auf der Post zu Saint-Quentin aufgeben zu lassen.

Der Brief lautete:

„Lieber Freund, oder vielmehr, verehrter Herzog!

Ich habe Ihr tadelloses Benehmen bewundert. Ihre grenzenlose Güte raubt mir beinahe den Mut, Ihnen etwas zu bekennen, was Sie mir gewiß übelnehmen; selbst mich dünkt es grausam, aber unbedingt nötig für Ihr Glück und Ihre Ruhe. Sie sind tadellos, aber Ihre Aufmerksamkeiten langweilen mich. Ein schlichter Bauer, der nicht immerdar daran denkt, mir erlesene Dinge zu sagen und mir gefallen zu wollen, ist mir lieber: ein freimütiger, vor allem nicht überhöflicher Mann. Ich habe Ihre Koffer und 1550 Franken unterwegs in Cherbourg gelassen.

Amiele."

Daraufhin trabte Fedor die Straße nach Cherbourg ab. Unterwegs studierte er alle Gesichter. Trotz Amielens Brief gab er den törichten Gedanken, der ihn seit ihrer Flucht beherrschte, nicht auf, sie wiederzufinden. In Rouen, als er sich ohne Geld, ohne die Geliebte und ohne Wäsche sah, hätte er sich beinahe eine Kugel durch den Kopf gejagt. Er war in der allergrößten Verwirrung. Amiele hatte richtig vorausgesehen.

Sie hätte ihn gänzlich vergessen, ihn, dessen Liebkosungen ihre Liebe erstickt hatten, wenn er ihr nicht bei der Beurteilung anderer Männer als Maßstab gedient hätte.

Amiele war im Wesen derart natürlich und im Verkehr dermaßen unbefangen, daß sie Frau Legrands Zuneigung gewann. Ohne das junge Mädchen langweilte sie sich in ihrem Zimmer. Die Warnungen ihres Mannes, der Fremden gegenüber vorsichtiger zu sein, fruchteten nichts. Frau Legrand ließ ihn reden und schloß sich immer mehr an Amiele an.

Im Hotel hausten verschiedene junge Herren, die etwas draufgehen ließen. Sie machten der Besitzerin den Hof, was sie sich nicht ungern gefallen ließ. Zu ihrer Freude nahm sie wahr, und ihr Gatte machte die gleiche Beobachtung, daß Amiele in Gegenwart dieser jungen Leute stumm wie ein Fisch blieb. Offenwar wollte sie möglichst unbemerkt bleiben.

Amielens einzige Passion war damals ihr Wissensdrang. Sie stellte in einem fort Fragen. Vielleicht war dies auch die Ursache ihrer Freundschaft mit Frau Legrand, der es den größten Spaß bereitete, alles zu beantworten und zu erklären. Übrigens hatte Amiele begriffen, daß man in Paris auf der Hut sein muß. Nie ging sie abends aus. Daß sie die Theater nicht besuchen konnte, war ihr schmerzlich; aber die Erinnerung an die reisenden Kaufleute genügte, vorsichtig zu bleiben.

Sie sagte sich, es sei angebracht, Frau Legrand etwas von ihrer Vergangenheit zu berichten; indes mußte sie sich erst das Nötige zurechtlegen. Amiele mißtraute ihrer eigenen Unbesonnenheit. Sie war keine geborene Lügnerin, weil sie ihre Lügen gleich wieder vergaß. Also schrieb sie ihre angebliche Lebensgeschichte auf, und um sie in der Schublade liegen lassen zu können, wählte sie die Form einer brieflichen Rechtfertigung, gerichtet an einen Onkel, einen Herrn de Bonia.

Nunmehr erzählte sie Frau Legrand, sie sei die zweite Tochter eines Unterpräfekten, den sie mit Namen nicht nennen könne. Selbiger wäre toll ehrgeizig und habe sichere Aussicht, demnächst Präfekt zu werden. Einem begüterten Witwer, der zur Kongregation gehöre und ihm einundzwanzig legitimistische Stimmen versprochen, habe er sich zu jedwedem Gegendienste verpflichtet. Dieser, ein Herr de Tourte, fordere für seine einundzwanzig Stimmen Amiele zur Frau. Sie aber hege einen Abscheu vor seinem gelben Frömmlergesicht.

„Ja, ja," meinte Frau Legrand, „mein liebes Fräulein Amiele hat einen hübschen jungen Mann im Kopfe, dessen Hab und Gut im Reiche der schönen Träume liegt."

„Leider nicht!" rief Amiele. „Dann würde ich mich

nicht so schrecklich langweilen, und ich wüßte, worauf ich loslebte. Die Liebe, die für jedermann als höchstes Glück des Lebens gilt, kommt mir unsagbar töricht vor und, wenn ich es gestehen darf, ungeheuer langweilig."

„Das heißt soviel: ein langweiliger Mensch war verliebt in Sie?"

‚Ich verlaufe mich', sagte sich Amiele. ‚Ich muß zur Wahrheit zurückkehren!'

„Auch nicht", erwiderte sie, so schlicht sie nur konnte. „Man hat mich umschwärmt. Mein erster Verehrer hieß Berville. Er liebte nur das Geld. Der zweite war ein Riesenverschwender. Ein Herzog. Und doch war der schönste Tag meines Lebens der, an dem ich ihm unsichtbar wurde. Ein Onkel von mir hatte mir 1550 Franken hinterlassen. Ich bat, die schönen Goldfüchse und den Tausendfrankenschein sehen zu dürfen. Es war 8 Uhr abends. Mein Vater ging aus, in der Angelegenheit seiner Wahl. Da habe ich mich auf und davon gemacht, samt drei Koffern, die einen Teil meiner Aussteuer bergen. Wenn die Wahlen vorbei sind und die Liste der neuen Präfekten im ‚Moniteur' veröffentlicht wird, dann ist mein Vater so glücklich, daß er mir leicht alles verzeiht. Bleibt er aber Unterpräfekt, so ist die Sache nicht so einfach. Denn Herr de Tourte ist ein sehr einflußreicher Mann."

Am nächsten Abend mußte Amiele ihre Geschichte vor Herrn Legrand nochmals erzählen. Zuvor las sie den Brief an den Onkel wieder. Es fiel ihr ein, daß sie über den Paß keine Aufklärung gegeben hatte. Sie fügte also hinzu: durch einen Verwandten, der zehn Meilen von ihrem Heimatsort entfernt, in der Gegend von Rennes, Bürgermeister sei, hätte sie einen Paß bekommen.

Herrn Legrand rührte dieses Märchen zu Tränen. Acht Tage lang sprach man von nichts anderem. Tags darauf gestand Frau Legrand ihrer Schutzbefohlenen, sie liebe sie wie ihre Tochter.

„Sag einmal," fügte sie hinzu, „du verfügst nur über 1550 Franken und hast eine Wohnung genommen, die 500 Franken im Monat kostet. Ich werde dir ein Zimmer zu 150 Franken anweisen, wo du genau so standesgemäß wohnst. Aber ich will dich unbedingt in deinen schönen Kleidern sehen. Nächsten Dienstag gehen wir zusammen zu Herrn Servières, in dessen Hause viele vornehme und schwerreiche junge Kavaliere verkehren. Da wird meine kleine Amiele Eroberungen machen, und zwar welche, die mehr wert sind als das Ekel, der Herr de Tourte, mit seinen 21 legitimistischen Stimmen in der Tasche."

„Ich bin dabei, liebe Freundin!" frohlockte Amiele. „Verschaffen Sie mir einen Tanzlehrer! Ich habe die Empfindung, wenn ich einen Salon betrete, unter den anderen aufzufallen. Und gestatten Sie mir, Sie hin und wieder mit in das Théâtre-Français zu nehmen!"

Einundzwanzigstes Kapitel

DER GRAF NEERWINDEN

Eines Abends war Amiele noch mitternachts bei Frau Legrand. Zu ihrer Belustigung hatte sie sich unterfangen, das Gefallen des behäbigen Herrn Legrand zu erregen. Sie stellte gerade völligen Mangel an

Phantasie an ihm fest, als man auf der Straße und alsbald vor dem Hotel großen Lärm vernahm.

„Schon wieder der Graf Neerwinden!" rief Frau Legrand.

Neerwinden war, was man in Paris einen liebenswürdigen jungen Mann nennt. Seine Beschäftigung war, kreuzvergnügt ein Vermögen von ursprünglich 80 000 Franken Jahresertrag durchzubringen. Dieses hatte ihm sein Vater, der General Graf von Neerwinden hinterlassen. Das war erst drei Jahre her, und schon war er genötigt gewesen, sein eigenes Haus zu verkaufen und sich in einem Hôtel garni zu bescheiden.

An diesem Abend äußerte sich Neerwindens übermäßiger Alkoholgenuß darin, daß er wie ein Wasserfall redete und nicht zu bewegen war, sein Zimmer aufzusuchen.

„Wozu erst zwei Stiegen hinaufklettern?" sagte er. „Morgen muß ich doch wieder hinunter."

Frau Legrand, die es versuchte, Neerwinden in sein Zimmer zu führen, bekam auch nichts anderes aus ihm heraus.

Die beiden Lakaien, die ihn hergebracht, verschwanden.

Er drohte, das „verfluchte Hauspersonal" niederzuboxen, worauf diese Leute Frau Legrand ersuchten, sie von der weiteren Bedienung dieses „unangenehmen Gastes" zu entbinden.

Diesen Ausdruck griff der angeheiterte junge Mann sofort auf.

„Unangenehm?" rief er. „Durchaus nicht unangenehm! Im Gegenteil, seit ich hier im Hause wohne, hat sie noch kein Sterbenswörtchen geredet. Tut nichts! Das ist gerade das Charakteristische, das Eigenartige an dieser jungen Dame. Aber ich werde sie erziehen! Sie rennt ja geradezu. Man müßte sich schämen, mit ihr zu gehen. Auch versteht sie nicht, einen Schal zu tragen. Ich werde ihr imponieren — oder der Teufel soll mich holen! Sie haben ja alle kapituliert. Das heißt, sie ist nicht wie die Andern, und ich, ich soll in mein Zimmer hinauf. Ich bin auch nicht wie die Andern. Jeder Andere geht auf sein Zimmer. Ich nicht. Habe ich nicht recht, Frau Legrand, zu was soll man in sein Zimmer hinauf, wenn man morgen doch wieder herunter muß?"

Dieses Geschwätz dauerte eine gute Stunde. Frau Legrand war in starker Verlegenheit. Sie war in einem guten Hause Jungfer gewesen, bei der Gräfin Damas, und hatte vor Rang und Titeln kolossalen Respekt. Einem jungen Edelmann, der sich standesgemäß zugrunde richtete, hätte sie um keinen Preis der Welt irgendwie Zwang angetan. Dessenungeachtet mußte er unbedingt zu Bett gebracht werden. Schon dachte sie daran, den Hausknecht und die Küchenjungen wecken zu lassen, als der Graf abermals sein Vorhaben mit Amiele zu erläutern begann.

Da rief Frau Legrand das junge Mädchen, das bei ihrer ersten Erwähnung geflüchtet war, und bat sie, dem Grafen von Neerwinden zu befehlen, in sein Zimmer zu gehen.

„Liebe Frau Legrand," wandte Amiele ein, „bedenken Sie, daß der junge Mann daraufhin das Recht hat, mich morgen anzusprechen!"

„Ach, morgen weiß der von heute überhaupt nichts mehr!" erwiderte Frau Legrand. „Ich kenne ihn. Es ist nicht das erstemal, daß er in diesem Zustande heimkommt. Ich muß ihn aber nun doch in aller Höflichkeit ersuchen, sich ein anderes Hôtel zu wählen. In seiner Erhabenheit duzt er mein Personal. Natürlich will keiner etwas mit ihm zu tun haben."

„Er betrinkt sich also öfters?" fragte Amiele.

„Tag für Tag, glaube ich! Sein Leben ist ein Potpourri von Torheiten. Er setzt seine Ehre darein, für den Tollsten der jungen Lebewelt zu gelten. In der letzten Zeit war er wenigstens nicht ganz so voll wie heute. Den Kutscher, der ihn hergefahren, den hat er übrigens auch verhauen."

‚So! Dann ist er von etwas derberem Schrot und Korn als mein kleiner Herzog!' dachte Amiele bei sich. Daß er den Droschkenkutscher verprügelt hatte, belustigte sie. Und als Frau Legrand ihre Bitte wiederholte, ging sie an die Treppe und sagte gebieterisch:

„Graf Neerwinden, begeben Sie sich augenblicklich auf Nummer 12!"

Der übermütige junge Mann hörte auf zu reden, starrte Amiele einen Augenblick an und meinte dann gelassen:

„Nicht übel! Alle anderen sagen zu mir, ich solle in mein Zimmer hinauf. Dieses kluge Menschenkind, eben aus der Provinz eingetroffen, meint, ich hätte meine Zimmernummer vergessen. Man befiehlt mir: Begeben Sie sich augenblicklich auf Nummer 12! Schön! Das nenne ich wahre Höflichkeit! Und niemand soll von einem Neerwinden sagen, er gehorche dem Befehl einer schönen Dame nicht! Obendrein einer, die gerade keinen Liebsten hat. Jamais! Fräulein Amiela, ich komme Ihrem Befehle nach und begebe mich auf Nummer 12. Ausgerechnet Nummer 12. Weder Nummer 11 noch auch Nummer 13. Pfui Teufel, die 13 ist eine üble Nummer... Ich begebe mich augenblicklich auf Nummer 12. Jawoll!"

Er ergriff den Leuchter, den ihm Frau Legrand reichte, und stieg entschlossen die Treppe hinauf und nach Nummer 12, wobei er immer von neuem wiederholte, daß er niemals einer jungen Dame etwas abschlüge, die gerade keinen Liebsten habe.

Am anderen Morgen thronte er im Lehnstuhle seines Zimmers, einen prächtigen Schlafrock angetan, als der Portier des Hôtels eintrat.

„Du kommst wie gerufen", bewillkommte ihn der junge Mann. „Berichte mir mal, wie Seine Durchlaucht heute nacht nach Haus gekommen ist! Ein bißchen angesäuselt, was?"

„Herr Graf," erwiderte der Portier im groben Tone des beleidigten Lakaien, „wenn Sie nicht anders mit mir reden, gebe ich keine Antwort!"

Neerwinden warf ihm ein Fünffrankenstück hin.

Der Portier hob es auf und holte aus, als wolle er ihm die Münze an den Kopf werfen.

Neerwinden lachte unbändig. Einer der Schauspieler des Théâtre Français fiel ihm in einer bestimmten Rolle ein, in der des Moncade.

Der Lakai wurde blaß vor Wut.

„Ich weiß nicht, was mich abhält," sagte er, „Ihnen den Mammon ins Gesicht zu werfen? Ich habe bloß Angst, eine der schönen Porzellanvasen von Madame zu treffen..."

Er ging an das offene Fenster, sah einen Augenblick hinaus und warf dann das Geldstück auf die Straße hinunter. Es rollte bis zur nächsten Straßenecke, wo sich ein Dutzend Gassenbengel darum balgten.

Dieses Schauspiel beschwichtigte den Portier sichtlich. Im Bewußtsein seiner körperlichen Überlegenheit erklärte er dem Grafen:

„Wenn Sie Ihr anmaßendes Benehmen beibehalten wollen, so halten Sie sich eigene Bediente, die sich das gefallen lassen! Sie hätten Ihr Geld hübsch zusammenhalten müssen. Sollten nicht dem Schuldgefängnis zusteuern! Wer den großen Herrn spielen will, darf vor allem kein armer Schlucker sein. Was hätte Ihr Herr Vater, der ehrenwerte General, gesagt, wenn er es erlebt hätte, daß sein Sohn vor Sonnenuntergang nicht auszugehen wagt?"

„Na, lieber Schorsch, da Sie den ersten Fünfer zum Fenster hinausgeschmissen haben, nehmen Sie diesen zweiten für Ihre guten Ratschläge!"

Georg nahm das Fünffrankenstück. Von einem General des Kaisers hätte er einen Fußtritt hingenommen. Derart geheiligt ist das Andenken Napoleons im französischen Volke. An die dahingegangene Republik erinnert es sich nicht. Die Fürstengestalten tragen die großen Erinnerungen der Völker.

Neerwinden war entzückt über den Abschluß, den sein dummer Streich gefunden hatte. Er gehörte zu denen, die sich langweilen, wenn sie nichts zu tun haben. Sein Herz hatte keinen Inhalt.

‚Das wäre erledigt!' sagte er sich. ‚Jetzt zu Frau Legrand! Soll ich diese ehemalige ehrenwerte Kammerzofe von oben herab behandeln, von der Höhe meines verluderten Mammons, oder soll ich den guten Kerl spielen? Natürlich: den guten Kerl! Da hätte ich doch beinahe die schöne Amiela vergessen! Die muß ich haben! Was ist das eigentlich für ein Mädel? Hat sie bereits ihren Schatz, diese Dame aus Hinterpommern? Vielleicht hat sie mir meine gestrige Bezechtheit schwer übelgenommen. Also: gut und lieb! Madame Legrand wird mir eine Standpauke halten, aber dabei erfahre ich das nötige über Amiele!'

Allmählich bekam er seinen klaren Kopf wieder. In seinem Prunkgewand stieg er die Treppe hinab.

Unten begann er:

„Verehrteste Frau Legrand, gütigste Freundin, Sie müssen mir einen Tee machen! Und erzählen Sie mir ein bißchen, was ich gestern abend beim Nachhausekommen gefaselt und verbrochen habe... Ah, Mademoiselle Amiele!"

Er tat, als bemerke er sie eben erst, und machte ihr die ehrerbietigste Verbeugung.

„Ich würde auf der Stelle tausend Taler zahlen," fuhr er fort, „wenn Sie gestern abend vor 11 Uhr in Ihr Zimmer hinaufgegangen wären. Unser Fest begann um acht. Mir ist so, als hätte ich es 10 Uhr auf den diversen Uhren schlagen hören. Das ist meine letzte deutliche Erinnerung. Alles Spätere ist wüstes Chaos in meiner Seele..."

Frau Legrand unterbrach ihn:

„Bei Gott, lieber Herr Graf, ich bin trostlos, Ihnen Unangenehmes eröffnen zu müssen. Keiner meiner Dienstboten will Sie weiter bedienen. Sie haben sie alle vor den Kopf gestoßen, und ich kann meine leidlichen Leute nicht wegschicken, weil sie sich weigern, Dienste zu tun, zu denen sie nicht verpflichtet sind. Mein Mann ist mit mir im Einklang: wir ersuchen Sie, sich nach einem anderen Quartier umzusehen! Die Fremden müssen eine üble Meinung von unserem Hôtel bekommen, wenn sie Auftritte wie den gestrigen sehen. Sie haben in einem fort von wenig anständigen Dingen geredet!"

„Ich wette, von der Liebe!" lachte Neerwinden.

„Nichts im Leben interessiert mich noch, weder die Gäule noch das Jeu! Ich bin anders als die anderen jungen Leute. Wenn ich kein zärtliches Wesen habe, mit dem ich ein Herz und eine Seele bin, bin ich schwermütig. Der Tag wird mir dann so lang wie ein Jahrhundert. Um auf andere Gedanken zu kommen, lasse ich mich zu Gelagen einladen, und weil mein Herz leer ist, so..."

„Schwindler!" rief Frau Legrand, die ihre ernste Miene aufgab. „So gefühlvoll reden Sie nur, weil noch ein paar andere Ohren als bloß die meinen Ihnen zuhören. Haben Sie wirklich die Kühnheit, zu behaupten, Sie liebten etwas anderes als ein schönes Pferd oder einen gut gemachten Anzug von moderner Farbe, der Ihnen gut steht, vormittags, wenn Sie durch das Bois de Boulogne promenieren, oder abends, in Ihrer Loge in der Oper, oder hinter den Kulissen?"

„Trefflichste Frau Wirtin, Sie sagen mir, ich solle mir eine eigene Wohnung und eigene Diener halten! Glauben Sie, ein Neerwinden wohne zu seinem Vergnügen in einem Gasthofe, wenn er auch noch so anständig ist und allen anderen als Vorbild gelten kann? Sie vergessen, daß ich zur Zeit ruiniert bin! Ich weiß ja nicht einmal, ob ich in zehn Wochen noch das armselige Zimmer bezahlen kann! Zum Glück besitze ich die Natur meiner Vorfahren. Frau von Maintenon, eine Verwandte von mir, war im Gefängnis geboren, hatte einen unadeligen Witzemacher geheiratet, den Scarron, und sie ist trotz alledem als die Gattin des größten Königs gestorben, der je auf Frankreichs Thron gesessen hat. Sehen Sie: es gibt Tage, wo mich mein Gefängnis verdrießt, denn, offen und ehrlich, ein Gasthof, und ist er noch so gut gehalten, mit einem Personal, das mir gegenüber streikt, ein solcher Gasthof ist für mich ein Gefängnis. Verdenken Sie mir es wirklich, wenn ich mich hin und wieder in der Weinlaune verliere, um alle meine Misere zu vergessen? Nehmen Sie mich ruhig ernst in meiner vorübergehenden Armut. Ich bin toll verliebt. Und ich kenne mich. Die Liebe ist kein alter Witz. Bei mir ist sie eine folgenschwere Leidenschaft. Ich liebe wie jene mittelalterlichen Ritter, die aus Liebe zu großen Taten begeistert wurden..."

Amiele war blutrot geworden. Neerwinden beobachtete es.

‚Dies schöne Geschöpf ist mein!' sagte er sich. ‚Sie wird in der Oper Aufsehen erregen. Nur muß ich sie anständig anziehen. Und eines, Neerwinden! Solch eine junge Gazelle mußt du hinter hohem Gitter halten. Sonst springt sie dir über die Schranken. Seien wir vorsichtig!'

Neerwinden machte auf Amiele den Eindruck eines glänzenden und sehr unterhaltsamen jungen Mannes. Gleichwohl hatte er nicht ein Wort gesprochen, das nicht auswendig gelernt gewesen wäre. Gerade darum war der Eindruck um so tiefer. Seine ganze wechselvolle Beredsamkeit war ausgeklügelt und auf die Kontrastwirkung berechnet. Entzückende Unbedachtsamkeiten wechselten ab mit rührsamen Improvisationen.

Er sah die Wirkung, die dies auf das junge Mädchen hatte. Amiele, die in einer Ecke des Boudoirs saß, sagte kein Wort; aber bei der Stelle, wo der junge Mann seine Lage schilderte, wechselte sie die Farbe. Frau Legrands Vorwürfe und Ratschläge gaben ihm die natürlichste Gelegenheit, von sich selbst zu sprechen, und davon machte er sattsam Gebrauch.

Zweiundzwanzigstes Kapitel
DER PISTOLENSCHUSS

Neerwinden war ein Epigone jener jungen Grandseigneurs, deren letzte Exemplare unter Karl X. an Altersschwäche ausstarben; sie staken bis an den Hals in traditionellen Anmaßungen und schwatzten von erbarmungslosen Grundsätzen, die auszuführen sie glücklicherweise zu schwächlich waren. Er war kein sorgloser, heiterer, jugendlicher Herrenmensch, aber er war ein liebenswürdiger, vornehmer, unbedachtsamer und lustiger junger Mann.

Amiele hatte zu wenig Menschenkenntnis, um diesen Unterschied wahrzunehmen. Sie hatte eine edle Seele und viel Verstand, aber keine Anlage zur vergleichenden Psychologie. Sie war weit davon entfernt, sich selber und die anderen scharf zu beurteilen.

In ihrer Ecke hockend, in innerlich bewegtes Schweigen versunken, stellte sie immer wieder Neerwinden neben Fedor von Miossens, wobei sie sich diesem lieben jungen Manne gegenüber ziemlich ungerecht erwies. Es war seine natürliche Art, seine gänzliche Phantasielosigkeit, seine schlichte Rede selbst bei entscheidenden Dingen, kurzum, es war seine Unfehlbarkeit, die ihm bei seiner ehemaligen Verehrerin eine schlechte Beurteilung eintrug. Diese echte Biederkeit und Natürlichkeit nannte sie Zaghaftigkeit und übertriebene Vorsicht, während sie in Neerwindens pointierter Art das Kennzeichen des kraftvollen Charakters zu sehen vermeinte. Sie wähnte, er stürze sich mit ritterlicher Kühnheit in die Zufälle der Welt.

Am anderen Tage spähte der Graf hinter seiner halb offenen Tür nach Amiele aus, und als sie nach ihrem Zimmer ging, wagte er sie anzusprechen. Sie antwortete voll Gelassenheit auf das, was er sagte, offenbar von seinem Unterfangen nicht im geringsten unangenehm berührt. Ihr gerader Charakter stand ihr auf der Stirn geschrieben.

‚Sie ist mein!‘ frohlockte Neerwinden. ‚Wie aber bringe ich es fertig, sie anständig anzuziehen? Sie besitzt keine Garderobe. Weiß der Teufel, was in ihren beiden großen Koffern stecken mag, die ich in ihr Zimmer habe tragen sehen! Ich mache ihr doch nicht den Hof, um mit ihr ein Liebesidyll innerhalb von vier Pfählen zu erleben wie ein Student mit seiner filia hospitalis! Ich vergeude meine Kräfte nicht im Dunkeln. Wenn ich ein Juwel begehre, will ich es aller Welt zeigen. In der Oper, im Boulogner Wald. Weil sie etwas Neues ist. Weil ich ihre Geschichte mit pikanten Zutaten erzählen kann. Sie wird mich mindestens 4000 Franken kosten, ehe sie würdig ist, an meinem Arm zu erscheinen. Schönes Fräulein, Ihre Tugend sehnt sich nach einer Entgleisung! Aber dies Vergnügen sollen Sie nicht eher haben, als ich die 4000 Franken beschafft! Am Tage nach Ihrer Niederlage sollen die Geschenke nur so hageln! Sie sollen mich für einen Nabob halten! Wie vor zwei Jahren will ich das Geld mit vollen Händen verschwenden!‘

Während sich Neerwinden solchen klugen Überlegungen widmete (derlei war seine Passion!), hatte Amiele ihre Freude an ihm; sie hielt ihn für den tollsten und natürlichsten jungen Mann.

‚Er ist kein langweiliger kleiner Kato wie der Fedor, nicht ewig derselbe!‘ sagte sie sich.

Immer, wenn er in das Hôtel zurückkam, gab Neerwinden genau acht auf sich selbst, denn er war sich gewiß, daß Amiele im Zimmer von Frau Legrand weilte, das im Erdgeschoß lag und ein schönes Fenster nach den Arkaden der Rue Rivoli hatte, dazu ein Guckfensterchen nach der Treppe. Zwanzig Schritt vor der Hôteltür beschleunigte er seinen Gang. Indessen ward seine Berechnung durch die Ereignisse überrannt.

Es war ihm geglückt, für die Equipierung seiner künftigen Geliebten etwa 2000 Franken aufzutreiben, und er beschäftigte sich bereits mit der Wahl des Namens, unter dem er sie in seinen Umgangskreis einführen wollte. Ihr Debut sollte im Bois de Boulogne stattfinden. Amielens frischer samtiger Teint bestimmte ihn, sie zum ersten Male in zartem Freilicht erscheinen zu lassen, nicht im groben Lampenschimmer des Opernhauses. Für den Renntag von Chantilly hoffte er auf einen Kredit von 2000 Franken in den Modegeschäften. Unglücklicherweise fiel ihm diese Notwendigkeit erst acht Tage vorher ein.

„Es ist zu spät, um mich krank stellen zu können", sagte er sich mißlaunig, indem er sich an die Stirn schlug. „Es sind mir bereits zu viele andere zuvorgekommen. Diese Quellen sind nun versiegt."

Er verlor sich in Grübeleien.

Zu Amiele sagte er:

„Ich bete Sie an — und Sie lassen mich verzweifeln!"

Am Morgen des Tages, an dem er diese Äußerung tat, hatte Frau Legrand Amielen auf Neerwindens Trübseligkeit aufmerksam gemacht.

Neerwindens Worte blieben ohne jedwede Wirkung;

sie trieften von Langerweile. Derlei hatte ihr der Herzog hundertmal schöner gesagt. Hätte sie es damals verstanden, in ihrem eigenen Herzen zu lesen, so hätte sie dem Grafen geantwortet:

„Sie gefallen mir nur, wenn Sie niemals in der Sprache der Empfindsamkeit reden!"

Neerwinden litt, wenn er an Chantilly dachte. Noch war er gänzlich unschlüssig, als eines Abends, im Jockeiklub, von einem Bekannten die Rede war, der angeblich krank war, natürlich, um sich von den Renntagen zu drücken.

‚Auf den Chimborasso kommt man nicht gleich!' sagte er sich. ‚Zum Teufel mit dieser Landpomeranze! Man munkelt sowieso allerlei über meine Finanzen. Ich bin erledigt, wenn man mich, den Pferdejokel, in Chantilly vermissen wird.'

Am Vorabend des großen Tages sagte er zu Amiele:

„Ich werde mir Mühe geben, das Genick zu brechen. Ihre Grausamkeit verleidet mir das Leben."

Amielen ärgerten diese Worte.

‚Wieso bin ich grausam?' fragte sie sich lachend. ‚Bin ich je in die Lage versetzt worden, ihm etwas Ernstes abzuschlagen?'

Die Sachlage war die:

Den Grafen langweilte jegliche weibliche Gesellschaft. Amiele, für ihn immer noch ein anständiges junges Mädchen, langweilte ihn um so mehr. Er machte ihr den Hof mit schönen Redensarten. Allein mit ihr war er noch keine fünf Minuten gewesen. Sein Bemühen gipfelte darin, sie zum Glauben zu bringen, er sterbe vor Sehnsucht nach ihrer Gegenwart und es sei Grausamkeit ihrerseits, die ihm dieses Glück nicht gewähre.

Amiele, gänzlich gleichgültig vor der sogenannten Liebe und ihren Freuden, sagte sich:
‚Wenn ich mich mit Neerwinden einlasse, führt er in die Welt. Meine 1550 Franken sind stark zusammengeschmolzen. Aber er kann mir auch kein Geld geben; er hat selber nichts.'

Zu Frau Legrand sagte sie:
„In meinem Elternhause ist alles beim alten. Die Wahlen sind verschoben. Herr de Tourte ist zweifellos mächtiger denn je. Und der liberale Zeitungsmensch, Herr M*** vom ‚Commerce', der im fünften Stock wohnt, hat mir erzählt, die Kongregation kehre zurück. Was beginne ich, um mir den Lebensunterhalt zu verdienen? Ich besitze nur noch 800 Franken."

Amiele las den lieben langen Tag Bücher aus der Leihbibliothek. Allein auszugehen oder im Omnibus zu fahren, wagte sie kaum mehr. Die grünen Flecken auf ihren Wangen verfehlten die rechte Wirkung. Sie war so gut gewachsen, ihr Auge sprühte dermaßen von Geist, daß sie fast täglich Anträge abzulehnen hatte, die meist recht deutlich waren.

Zu sprechen gestattete sie sich lediglich mit Frau Legrand und Herrn T***, ihrem Tanzlehrer, einem hübschen jungen Manne, der anständig aber beschränkt war und nicht umhin gekonnt hatte, sich in seine Schülerin zu verlieben. Frau Legrand vertraute ihm das Märchen vom Unterpräfekten, von Herrn de Tourte usw. an.

Dieses Dasein dünkte Amielen nicht besonders amüsant. Die Unmöglichkeit, spazierenzugehen, schädigte ihre Gesundheit. Daß sie Oper und Theater nicht besuchen konnte, vervollständigte ihre Langeweile.

Neerwinden hätte den Gipfel seines Dandytums erreicht, wenn er Amielen mehr Gelegenheit geboten hätte, sich auszusprechen. Sie war so wenig eitel, daß sie ihm in ihrer Ungeduld ihr Herz sofort offenbart hätte.

Unter solchen Umständen kam der Tag von Chantilly heran. Neerwinden ging hin und verlor 17 000 Franken in unbaren Wetten. Damit war sein Ruin besiegelt. Er nutzte den letzten Kredit, den er hatte, und zahlte, wie sich dies gehört, die Summe noch vor Ablauf der Woche. Im Kern war er ungemein vorsichtig und berechnend wie ein Geizkragen.

‚Vier vollstreckbare Urteile, die mich jeden Moment ins Schuldgefängnis bringen können, sind unterwegs. Aber ich muß dies kleine Mädel aus der Provinz haben. Das bin ich mir schuldig. Es handelt sich um einen Abgang in großem Stile!'

Amiele langweilte sich dermaßen, daß Neerwinden nur zwei Tage brauchte.

„Führen Sie mich heute abend in das Theater?" fragte sie ihn.

„Heute abend", gab er zur Antwort, „bin ich erledigt. Ich schieße mir eine Kugel vor den Kopf."

Amiele schrie auf.

Der Graf war ob dieser Wirkung glücklich.

„Sie werden mein letzter Gedanke sein, schöne Amiele! Mein letztes Glück! Wenn Sie vor acht Tagen nicht so grausam zu mir gewesen wären, so hätte ich das Rennen von Chantilly nicht besucht. Ich habe da 17 000 Franken verspielt! Ich habe sie bezahlt, wie es die Ehre gebietet, indem ich alle meine Quellen erschöpfte. Es verbleibt mir kein Tausendfrankenschein. Eine unstandesgemäße Stellung ist unmöglich für einen Neerwinden, den Sohn eines in ganz Frankreich bekannten Helden. Zwar habe ich so etwas wie eine

Schwester, eine steinreiche Dame, zwanzig Jahre älter als ich; aber sie ist eine kleine Seele ohne Verständnis für ein Leben, dessen Leitsterne Liebe und Glücksspiel sind. Nebenbei bemerkt, sie hat einen Miossens geheiratet, und ich bin bloß ein Graf von Neerwinden..."

„Einen Miossens?" unterbrach ihn Amiele. „Verwandt mit dem Herzog?"

„Ist ein Großonkel von ihm. Aber sagen Sie, woher kennen Sie diesen Namen?"

Amiele wurde rot.

„Herr de Tourte," erwiderte sie, „mein Zukünftiger, sprach fortwährend von den Miossens. Der Anwalt dieser Familie stellte ihm vier Stimmen zur Verfügung."

Amiele hatte das Lügen bereits etwas gelernt, aber sie betonte ihre Legenden noch zu sehr; sie streute sie nicht leicht genug hin. Sie war noch keine Meisterin. Sie log einer Lebensregel zufolge, die ihr Frau Legrand oft wiederholte, seit sie offen zueinander sprachen:

„Sei reich, wenn du kannst; klug, wenn du willst; aber immer bedachtsam, das ist nötig!"

Die Schäferstunden währten einen halben Tag. Schon am Abend fand Amiele den Grafen derart gefühlsarm, daß ihr die Worte in der Kehle steckenblieben.

Was er redete, war äußerst würdevoll, wenngleich ihm dies sehr schwer fiel. Amiele empfand das, aber sie hätte nicht sagen können, was ihre Verstimmung begründete. Er war lediglich das Gegenteil von dem jungen impulsiven Tollkopf, den sie sich vorgestellt und in den sie sich verliebt hatte. Sie hatte sich ein Gegenstück zu Fedor erträumt.

Der Gedanke an die Pistole — alles Außergewöhnliche glaubte sie ohne weiteres! — verscheuchte alsbald ihren Mißmut.

Sie schaute Neerwinden an.

„Ein schönes Gesicht!" sagte sie sich. „Kalt, vornehm. So also sieht ein Mann aus, der in ein paar Stunden in den Tod gehen will! Er tut es völlig kaltblütig!"

Neerwinden packte seine Koffer, sichtlich voll Sorgfalt, nichts von seinen Sachen zu zerdrücken. Er war stolz auf sein Geschick im Kofferpacken. In diesem Moment glich er einem Commis voyageur.

Amiele bemerkte nichts davon. Ihre Seele war vor dem so nahen Pistolenschuß tiefbewegt.

Die Koffer adressierte er an seine Schwester. Er geleitete sie bis an die Post nach Périgueux. Im Postamte beorderte er sie durch ein Botenfuhrwerk nach Versailles.

Am nächsten Morgen bekam Frau Legrand den üblichen Brief:

„Wenn Sie diese Zeilen lesen...", usw.

Amiele senkte den Kopf, als sie dies las, und begann endlos zu weinen.

Herr Legrand schrie auf:

„1667 Franken büßen wir ein!"

Sodann rechnete er nochmals alles nach, um den tatsächlichen Verlust zu ermitteln. Die Rechnung lautete auf 1667 Franken; der tatsächliche Verlust betrug kaum 900 Franken.

Er jammerte:

„Voriges Jahr haben wir vier Prozent unserer Bruttoeinnahmen eingebüßt. Heuer werden es sechs Prozent Von den Sesseln und dem Porzellan des Grafen will ich nicht reden. Wer weiß, ob er darüber nicht testamentarisch verfügt hat!"

Diese Erörterung versenkte Amielen in schwermütige Grübelei. Gewiß war es nicht Liebe, die sie für Neerwinden empfand; das Gefühl, das sie quälte, war reine Menschlichkeit.

Dreiundzwanzigstes Kapitel

DER HUTMACHER VON PERIGUEUX

In Versailles, inmitten der frömmelnden und über alles stöhnenden Gesellschaft, kam Graf Neerwinden vor Langeweile um; aber er war in erster Linie ein kluger Kopf, und ein Schachzug seiner ungewöhnlichen Klugheit wendete sein Geschick. Um trotz seiner Verarmung, die ruchbar zu werden begann, ein Liebling der Welt zu bleiben, faßte er den Entschluß, einer betagten vornehmen Dame, der Marquise von Sassenage, den Hof zu machen. Sie war eine der wichtigsten Förderinnen der Kongregation. Seine kernige Natur, seine gierige Eitelkeit verschafften der Marquise Zerstreuung. Ihre Langeweile nahm ab. Um ihn an sich zu ketten und ihn zu weiterer Huldigung zu verpflichten, machte sie ihm den Vorschlag, ein Mann der Kirche zu werden.

Der Graf, der es wie selten einer verstand, seinen Namen zu barer Münze zu machen, entgegnete ihr würdevoll:

„In diesem Falle sterben die Neerwindens aus. Ich

bin der Letzte meines Geschlechts, und ich schulde es dem Ruhme Frankreichs ebenso wie dem glorreichen Namen meines Vaters, der ein Freund Jourdans war, daß ich in einer so wichtigen Frage meine Schwester zu Rate ziehe."

Die Marquise hielt es für ihre Pflicht, der Baronin, die dauernd krank war und der ob ihrer großen Frömmigkeit die Häuser des alten Adels von Périgueux offen standen, diesen Ausspruch durch ihren Beichtvater zu übermitteln. Zufällig lag auch dieser krank darnieder, und so nahm es der Bischof, Monsignore von N***, höchstpersönlich auf sich, die vielvermögende reiche Betschwester aufzusuchen. Er gehörte selber zum guten Béarner Adel; einer seiner Ahnen hatte unter Ludwig XV. das rote Band getragen. Und es fügte sich, daß seine Worte über den Zusammenbruch des Adels der Baronin zu Herzen gingen. Sein Beileid war für sie die höchste Schmeichelei: in den Augen dieses Edelmannes war also auch sie von echtem Adel!

Zwei Tage darauf änderte die Baronin ihr Testament. Sie vermachte all ihr Hab und Gut ihrem Bruder Ephraim, Grafen von Neerwinden, den sie bis dahin so sehr verwünscht hatte. Diese Erbschaft belief sich auf ungefähr zehn Millionen; aber es war eine Bedingung dabei: er mußte sich vor seinem vierzigsten Lebensjahre verheiraten!

Kurz darauf sandte sie ihm, dieweil sein Grafentitel ihre Phantasie behexte, sie, die ihm seit zwei Jahren todfeindlich war, einen Scheck auf 10 000 Franken. Zugleich kündigte sie ihm ein dauerndes Jahresgeld in der nämlichen Höhe an und gab ihm zu verstehen, daß er ihr Haupterbe werde.

Graf Neerwinden bekam den Brief um 4 Uhr, gerade als er zum Diner zur Marquise von Sassenage gehen wollte. Man erwartete ihn daselbst.

Seiner Freude oder Überraschung gönnte er keine zwei Sekunden. Die von der Eitelkeit beherrschten Herzen haben eine angeborene Furcht vor seelischen Erregungen, weil der Weg zur Lächerlichkeit damit gepflastert ist.

„Wie kann ich das zu einer zündenden Anekdote ausbauen," fragte er sich, „die mir im Klub Ehre macht?"

Er fuhr nach Paris, stürmte in Amielens Zimmer hinauf und riß, ohne dem Freudenschrei der guten Madame Legrand Beachtung zu schenken, Amielens Tür auf. Ihr zu Füßen stürzend, rief er:

„Ihnen danke ich mein Leben! Meine Leidenschaft für Sie hat mich bewogen, das Pistol in die Luft abzuknallen. Sobald ich wieder klar sah und Ihrer göttlichen Schönheit gedachte, habe ich meinen wirtschaftlichen Zusammenbruch meiner Schwester enthüllt. Das Blut der Neerwinden hat sich nicht verleugnet. Sie hat mir einen anständigen Scheck übersandt, und Sie haben gerade noch Zeit, sich für die Oper anzukleiden!"

Der Gedanke, in einer Stunde in der Oper zu sitzen, tilgte in Amielen gründlichst das traurige Bild vom erschossenen Grafen Neerwinden. Sie fuhren bei etlichen Geschäften vor, um Kleid, Hut und Schal der jungen Provinzlerin einer Verwandlung teilhaft werden zu lassen.

Am Abend, nach 7 Uhr, besorgte Neerwinden, auf den das Schuldgefängnis zufolge von vier Haftbefehlen wartete und der nichts sein eigen nannte als den Scheck auf 10 000 Franken, alles das, was zur Ausrüstung einer Frau der großen Welt gehört. Die Ladeninhaber machten ihre Verbeugungen: dieser Käufer benahm sich, als begehe er Gnadenakte.

Auf der Weiterfahrt zum Opernhause sagte Neerwinden:

„Es bangt mir vor Ihrem Herrn Vater, dem Unterpräfekten. Hat er Glück bei der Wahl, wird man ihm eine Verfügung, die Rückkehr seiner Tochter zu erzwingen, nicht verweigern ... und was wird dann aus meiner Liebe?"

Die letzten Worte hatten einen kühlen Klang.

Amiele sah ihn an und lächelte.

„Nennen Sie sich Madame de Saint-Serve!" fuhr er fort. „Ich wähle diesen Namen, weil ich im Besitze eines schönen Auslandspasses auf den Namen Saint-Serve bin."

„Damit erbe ich aber auch das Vorleben dieser Dame: schöne Dinge!"

„Sie war ein junges Mädchen, nicht so hübsch wie Sie. Aber ihr Vater war ebenso gefährlich. Sie ging ihm durch, und wir hielten es für angebracht, sie auf dem Passe als die Frau ihres Geliebten zu bezeichnen. Im Auslande ist das besser!"

Die Wiederauferstehung des Grafen machte in der Oper den Eindruck eines Ereignisses, und der Gipfel von Neerwindens Glück war der unverkennbare große Erfolg der Madame de Saint-Serve.

Nach der Oper brachte Neerwinden Amielen in eine kleine Wohnung in der Rue Neuve-des-Mathurins.

„Glauben Sie mir," sagte er zu Amiele, noch im Rausche der Oper, „es ist das beste, Sie sehen Frau Legrand nicht wieder! Sie könnte verbreiten, daß Madame de Saint-Serve und Fräulein Amiele ein und dieselbe sind. Schreiben Sie mir auf einem Zettel auf, was Sie Frau Legrand ungefähr schulden. Irgendwer wird morgen zu ihr gehen, die Sache bezahlen und ihr eine Empfehlung von Ihnen ausrichten."

Am anderen Tage ließ er sich nirgends blicken. Seine Freunde unterhandelten mit seinen Gläubigern. Mit Ausnahme der Opernbesucher galt er aller Welt für tot.

Neerwinden war ein Meister der Selbstbeherrschung. Er wußte alles zu berechnen. Eines nur fürchtete er: Schmutz, der sein geliebtes Ich berühren könnte, und Niederlagen der Eitelkeit. Alles andere ließ ihn kalt. Sein scheuer kühler Charakter war im Zeitalter des Ehrgeizes und der Mißlaune geformt. Vor 1789 hätte man ihn unendlich langweilig gefunden.

Um 1828 hatten die Frauen in Frankreich nicht viel zu sagen. Neerwinden, der nicht geschaffen war, ihnen zu gefallen, verdankte den Glanz seines Rufes zwei Duellen und vor allem seinem mißtrauischen düsteren Blick, der unerschütterlichen Mut verriet. Sein ein wenig slawischer, aber rassiger Gesichtsausdruck hatte durch einen Anflug von Schwermut oder körperlichem Leid etwas Ungewöhnliches, Verführerisches. Trotz gewisser Widersprüche sagten seine kalten Züge gleichwohl nie etwas, was sie nicht sagen sollten; in wunderbarer Vollendung verbargen sie die häufigen Verstimmungen einer eisigen Seele, die nur die Leidenschaft des Ichkults kannte. Die leiseste Vorahnung von persönlichem Schmerz trieb ihm die Tränen in die Augen. Ein guter Bekannter hatte einmal von ihm gesagt: „Ein gerissener Regisseur, den der dumme große Haufe für einen Künstler hält!"

Bei seinem klugen, immer auf den Eindruck berechneten ernsten Wesen, fühlte sich Neerwinden am wohlsten in einer Gesellschaft von zwanzig Personen. Er war ängstlich bemüht, sich elegant auszudrücken; feinsinnigen Menschen ging er damit auf die Nerven. Er redete und erzählte leidenschaftlich gern, aber, derb wie er im Grunde war, merkte er nicht, wenn er mißfiel.

Diese Manie zu reden, zu erzählen, über alles zu urteilen, bereitete ihm die qualvollste Pein, wenn ihm irgend jemand etwas vorwegnahm. Zu allem, was gesagt ward, hatte er sofort bissige Bemerkungen, so daß in seiner Gegenwart jedwede Unterhaltung stockte. Vertraut mit ihm zu verkehren, war qualvoll. Sein leidender, zum mindesten finsterer und mißtrauischer Gesichtsausdruck ließ eine witzige neckische Stimmung nicht aufkommen, jene kleinen Anzüglichkeiten, die just der Reiz der französischen Plauderei sind. Sie erheischt einen gewissen Grad von Vertraulichkeit bei den Zuhörern, mit deren Eigenliebe sie ihr Spiel treibt.

Die anderen mochten von der Philosophie der Duldsamkeit und dem Wunsche, friedsam miteinander auszukommen, noch so durchdrungen sein: Neerwindens fortwährende Einwürfe verhinderten auch die einfachste Erörterung.

Amiele vermochte sich über alles das nicht im mindesten klar zu werden. Sie war gutmütig, ehrlich, fröhlich, glücklich, ohne Bosheit in ihres Herzens Grunde. Sie hatte keine Ahnung von den Gründen, die ihm das Leben verleideten. Sie war entzückt über die Rolle, die er ihr in der Gesellschaft zu spielen gab, über das höhere Niveau, auf das er sie gehoben hatte. Wenn sie etwas sagte, hörte man ihr mit wahrer Andacht zu;

dies weckte und verfeinerte ihren Geist. Sie plauderte glänzend.

Sie sagte sich:

‚Wem verdanke ich dieses Wohlwollen von vornherein, sogar von Leuten, die bei unseren Diners zum ersten Male erscheinen? Einzig und allein dem Ansehen, das der Graf errungen hat! Aber offenbar entnervt ihn die Mühe, die er dabei hat. Daher seine schlechte Laune, wenn wir miteinander allein sind. Also: vermeiden wir es nach Möglichkeit, unter vier Augen zu sein! Sowie ich heim bin, schwindet mein Behagen. Allein mit mir, wird er bitter, fast feindselig, während er vor der Welt feierlich-höflich ist. Gewiß trete ich ihm zunahe, wenn ich das Wort an ihn richte, sogar, wenn ich ihn um seine Meinung frage.'

Alle diese Grübeleien, die Amiele mehr bloß fühlte als klar erlebte, überkamen Amiele mehr und mehr wenn sie vor dem Spiegel stand, um sich das Haar zu lösen.

‚Vor kaum einer Minute', sagte sie sich, ‚als ich meinen Hut abnahm, saß noch Lachen auf meinen Lippen, und jetzt schau ich finster drein. Ich muß mir Gewalt antun, um nicht in Zorn zu verfallen. Großer Gott, und so ist's alle Abende! Es kommt mir fast vor, als unterliege dieser imposante Mann den Anstrengungen, die er machen muß, um in der Gesellschaft Herr und Meister zu bleiben, und wenn er müde ist, ist er mißlaunig...'

Sie lief in ihr Schlafzimmer und schloß sich ein.

Dies geschah acht Tage nach jenem ersten Opernabend. Amiele besaß den mühelosen Mut, den völlig natürliche Menschen haben.

„Was soll das heißen?" schrie der Graf in grimmigem Tone, als er das Geräusch des Sichverschließens vernahm.

Zu ihrer Belustigung ahmte Amiele den garstigen groben Ton ihres Geliebten nach:

„Das soll heißen, daß ich Euer hochedlen Gegenwart überdrüssig bin!"

‚Meinetwegen!' sagte sich Neerwinden. ‚Habe ich es nötig, mich über ein Geschöpf aufzuregen, von dem alle Welt weiß, daß es mein eigen ist? Die Hauptsache ist und bleibt, daß sie mir mit ihren Mienen und dem Geist, der meines Geistes ist, vor den anderen Ehre macht. Gelegentlich werde ich sie strafen, diese kleine Zimperliese. Ich werde warten, bis sie mich zu sich ruft. Und vor allem, ich werde ihr niemals merken lassen, daß ich mich über ihre Verrücktheit ärgere.'

Was war der seelische Kern des seltsamen Wesens dieses Mannes? Die unheilvolle Manie, anders zu scheinen als er war. Das ist eine der Hauptursachen der Trübseligkeit des neunzehnten Jahrhunderts. Neerwinden kam vor Angst beinahe um, man könne ihn nicht für einen waschechten Grafen halten.

Das Unglück eines scheinbar so festen Charakters war vor allem eine geradezu kleinmütige Schwäche. Der einfachste alltäglichste Scherz von der Sorte, die schon bei ihrer Geburt an Geistesarmut stirbt, verstimmte ihn auf acht Tage. Sodann war ihm sein Vater, ein Held, den ganz Frankreich, ganz Europa gekannt hatte, der General Boucaud, Graf von Neerwinden, viel zu wenig im Gedächtnis; um so mehr aber sein Großvater Boucaud, ein kleiner Hutmacher in Périgueux.

Die geringfügigste Erwähnung dieses Metiers, ja, wenn irgendwer nur sagte: „Ich will mir einen Hut kaufen!" verleitete Neerwinden, den Sprecher mißtrauisch anzusehen. Dann war er den ganzen weiteren Tag ungenießbar. Unaufhörlich grübelte er bei sich darüber nach: „Soll ich diese Anzüglichkeit überhören? Oder muß ich darüber erbittert sein?"

Seit seinem sechzehnten Lebensjahre folterte ihn der Satz: „Ein kleiner Hutmacher, der seinen Laden in einer der Vorstädte von Périgueux gehabt!" War es nicht wenig wahrscheinlich, daß man den Enkel des Hutmachers Boucaud für einen Uredelmann hielt? Wenn man in seiner Gegenwart den Namen „Boucaud" sprach, so ward er puterrot; daher stammte sein unbeweglicher Gesichtsausdruck. Er mußte eine gewisse Unruhe verbergen, die ihn in einem fort quälte; daher seine unvergleichliche Geschicklichkeit im Pistolenschießen.

Die rechte Geliebte, die ihm die Ruhe und alsbald das Glück seines Lebens gewährt hätte, wäre eine hochgeborene Frau gewesen. Hundertmal am Tage hätte sie ihm zurufen müssen:

„Gewiß, edler Ephraim, du bist wirklich ein Graf. Du hast alles, was ein echter Edelmann besitzen muß, sogar die Aussprache. Am Hofe zu Versailles pflegte man ‚piquieu' (für pitié) zu sagen; du sagst auch ‚piquieu'! Du hast die nämlichen kleinen Lächerlichkeiten wie die Zeitgenossen Talleyrands!"

Neerwinden hätte Flügeladjutant bei einem Fürsten sein sollen, dessen Rechte nicht ganz klargestellt gewesen wären. Die Etikette war sein Steckenpferd; ihre Probleme beglückten ihn. Er gehörte zu jenen Leuten, die sich einbilden, Orgien, Skandal, sonderbare Worte, ewiges Witzeln über alles, selbst über das, was alle Welt achtet, erhebe sie über die anderen. Ein merkwürdiger Hang für den Enkel eines Handwerkers!

Vierundzwanzigstes Kapitel
GETRENNTE SCHLAFZIMMER

Unter allen den Genossinnen ihrer Vergnügungen bevorzugte Amiele eine junge Schauspielerin aus den „Variétés", eine geistreiche, gottlos geistreiche Person, ein Fräulein Caillot.

Bei einem Picknick im Meudoner Walde erging sie sich mit ihr, und im Laufe eines langen Gesprächs, das Amielen sehr ernst stimmte, gestand ihr Fräulein Caillot, sie sei durchaus nicht geistreich, sondern sie verstehe sich lediglich darauf, neue, nette, sie selber überraschende Einfälle, die ihr von ungefähr in den Sinn kämen, ausgiebig zu verwenden.

„Zuweilen sind Sie unverständlich", sagte sie. „Wenn Sie etwas sagen wollen, gebrauchen Sie vielzuviel Worte, lediglich, um ja nicht in die normannische Ausdrucksweise zu verfallen!"

Amiele dankte ihr voller Bewunderung. Sie liebte die Schauspielerin.

„Sie sind tausendmal mehr wert als ich!" wehrte diese das aufrichtige Lob Amielens ab. „Vermeiden Sie nur eine Klippe! Die Heiterkeitsausbrüche, die ich zuweilen verursache, führen Sie irre. Ahmen Sie mir nicht nach! Wenn Ihr Herz sich nicht sträubt, so wagen Sie getrost das Gegenteil von dem, wie Sie mich sehen!"

Neerwinden nahm voll innerster und heimlichster Befriedigung wahr, daß er seit dem Auftauchen von Frau de Saint-Serve eine größere Rolle spielte. Das Ansehen, das er unter den jungen Lebemännern genoß, war beträchtlich vermehrt.

Jener Sommer war heiß, und ländliche Feste kamen in Mode. Sie hatten den Reiz des Neuen, weil in den Jahren vordem Kälte und Regen vorherrschend gewesen waren. Die reichsten seiner Bekannten veranstalteten zu Ehren von Frau de Saint-Serve Feste in der Umgebung der Stadt. Diese Picknicks wurden in Maisons, Meudon, Poissy, ja sogar in Roche-Guyon abgehalten.

Amiele, die ihre persönlichen Neigungen durchzusetzen verstand, war der Anlaß, daß man zu jeder Uraufführung ging. Sie wollte die Urteile ihres Literaturlehrers prüfen. Sie hatte eine Unmenge Lehrer, und sie selbst war fleißig wie ein Schuljunge. Sogar mit Mathematik gab sie sich ab. Nach den Landausflügen kam man um 9 Uhr in das Theater. Amielens Erscheinen verfehlte nie seine Wirkung. Aber der Graf war jedesmal ungehalten darüber, daß sie so geräuschlos wie möglich in ihre Loge trat.

„Willst du ewig den Eindruck einer Zofe machen, die in einem Kleid ihrer Herrin deren Loge benützen darf?"

Amielens scharmante Art, die sie im Paris von 183* zu einer ungewöhnlichen Erscheinung machte und sie in den Salons der Lebedamen vom ersten Tage ihres Auftretens in den Vordergrund gestellt hatte, fand in den Augen des Grafen von Neerwinden keine Gnade; sie mißfiel ihm sogar. Ihr graziöses pikantes Wesen wirkte aus zwei Gründen; einmal war es etwas Neues, und zweitens verriet es bei aller Natürlichkeit doch, daß sie in einem Salon der großen Welt geschult war. Sie war mit den Sitten der aristokratischen Gesellschaft vertraut; sie folgte getreulich ihren Vorschriften. Aber doch hatte sie erkannt, daß im Zeitalter Karls X. und Ludwigs XVIII. jede Übertreibung der Geschmacklosigkeit gleichkam. Ihr schwebte immer der Salon der Herzogin von Miossens vor, in dem sie sich geradezu krank gelangweilt hatte. Dieser überstandenen Qual verdankte sie ihren verführerischen Reiz. Ihre lebhafte, beinahe südländische Natur hätte ihr das Gemessene und Abgezirkelte, das in den dreißiger Jahren den Kern des Benehmens in der Gesellschaft des Faubourg Saint-Germain ausmachte, sehr erschwert. Aber man sah deutlich, daß sie im Notfalle sofort imstande war, ihre ungewöhnliche Natürlichkeit dem tadellosesten „bon ton" weichen zu lassen. Ihr freimütiges Wesen hatte etwas ungemein Herzliches, Vertrauenerweckendes. Neerwindens Furcht, für nicht voll angesehen zu werden, machte ihn für Amielens Anmut unempfänglich. Gerade bei den jetzt tagtäglichen ländlichen Veranstaltungen kam ihre Art zur Geltung. Aber alle diese Genußmenschen, in deren Mitte sie lebte, waren zu wenig Beobachter und Psychologen, als daß sie den Reiz dieser Frau, den sie köstlich fanden, ergründet hätten.

Eines Tages meinte Larduel, einer der Spaßmacher des Kreises, entzückt von Amielen, in seiner Begeisterung:

„Sie könnte Hofdame sein!"

„Dazu wäre sie zu gut", erwiderte der alte Baron de Prévan, der Diktator jener jungen Männer. „Mit ihrem Genie würde sie sich am Hofe zu Tode langweilen. Mit ihrem süßen heiteren Wesen ist sie der leibhafte Frohsinn. Sie besitzt den Mut, den mehr männlichen als weiblichen, eurer Geringschätzung Trotz zu bieten. Darin ist sie unvergleichlich! Schaut sie euch genau an, meine Herren! Sollte eine Laune sie euch entführen, eine zweite Amiele werdet ihr nicht finden!"

Noch eine andere Eigenart erhielt sie auf unberechenbarer Höhe. Inmitten der Gelage, die mehr und mehr zu Orgien ausarteten, saß sie mit ihrem entzückenden Gesicht da, sichtlich ohne Verständnis für das, was den Reiz dieser Art Vergnügen ausmachen soll. Man sah ihr an, daß sie an der Zügellosigkeit, die man in der lebemännischen Gesellschaft und sonstwo "Vergnügen" nennt, keinen Gefallen fand. So unglaublich es klingt: keine der Damen haßte Amiele. Gewiß, ihr ungewöhnlicher Erfolg wirkte abkühlend; aber einmal galt ihr das sogenannte Vergnügen nichts, und dann verkehrte sie mit ihren guten Bekannten in so unsagbar feiner, heiterer Urbanität, daß sie alle bezwang. Ihr, der geistig Überlegenen, die sonst (zum Ärger des Grafen!) so vieles lächerlich fand, und die ihrerseits so jugendlich und unwiderstehlich schön war, fiel es niemals ein, die Aufmerksamkeit der Gesellschaft durch irgendwelche Bemerkung über Schönheits- oder Charakterfehler anderer Damen auf sich zu lenken. Die üblichen Epigramme kannte ihr Mund grundsätzlich nicht. Nie glitt von ihren Lippen auch nur ein Wort über das reichlich skandalöse Vorleben ihrer Freundinnen. Der Grund war sehr einfach. Amiele war sich nichts weniger denn klar darüber, ob diese Frauen zu ihrem Lebenswandel nicht im Grunde berechtigt waren. Sie studierte, sie zweifelte, sie wußte nicht, an was sie sich zuvörderst halten solle. Die Wißbegier war allezeit ihre sie verzehrende Hauptleidenschaft.

Das Leben, das sie der Hochmut Neerwindens zu führen veranlaßte, hatte in ihren Augen nur einen Vorteil. Aus den Reden der anderen schloß sie, daß man sie allgemein um dieses Leben beneidete. Es war physisch angenehm. Tafelfreuden, Wagen und Pferde, kostbar ausgestattete eigene Logen im Opernhause und in der Komödie. Amiele leugnete den Wert dieser herrlichen Dinge nicht, deren Entbehren sie bedrückt, vielleicht (sicher ist das nicht!) sogar unglücklich gemacht hätte, deren Genuß jedoch nicht genügte, sie glücklich zu machen.

Insgeheim quälte sie das alte Problem noch immer wie einst in Carville: ‚Ist die Liebe, von der die jungen Leute so schwärmen, tatsächlich für sie die Königin aller Freuden, und bin ich liebesunfähig?‘

„Ja, meine Herren," sagte der Graf eines Tages zu seinen Freunden, die sein Glück rühmten, „was Sie blendet, berückt mich durchaus nicht. Mag es der Vorzug oder der Nachteil des festen Charakters sein, den mir der Himmel verliehen, diese schöne Frau von Saint-Serve, die ihr mit euren Schmeicheleien verwöhnt, macht mich nicht zum Narren! Ich habe unfehlbare Mittel, ihren Stolz zu zügeln. Seit acht Wochen, das heißt, solange wir in Paris sind, schlafen wir nicht im gleichen Zimmer!"

Die eitle Prahlerei wandelte mit einem Schlage alle Freunde des Grafen. Sie hatten geglaubt, Amiele berausche sich an den Vergnügungen der Welt; sie genieße diese ländlichen Feste voller Lebenslust. Sie hatten sie für die glücklichste aller Frauen gehalten. Der üblichen Anschauung gemäß hielten sie den Sinnengenuß für einen notwendigen Bestandteil des Glückes. Bei zwei Schlafzimmern konnte von völliger Befriedigung somit keine Rede sein.

Jetzt begannen die Herren Hoffnung zu fassen und Pläne zu schmieden. Sechs Wochen nach jenem unklugen Geständnis hatten bereits alle Intimi des Grafen ihr Glück bei Amiele versucht, und alle waren sie in schlichter Weise, ohne Appell an die hohe Weibestugend, abgewiesen worden.

„Wer weiß, vielleicht später! Jetzt nicht!"

Da, eines Abends, als man aus dem Walde von Saint-Germain herabging, um bei Maisons in das Dampfboot zu steigen, bemerkte Amiele, daß die Augen des Fräuleins Caillot vor Glück schimmerten. Die fröhliche Stimmung der Gesellschaft hatte ihre Natürlichkeit verloren. Man kitzelte sich, um einander zum Lachen zu bringen. Amiele kam es vor, als sei der Geist seit einer Viertelstunde davongegangen. Dies benützte sie.

„Welcher von allen den Herren — selbstverständlich Ihren Freund ausgenommen — ist der Geistreichste?" fragte sie die Caillot.

„Larduel!"

„Wen müßte ich mir als Tröster wählen," fuhr sie fort, „um Neerwinden, dessen Fadheit heute unausstehlich ist, gründlichst zu ärgern?"

„Den Marquis de la Vernaye!"

„Ach, diesen kalten Menschen!"

„Reden Sie drei Worte mit ihm, und Sie werden sehen, ob er zu Ihnen kalt ist. Er betet Sie an! Allerdings, es wäre grand amour, ernst, salbungsvoll, langweilig!"

Amiele näherte sich dem Marquis und sprach ihn lächelnd an:

„Sie langweilen sich heute abend?"

Anfangs kühl und unnahbar, erinnerte er dadurch Amielen an Neerwindens Mißmut. Er sagte ihr gedrechselte Artigkeiten, so daß sie sich nach Larduel umschaute. Er ging hundert Schritte vor ihnen, plaudernd mit Fräulein Duverny, von der Oper.

„Wieso habe ich Glück?"

„Sie haben heute Glück!" sagte Amiele zu La Vernaye.

„Weil ich keine Lust habe, auf Ihre Komplimente im Stile der Madame de Sévigné einzugehen. Seien Sie ein natürlicher Mensch, und etwas amüsanter als mein Herr und Gebieter, der Graf von Neerwinden, wenn Sie sich meine hohe Gunst und Gnade verdienen wollen."

Bei diesen Worten versiegte der Quell der herkömmlichen Redensarten beim Marquis de la Vernaye. Er vergaß alles Angelernte und, indem er in seinen eigenen Reichtum griff, begann er zu reden, was ihm gerade in den Sinn kam, ohne sich Sorgen zu machen, ob seine Einfälle stilistisch einwandfrei seien.

Diese erste Untreue brachte Amielen weder Glück noch rechten Genuß. Sobald der Marquis wieder kalten Blutes war, kehrte er zur Sévignéschen Beredsamkeit zurück, zu dem: „Mir tut Ihr Herz weh!" — wie Amiele spottete.

„Wissen Sie, was Sie nicht zur Geltung kommen läßt?" fragte sie den Marquis. „Zweierlei: erstens, daß die Episteln der Madame de Sévigné vor etwa 120 Jahren gedruckt worden sind, und zweitens: Ihre Waschfrau stärkt Ihre Oberhemden zu stark. Das macht Sie steif! Seien Sie ein bißchen mehr Kindskopf!"

Am Vormittag wollte der Marquis sie zum dritten Male besuchen. Er kam im Galopp aus dem Bois de Boulogne, wo er den Grafen allein gelassen hatte.

Als sie Neerwindens Dogcart in den Hof einfahren hörte, lief sie eiligst hinunter.

„Schnell, schnell!" rief sie dem Kutscher zu und sprang auf, ohne abzuwarten, daß ihr der Diener half. „Retten Sie mich! Ich will für einen Freund, den ich mir bestellt habe, nicht zu Haus sein!"

„Wohin, gnädige Frau?"

„Ans Höllentor!"

Fünfundzwanzigstes Kapitel

DER ABBÉ CLEMENT

Wie Amiele die Rue de Bourgogne entlang fuhr, erblickte sie an der Ludwigsbrücke einen schmutzbespritzten jungen Mann. Ihr Herz begann heftig zu schlagen. Der junge Mensch trug ein nicht besonders gut geplättetes Vorhemd, einen schwarzen Schlips, der einem Strick ähnelte, und ein grobes Leinwandhemd, das er nicht den ersten Tag auf dem Leibe hatte.

Es war der Abbé Clement.

Amiele läßt halten. Der Diener steigt vom Bock, umständlich und langsam, um seine schönen weißen Strümpfe zu schonen.

„So beeilen Sie sich doch!" ruft Amiele, die sich sonst nie über ihre Leute aufregt, voller Ungeduld.

„Sagen Sie dem Herrn dort im schwarzen Rocke, eine Dame wolle ihn sprechen. Bitten Sie ihn her!"

Der Diener war so gut gekleidet, daß der schlichte Abbé eine Verbeugung nach der anderen machte. Jener mochte sagen, was er wollte, der Abbé gab immer wieder zur Antwort:

„Ja, was wünschen Sie denn, mein Herr?"

Endlich erkannte er Amielen. Diese vornehme Dame! Er ward rot bis unter die Haarwurzeln, und der Lakai wiederholte ihm zum dritten Male, die gnädige Frau wünsche ihn zu sprechen. Noch immer zögerte der arme Abbé, zum Wagen zu folgen. Beinahe hätte ihn ein Wagen überfahren, der zwischen ihm und Amielens Halbchaise in starkem Trabe dahinraste.

Der Diener nahm ihn am Arme und schleppte ihn zu seiner Herrin, die zu ihm sagte:

„Steigen Sie doch ein! Schämen Sie sich, in Ihrem Priesterrocke neben mir zu sitzen? Dann fahren wir in eine einsame Gegend... Nach dem Luxembourg!" rief sie dem Kutscher zu. „Wie freue ich mich, daß ich Sie wiedersehe!"

Der arme Abbé erinnerte sich, daß er Amielen so mancherlei vorzuwerfen hatte, aber der leichte feine Duft, der ihren Kleidern entströmte, berauschte ihn. Er verstand nichts von eleganten Dingen, aber er hatte, wie alle kunstempfänglichen Herzen, Sinn dafür, und so ward er nicht müde, Amielens scheinbar so schlichtes Äußere zu betrachten. Was für ein entzückend manierliches Menschenkind war aus dem kleinen Bauernmädel geworden! Was für einen himmlischsüßen Blick sie hatte!

„Mir scheint, meine Toilette verursacht Ihnen Bedenken", sagte sie zu ihm, und da der Wagen gerade in die Rue du Dragon einbog, befahl sie vor einem Modewarengeschäft zu halten. Sie kaufte sich einen ganz einfachen Hut.

Am Tor des Luxembourg-Gartens stiegen sie aus. Sie legte ihren bisherigen Hut in den Wagen und gebot dem Kutscher, nach Haus zu fahren.

Der biedere Abbé, noch immer im Banne des Erlebnisses, erging sich in höflichen Redensarten, als Einleitung seiner Strafpredigt.

„Gestatten Sie mir, verehrter lieber Gönner," unterbrach ihn Amiele, „daß ich Ihnen meine ganze Geschichte erzähle, von dem Augenblick an, wo die Herzogin ihre arme Vorleserin entließ..."

Sie lachte. Dann fuhr sie fort:

„Ja, ich will Ihnen alles beichten. Versprechen Sie mir, das Beichtgeheimnis zu wahren? Vor der Herzogin, vor dem Herzog?"

„Selbstverständlich!" erwiderte der Abbé in salbungsvollem Tone, innerlich tief erregt.

„Dann werde ich Ihnen nichts verheimlichen!"

Und in der Tat berichtete sie ihm alles, mit Ausnahme des Abenteuers mit Hans Berville und der Zuneigung, die sie im Augenblick für den Abbé zu empfinden vermeinte. Und da sie in ihrem Drange, die Beweggründe ihrer Handlungen verständlich zu machen, alle möglichen charakteristischen Einzelheiten hinzufügte, so dauerte ihre Beichte nicht weniger denn anderthalbe Stunde.

Inzwischen gelang es dem Abbé, sich einigermaßen zu fassen. Er äußerte ein paar moralische weise Betrachtungen; dann aber übermannte ihn das Bewußtsein, wie sehr er ihre hübschen Hände bewunderte. Voller Scham fühlte er das glühende Verlangen, sie in die seinen zu nehmen, sie zu drücken, ja, sie zu küssen. Willens, zu gehen, hielt er ihr eine weise, strenge, ausführliche Predigt ob ihrer Fehltritte, und schloß mit den Worten:

„Nur dann kann ich bei Ihnen bleiben und Sie wiedersehen, wenn Sie die feste Absicht kundtun, Ihre Lebensführung zu ändern."

Es war Amielens sehnlichster Wunsch, einen ergebenen und klugen Freund zu besitzen, mit dem sie sich über alle ihre Erlebnisse aussprechen könnte. Seit ihrem Weggange von Carville hatte sie zu niemandem aufrichtig sein dürfen.

Sie übertrieb ihre seelische Unruhe ein wenig und ließ das Wort „Reue" fallen. Daraufhin vermochte ihr der barmherzige Abbé ein zweites Wiedersehen nicht abzuschlagen. Er fühlte die Gefahr, aber zugleich sagte er sich:

‚Wenn irgendwer in Gottes Welt die Hoffnung hegen darf, Sie auf den Weg zum Guten zurückzugeleiten, so bin ich's!'

Der gute Mann brachte ein großes Opfer, als er ein zweites Stelldichein verabredete, denn ein schrecklicher Gedanke bemächtigte sich unwillkürlich seines frommen Herzens:

‚Mit welcher Leichfertigkeit gibt sich dieses entzückende junge Geschöpf hin, sobald einmal ihr Verstand besiegt ist! Offenbar legt sie wenig Wert auf das, was alle Frauen so hoch einschätzen, die das aus Lasterhaftigkeit oder Gewinnsucht tun, was sie infolge des Leichtsinns ihrer seltsamen Natur tut. Bei ihrem Freimut und der Zuneigung, die sie mir zeigt, brauchte ich nur ein Wort zu sagen...'

Am Abend drückte dieser Gedanke den wahrhaft

frommen Mann Gottes so ungeheuerlich, daß er schon im Begriffe war, nach der Normandie zu reisen. Die ganze Nacht schloß er kein Auge. Frühmorgens war seine Aufregung noch schlimmer.

Er sagte sich:

‚Vielleicht ist es Amielen ernst damit, zu ehrbaren Grundsätzen zurückzukehren? Wenn es mir gelänge, sie zu überzeugen: dem Glauben folgen Taten! Wenn ich fortgehe, so ist die Gelegenheit für immer dahin, und ewig müßte ich mir Vorwürfe machen, daß eine trotz ihrer Flecke so schöne und edle Seele verloren ist. Der Kopf hat sie in die Irre geführt, aber ihr Herz ist rein.'

In seiner Seelennot suchte der junge Abbé den Abbé Germer auf, seinen Beichtvater. Selbiger, von solcher Tugendliebe gerührt, gebot ihm ohne langes Bedenken, in Paris zu verbleiben und Amielens Bekehrung auf sich zu nehmen.

Die zweite Begegnung sollte in einem kleinen Gasthofe von Villejuif stattfinden. Dort hatte Amiele, von plötzlichem Unwohlsein befallen, einmal Zuflucht gefunden. Das ehrliche Gesicht der Wirtin war ihr im Gedächtnis verblieben.

Der Abbé traf Amiele, die sich in einem Zimmer des ersten Stockes häuslich niedergelassen hatte. Im ganzen Hause war alles bei der Arbeit.

Clement wich erstaunt zurück, als er Amiele erblickte. Sie trug über dem Hut, den sie tags zuvor in der Rue du Dragon gekauft hatte, einen dichten schwarzen Schleier. Als sie ihn aufschlug, schaute er in ein ihm fremdes Gesicht.

Amiele war eine angehende Menschenkennerin. Sie glaubte den Grund zu ahnen, warum der junge Priester gestern gezögert hatte, ihr ein zweites Wiedersehen zuzugestehen. Deshalb hatte sie sich heute mit grüner Schminke häßlich gemacht.

Lachend rief sie dem Abbé entgegen:

„Mir schien es gestern, als vermeinten Sie, Gefallsucht sei die Urwurzel meines schlechten Lebenswandels. Sagen Sie: bin ich gefallsüchtig?"

Und in ernsterem Tone fuhr sie fort:

„Ich habe mich nicht für schlecht gehalten, wenn ich mich jungen Männern hingab, die nicht nach meinem Geschmack waren. Ich wollte nur wissen, ob ich überhaupt lieben kann! Bin ich nicht Herrin meiner selbst? Wen habe ich damit benachteiligt? Welches Gelübde habe ich gebrochen?"

Einmal bei den Leitmotiven angelangt, führte Amiele den Abbé in ganz andere Versuchungen als die, vor denen er sich gestern gefürchtet hatte. Sie offenbarte ihm grauenhaften Unglauben. Die tiefe Wißbegier, die tatsächlich ihre einzige Leidenschaft war (zu der sich eine kunterbunte Selbstbildung gesellte, die mit dem Aufenthalt in Rouen begonnen hatte), veranlaßte sie, Dinge zu äußern, vor denen dem jungen Theologen die Haare zu Berge standen. Mehrfach war er nicht imstande, genügende Antworten zu geben.

Als Amiele seine Verwirrung sah, tat Amiele alles andere, als daß sie ihren ungewollten Sieg ausnutzte. Sie stellte sich vor, in welch herzloser Weise Graf Neerwinden an ihrer Stelle vorgehen würde. Es war ihr eine Freude, höher zu stehen.

Sie sagte:

„Lieber Freund, sollte man nicht meinen, wenn man mich seit einer Stunde lauter neugierige Fragen stellen hört, ich sei die schwärzeste Seele der Welt und hätte meine ersten Wohltäter ganz vergessen? Wie geht es meinem trefflichen Onkel Hautemare und meiner Tante? Verfluchen sie mich?"

Der Abbé, der bei dieser Rückkehr zu den irdischen Dingen aufatmete, setzte ihr lang und breit auseinander, daß sich die Eheleute Hautemare durchaus wie kluge Normannen benommen hätten. Vernünftigerweise hätten sie das Märchen verbreitet, daß ihnen Amiele an die Hand gegeben. Jedermann in Carville glaube, sie lebe in einem Dorfe bei Orléans, um eine hochbetagte Großtante zu pflegen und sich einen guten Platz in deren Testament zu sichern. Jedermann im Dorfe wisse von den 100 Franken, die Hautemares durch die Post bekommen hatten und die ihnen der Herzog zufällig aus Orléans geschickt hatte. Man halte sie für den Teil eines Geschenkes, das Amiele von der alten Verwandten bekommen hatte.

„Gewiß," meinte Amiele versonnen, „der Herzog war die Güte selbst. Ebenso die Herzogin. Nur war er reichlich langweilig."

Mit großem Erstaunen vernahm sie, daß der Herzog sehr erregt gewesen war, überzeugt, er sei verliebt in Amiele. Er hatte sie in der ganzen Normandie und Bretagne suchen lassen, getäuscht durch den Brief, den sie aus Saint-Quentin datiert hatte.

Noch immer leiste er seiner Mutter Widerstand. Seine eingebildete Leidenschaft habe ihm Charakter verliehen.

Amiele lachte laut auf, als sei sie noch ein Bauernmädchen.

„Der Herzog hat Charakter!" rief sie aus. „Da möchte ich ihn einmal sehen!"

„Machen Sie nie den Versuch, ihn zu sehen!" sagte

der Abbé erregt. Er mißdeutete Amielens Gefühl hierbei. „Wollen Sie den Kummer der gnädigen Frau vermehren? Ich weiß durch meine Tante, daß sie über den Ungehorsam ihres Sohnes in Verzweiflung ist. Sie will ihn verheiraten, und sie ahnt, daß er ihr, wenn er verheiratet ist, völlig entrückt sein wird."

Amielens Fragen, was sich alles in der Heimat zugetragen, fanden kein Ende. Das Leben hatte sie genug in die Schule genommen, als daß sie an den harmlosen Erinnerungen an ihr Dorf nicht Freude gehabt hätte.

Sie erfuhr, daß Sansfin nach Paris gegangen war. Er hatte die Kühnheit gehabt, sich auf die Liste der Abgeordneten des Wahlkreises, zu dem Carville gehörte, setzen zu lassen. Diese Anmaßung hatte ihm ein so allgemeines Hohngelächter eingetragen, daß der kleine Bucklige auf ein Verbleiben in seiner Heimat verzichtete. Von seinem Zorn übermannt, hatte er eines Tages im Gehölz dem stellvertretenden Gemeindevorstand, der einen Witz über den buckligen Deputierten gemacht hatte, ein paar Ohrfeigen verabreicht.

Durch ihre häufigen Gespräche mit dem Abbé machte Amielens Geist Riesenfortschritte. Häufig sagte sie ihm Dinge, die seiner Weltanschauung stark zuwiderliefen. Er war nicht fähig, ihre Zweifel auch nur einigermaßen zu beschwichtigen. Daraus zog sie die Folgerung, nicht aus Eigenliebe, sondern in ihrem Vertrauen auf die Ehrlichkeit des Abbé, daß ihre Gedanken der Wahrheit auf der Spur waren.

Der Abbé hatte ihr gesagt:

„Nur den Menschen kennt man, den man alle Tage und lange sieht."

Am selben Abend erteilte sie dem Marquis de la

Vernaye den Abschied und warf dem Baron D*** einen verheißungsvollen Blick zu.

„Ich erhöre Sie," erklärte sie ihm, „um Neerwinden vor aller Welt zu verspotten und um ihm Gelegenheit zu geben, mir seinen Charakter zu zeigen. Er soll die Wonnen, Hörner zu tragen, erfahren, aber ich kaufe nicht die Katze im Sack. Die Rolle, die ich Ihnen zugedacht, kann ihre Gefahren haben. Sie erhalten Ihren Lohn bei der ersten Torheit aus Eifersucht, die sich mein Herr und Gebieter leistet."

Sie hatte sich an einen Helden gewandt.

Tags darauf fand ein Diner im Wald von Verrières statt, wobei D*** unglaubliche Narreteien beging, um seine Verliebtheit in Amiele offenkundig zu machen. Neerwinden erkannte den Sinn. Seine schwermütige Natur sah die Sache schlimmer an, als sie war. Seine maßlose Wut hinderte ihn am äußersten.

„Das wäre dieses Normannenmädel nicht wert! Ich würde meine Inferiorität öffentlich beglaubigen, wenn ich mich ihretwegen in ein Duell einließe!"

D*** war toll vor Leidenschaft, seit ihn Amielens Blick Liebe verheißen hatte. Er holte sich bei Montror Rat, der sich Verschwiegenheit ausbat. Neerwinden hatte ihn etliche Male unhöflich behandelt.

Sein Rat lautete:

„Suchen Sie unter den Hutmachern von Paris, bis sie einen finden, der sein Geschäft eben eröffnet. Lassen Sie sich von ihm eine der üblichen Empfehlungskarten geben. Schreiben Sie darunter: ‚Absender: Boucaud von Neerwinden in Périgueux.' Diese Anzeige schicken Sie Ihrem Rivalen!"

Er fügte hinzu: „Der Vater des alten Grafen war nämlich Hutmacher."

Um Neerwindens Wut zu genießen, ließ D*** die Empfehlungskarte mitten beim Diner überreichen.

Der Graf ward totenblaß, und nach ein paar Minuten sagte er:

„Mir ist nicht wohl; ich muß frische Luft schöpfen."

Damit ging er und ward an jenem Abend nicht mehr gesehen.

Sechsundzwanzigstes Kapitel

(Entwurf)

Unter Neerwindens Herrschaft wird Amiele leichtsinnig. Sie sucht das Vergnügen, um sich schadlos zu halten, da sie wahrnimmt, daß der Graf fortwährend Komödie spielt. Aus Eitelkeit, die in ihr erwacht, will sie sich ob seiner völligen Gleichgültigkeit an ihm rächen.

Als sie erfährt, daß er zu einem Diner im Tour de Nesles geht, an dem die Mitglieder der Großen Oper teilnehmen, und daß man, nachdem diese Damen nach Haus geleitet sind, hinterher ein Bordell besuchen will, setzt sie eine schwarze Samtmaske auf, wie man sie im siebzehnten Jahrhundert trug, und gesellt sich zu den Freudenmädchen.

Der Graf kommt. Es werden Matten auf den Erdboden gebreitet. Die Herren sitzen im Kreise und erzählen Prahlereien. Er beginnt von ihr zu reden. Da reißt Amiele die Maske ab. Neerwinden, sonst so überlegen und hochmütig, findet keine Worte...

AUS EINEM SPÄTEREN KAPITEL

Einen Augenblick, nachdem Amielens Geliebter gegangen ist, öffnet Valbayre die Tür. Um ihm einen Gefallen zu tun und um zu sehen, was er vorhat, versteckt sie sich. So beobachtet sie, wie Valbayre sich umschaut und sich dann daran macht, ein Schreibpult zu erbrechen. Da stürzt sie aus ihrem Schlupfwinkel hervor. Er springt auf sie los, ein blankes Messer in der Hand, packt sie bei den Haaren und will sie in die Brust stechen. Durch sein ungestümes Gebahren verliert Amiele ihr Tuch, und Valbayre sieht ihre nackte Brust.

„Beim Teufel, das wäre schade!" ruft er.

Er küßt ihr den Busen und läßt ihr Haar los.

„Zeige mich an! Laß mich einsperren, wenn du willst!" sagt er.

Damit verführt er sie.

„Das ist ein Charakter!"

Dies sagt sie nicht. Sie erkennt es und nimmt die Folgen auf sich.

„Wer sind Sie?"

„Ich führe Krieg mit der Gesellschaft, die ihrerseits Krieg mit mir führt! Ich kenne Corneille und Molière. Ich bin zu gut erzogen, um mit meiner Hände Arbeit in zehn Stunden 3 Franken zu verdienen."

Obgleich die gesamte Polizei ihm nachspürt, persönlich auf ihn erbittert, ob der Scherze, die er sich mit ihr erlaubt, führt er Amiele stolz ins Theater. Diese Kühnheit macht sie toll vor Liebe.

„Die vielgepriesene Liebe," hat sie sich tausendmal gesagt, „mir sollte sie nichts bedeuten?"

Endlich weiß sie, was Liebesleidenschaft ist. Sie flieht mit Valbayre und hilft ihm bei einem Verbrechen. Man ergreift ihn. Sie gerät in Gefahr.

Die gutmütige Frau Legrand verbirgt sie in einem Mädchenpensionat, wo sie die zweite Vorsteherin wird. Dort findet sie den Doktor Sansfin. Er ist Hausarzt daselbst.

Um sich beim Herzog von Miossens einzuschmeicheln — der Amiele nicht vergessen hat und den ihr Verschwinden reizt, ohne daß er leidenschaftlicher Liebe fähig wäre — äußert sich Sansfin ihm gegenüber, er glaube Amielens Spur entdeckt zu haben. Um sie aufzufinden, benötige er 1000 Franken. Er bekommt das Doppelte.

Der Herzog sieht Amiele wieder. Sie langweilt sich in ihrer Erziehungsanstalt, willigt in die Versöhnung ein, ist aber noch immer sinnlos verliebt in Valbayre. Auf der einen Seite: die gefälligen vornehmen Formen des Herzogs; auf der anderen: die Kraftfülle und die Genialität Valbayres. Hier das maßlose Elend des Verbrechers; dort der ungeheure Reichtum des Herzogs. Auf dieser Stufe ihrer Entwicklung besitzt Amiele genügend Weltkenntnis, um die Dinge scharf zu beurteilen. Überdies steht ihr die treue Freundschaft der Frau Legrand zur Seite.

Amiele ist schwermütig; der Herzog findet sie bei weitem umgänglicher. Seine Verheiratung wird eifrigst betrieben. Er ist völlig unentschlossen. Er schiebt die Unterzeichnung des Ehevertrags hinaus.

Sansfin sagt zu Amiele:

„Sie sind eine Törin! Der Herzog schwankt wie ein Rohr! Sie können diese Heirat verhindern und ihn heiraten!"

„Ich? Ich soll Valbayre treulos werden?" ruft sie aus.

BRUCHSTÜCKE

Sansfin bringt es zuwege, daß Amiele von einem alten Wüstling aus der Schule des Choderlos de Laclos, einem verkommenen armen Schlucker, dem Marquis von Orpierre (geboren in der oberen Provence, bei Forcalquier) als Tochter anerkannt wird.

Amiele hat den Einfall, die [junge] Herzogin von Miossens seelisch zu studieren. Die gründliche Öde ihres Hauses tut der schwermütigen Amiele wohl.

Die Herzogin geht auf einem Ballfeste aus Widersetzlichkeit gegen die Marquise [von Orpierre] derart dekolletiert, daß sie sich ein Lungenleiden zuzieht.

„Sie ist dem Tode verfallen!" erklärt Sansfin Amielen. „Wenn Sie klug sind und meine Ratschläge aufs Wort ausführen, treten Sie an ihre Stelle!"

Zweifellos ist der Herzog bereit. Amiele ist ihm unentbehrlich geworden. Sie könnte über große Summen verfügen und Valbayre nützlich sein.

Valbayre kommt vor das Schwurgericht. Er hätte zum Tode verurteilt werden können, kommt aber mit lebenslänglicher Galeere davon.

Durch einen entlassenen Sträfling beauftragt er Amielen, mit einer Räuberbande, Spießgesellen von ihm, den Herzog zu bestehlen. Er verspricht sich 5o ooo Franken von dem Einbruche. Schrecklicher Kampf in Amiele. Sie verhält sich ablehnend.

Sansfins Ziel ist, Amielen an den Herzog zu verkuppeln, der ebenso schwach wie liebenswürdig ist, und ihn später dahin zu bringen, daß er sie heiratet.

Amiele, die dem Reichtum gegenüber durchaus unempfänglich ist, lacht über Sansfins Pläne, aber sie läßt sich doch leiten.

Sansfin sagt sich: Ist Amiele Herzogin, dann habe ich einen Stützpunkt, einen Salon, dessen ich mich nicht zu schämen brauche, ja, einen vornehmen Salon. Bei meinem Genie fehlte mir nichts als das! Besitze ich diesen Stützpunkt, dann kann ich, wie Archimed, die Welt aus den Angeln heben! In ein paar Jahren bin ich ein großer Mann wie Victor Hugo. Ich spüre die geistige Kraft in mir, diese Franzosen mir zu unterwerfen. Habe ich erst hohe Würden, so werden sie in ihrer Eitelkeit stolz auf ihre Beziehungen zu mir sein und meinen Buckel übersehen.

In Valbayre bewundert Amiele den Tatenmenschen, den Mörder. Ihm gegenüber handelt sie aus echter Liebe oder einfach im starken Impuls, den die gewaltige Willenskraft verursacht, die sie in dem Verbrecher erkannt hat. An dem grundhäßlichen Manne gefällt ihr, daß er in den Ruhepausen sich selbst treu bleibt und während der Tat neue Kräfte gewinnt. Das ist die beste Offenbarung von Amielens Charakter.

Die Herzogin stirbt. Sansfin bringt die Heirat Amielens mit dem Herzog zustande und erhält eine große Summe dafür.

Die Neuvermählten begeben sich nach Forcalquier, zum Besuche des Marquis von Orpierre, dem angeblichen Vater Amielens.

In Toulon, wo beide verweilen, erblickt sie Valbayre in Ketten. Drei Tage darauf verläßt sie ihren Gatten, unter Mitnahme alles dessen, was er ihr geschenkt.

Für schweres Geld verschafft sich Valbayre (der aus Straßburg stammt und die deutsche Sprache beherrscht) die Papiere eines deutschen Edelmannes. Er kehrt nach Paris zurück. Er verübt aufs Geratewohl einen Mord (wie Lacenaire) und wird hingerichtet.

Aus Rache zündet Amiele das Gerichtsgebäude an. In den Trümmern der Brandstätte findet man halbverkohlte Gebeine. Es sind die Überreste Amielens.

ANHÄNGE

„Amiele" ist in Civitàvecchia, Rom und Paris in der Zeit vom 1. Oktober 1839 bis zum 15. März 1842 entstanden. Am 10. August 1839 war Beyle nach einem dreijährigen Urlaub nach Italien zurückgekehrt; am 23. März 1842 ist er in Paris gestorben. Somit ist der Roman seine letzte große Arbeit. Sie ist unvollendet geblieben; man darf annehmen, daß der Umfang in vollendetem Zustande mindestens dreimal größer wäre, und daß keines der vorliegenden Kapitel in dieser Fassung verblieben wäre.

Die erste Niederschrift vom ersten Kapitel trägt das Datum: 1. Oktober 1839. Die im Nachlasse (in der Grenobler Stadtbibliothek) gefundenen Pläne und Entwürfe deuten darauf hin, daß die Niederschrift des weiteren in der Hauptsache im Jahre 1841 erfolgt ist. Beyle verließ Civitàvecchia am 22. Oktober 1841 und kam am 8. November in Paris an.

Erstdruck des Fragments:
Stendhal (Henri Beyle). L a m i e l. Roman inédit. Publié par Casimir Stryienski. Paris, Librairie moderne, Maison Quantin, 7 Rue Saint-Benoit, 1889. 8⁰, XXII und 342 Seiten; dazu ein Faksimile (Kroki von Carville). Zwölf Exemplare auf holländischem Büttenpapier.

Der Roman hat in der Handschrift mehrfach seinen Titel geändert. Ursprünglich lautete er: „Un village de Normandie"; später „Lamiel" und „Amiele".
Im Nachlaß haben sich folgende Aufzeichnungen zur „Amiele" gefunden:

I

Wenn die Erzählung allzu belastet wird von Philosophie (Psychologie?), so ist es diese, die den Eindruck des Neuen auf den Geist des Lesers macht, nicht die Erzählung an sich.

Bei jeder Begebenheit muß man sich fragen: soll ich das philosophisch berichten oder rein erzählerisch, nach dem Vorbilde Ariosts?

[Civitàvecchia,] am 1. Oktober 1839

II

Allzuviel Gründlichkeit in der Schilderung eines Charakters verdirbt die komische Wirkung. Folglich ist der größere Teil dessen, was ich über den Doktor Sansfin geschrieben habe, nur Grundmauer.

[Civitàvecchia,] am 19. Februar 1840

III

Ich mache keinen richtigen Plan. Wenn mir dies je beigekommen ist, verekelte es mir den Roman. Ich suchte mich bei der Niederschrift dessen zu erinnern, was mir bei der Festlegung des Planes vorgeschwebt hatte, aber das Arbeiten des Gedächtnisses zerstört mir die Einbildungskraft. Ich habe ein sehr schlechtes Gedächtnis; es ist sehr zerstreut.

Die Seite, die ich schreibe, gibt mir die Idee der nächsten ein...

Einen Plan mache ich mir nur in ganz groben Zügen. Ich verbrauche mein Feuer mit törichtem Modeln am Ausdruck und oft unnützen Beschreibungen, die ich am Ende meiner Arbeit wieder tilgen muß. So habe ich im November 1839 mein Feuer verbraucht, um Carville zu beschreiben und den Charakter der Herzogin (von Miossens)...

Civitàvecchia, am 25. Mai 1840

IV

Meine Fähigkeit, wenn ich welche habe, ist die des **Improvisators**. Ich vergesse alles Niedergeschriebene. Ich könnte vier Varianten über ein und dasselbe Romanmotiv schreiben und keine bleibt mir im Gedächtnisse.

[Civitàvecchia,] am 8. März 1841

V

Zur Zeitfolge des Romans

Madame de Miossens, geboren 1778, bringt 1810, in London, ihren einzigen Sohn Fedor zur Welt. 1814 kehrt sie nach Paris zurück.

Amiele, geboren 1814, ist vier Jahre jünger als Fedor de Miossens. Vier Jahre alt (1818) wird sie von den Eheleuten Hautemare aus dem Rouener Findelhaus nach Carville gebracht.

Doktor Cäsar Sansfin, geboren 1790, ist zur Zeit des Besuchs der „Mission" in Carville (1818), als er die vier Initialen in die Asche am Kamin im Schlosse der Frau von Miossens zeichnet, 28 Jahre alt...

Die Szene des „Feuerzaubers" in der Kirche ereignet sich im Jahre (1818).

Als Fedor Amiele liebt, im Jahre 1830, ist Fedor zwanzig und Amiele sechzehn Jahre alt.

Civitàvecchia, am 6. März 1841

VI
Die Gestalten des Romans
(1826)

Die Herzogin de Miossens, achtundvierzig Jahre alt.

Fedor de Miossens, sechzehn Jahre alt.

Amiele, zwölf Jahre alt.

Doktor Sansfin, buckliger Arzt, achtundzwanzig Jahre alt.

Hautemare, Schulmeister, und seine Frau.

Fräulein Anselma, Kammerfrau.

Pfarrer Dusaillard, neunundvierzig Jahre alt.

Abbé Clement, siebenundzwanzig Jahre alt.

Die Missionsgesellschaft.

Madame Legrand, Besitzerin des Gasthofs zum *** in Paris, Rue de Rivoli.

Der Graf von Neerwinden.

Pierre Valbayre, ein Verbrecher.

VII

Die Charaktere der Gestalten

Die Herzogin von Miossens

Trotz ihrer achtundvierzig Jahre (anno 1826) hat die Herzogin die rassigste Figur. Sie ähnelt ganz und gar der Madame Dudeffant auf jenem Porträt, das man vielfach der „Correspondance" von Horace Walpole beigegeben findet. Ihre Jugend hindurch hatte sie auf den Hingang ihres Schwiegervaters warten müssen, der erst mit achtzig Jahren (1818) starb, ehe sie ihren Titel Marquise mit dem einer Herzogin tauschen durfte. Als einfache Markgräfin, allerdings von Uradel, und als Tochter eines der höchsten Ordensträger erheischte sie von der Gesellschaft des Faubourg Saint-Germain bereits die Ehren, die man damals einer Herzogin zukommen ließ. Aber da sie weder eine Schönheit ersten Ranges war, noch ein Vermögen à la Rothschild besaß, noch auch den Geist einer Staël, so gewährte ihr das Faubourg von 1817 diese Ehrbezeigungen nicht.

Fedor von Miossens

Der Herzog von Miossens, ein in jeder Beziehung scharmanter, aber charakterloser junger Mann, attakkiert Amiele zunächst, ohne sie ernst zu nehmen.

Er ist groß, sehr schlank, fast zu mager. Hat urvornehme, ein wenig langsame Bewegungen. Langen Hals, kleinen Kopf, sehr edle Stirn, eine scharfgeschnittene ungemein geistreiche Nase, einen schön gezeichneten Mund, der jedoch leidenschaftslos ist, sehr schmale Lippen, das Kinn etwas zu massig. Sein Haupthaar ist von herrlichstem Blond. Sein kleiner Schnurrbart, ebenso sein schmaler dünner Backenbart, gelblich. Gesamteindruck: ein vollendet edler und schöner Kopf für einen Pariser Salon. Seine ganze Erscheinung wirkt außerordentlich distinguiert. Seine Art sich zu kleiden erscheint überaus schlicht; vergleicht man sie mit der üblichen Art der jungen Leute um ihn, so erkennt man, daß sie unnachahmlich ist. Er spricht gern von seinen Hunden, die er vergöttert, und von seinen Pferden; aber es klingt keineswegs affektiert, weil er wirklich Anteil an den Tieren hat. Sobald er allein ist, langweilt er sich. Es ist ihm unmöglich, die Unterhaltung gewöhnlicher Leute anzuhören. Sie belastet ihm das Leben. Konventionelle Plauderei ist ihm entsetzlich. *

Doktor Sansfin

Sansfin ist einer jener klugen Buckligen, über deren unglaubliche Torheiten man staunt. Das eben Geschehene faßt er blitzschnell auf, aber er ist unfähig, über etwas Großes folgerichtig nachzudenken. Auch sonst ist er sehr lächerlich.

Allmählich kommt Sansfin auf die Absicht, die Herzogin [von Miossens] zu verführen. Inzwischen entwickelt sich Amiele. Dann wird sie krank. Sansfin

* Nach einer Randbemerkung hat Stendhals Freund während der Kaiserzeit, der Baron Louis Pepin de Bellisle, (1810) Auditor im Staatsrat, der Gestalt des jungen Herzogs de Miossens als Modell gedient; ebenso wohl der Baron Martial Daru, der jüngere Bruder von Beyles hohem Gönner, dem Grafen Pierre Daru. (Über beide Freunde findet man Näheres im „Leben eines Sonderlings" von Arthur Schurig, Leipzig 1821).

will sie entjungfern. „Ich?" ruft er bei sich aus. „Ich Mißgebilde der Natur! Das wäre ein Triumph!"

Hat Dominique [d. h. Stendhal] genug Geist, Sansfin zu einer komischen Figur zu gestalten?

Die Eitelkeit, Sansfins einzige Leidenschaft, seine reizbare und gereizte Leidenschaft, bringt ihn dazu, vor Amiele zu prahlen, er könne die Herzogin verführen. Er veranlaßt Amiele, an der Tür zu horchen. Die Herzogin überhäuft ihn mit Beleidigungen. Diese zu erfinden, wird mir keine Verlegenheit bereiten. Es kommt aber darauf an, daß sie komisch wirken. Sansfin muß immer ertappt werden, darf aber nie den Mut verlieren (Modell für mich: Herr Cl. de Riz.)

Sansfin ist ein begabter Arzt wie der Doktor Prévost [in Genf]. Die Furcht, sich durch sein Gebrechen lächerlich zu machen, treibt ihn zu Taten.

Sansfin besitzt einen lebhaften Geist, doch ohne Tiefe. Er hat keine Intuition, aber durch seine Klugheit ergründet und zergliedert er alles Vorhandene und ihm Widerfahrende.

Sein Haß drückt auf seine Eitelkeit, und seine Eitelkeit auf seinen Haß.

Amiele

Der Grundzug von Amielens Charakter ist maßlose Abscheu vor seelischer Kleinheit.

Amiele ist groß, wohlgebaut, ein wenig mager, von frischen Farben, sehr hübsch, gut gekleidet wie eine Kleinstädterin in guten Verhältnissen. Auf der Straße macht sie allzu rasche Schritte; springt über die Rinnsteine und hüpft auf das Trottoir. Der Grund von soviel Unschicklichkeit? Sie denkt zu viel an das Ziel, dem sie zueilt und das sie möglichst rasch erreichen will, und denkt nicht genug an die Leute, die sie beobachten können. Beim Ankauf einer Nußbaumkommode, die in ihrem Stübchen ihre Sachen vor dem Verstauben bewahren soll, entwickelt sie die nämliche, wenn nicht noch mehr Passion wie in einer Angelegenheit, die vielleicht für ihr ganzes Leben von Wichtigkeit ist. Sie behandelt und wertet just jedwedes Ding stets je nach Laune und Stimmung, nie nach Vernunftgründen.

Sie lebt ins Blaue hinein, dem Ziele zu, das sie gerade rasch zu erreichen trachtet, oder sich in irgendeiner Orgie verlierend. Selbst im wildesten Genuß strebt ihre glühende Phantasie nach noch Maßloserem und vor allem nach Gefahr, denn Wollust ohne Gefahr ist ihr keine Wollust. Dies bewahrt sie im Laufe ihres Lebens zwar nicht vor verbrecherischem Verkehr, wohl aber vor minderwertigen Gesellen. Seelen ohne Mut schrecken vor Amiele zurück.

Übrigens hat ihre Kühnheit im zügellosen Genusse doppeltes Gesicht. In geldarmer Gesellschaft muß mit diesem wenigen Geld geleistet werden, was nur menschenmöglich ist, allerlei, was sich verlohnt, acht Tage darauf noch erwähnt zu werden. Die kleinen Gaunereien, die rechts und links an den Dummen, die ihr Unstern an die Stätte der Orgie führt, verübt werden, erhöhen den Reiz des Berichts. Ist die Gesellschaft reich, so müssen wahrhaft denkwürdige Dinge geschehen, Dinge, die wert sind, in der Geschichte eines neuen Mandrin [vgl. S. 35] verewigt zu werden.

Die Zeit vertrödeln, war Amielen nicht gegeben. Dazu war sie zu passioniert. Es war ihr unmöglich, gemächlich und gemütlich hinzuleben. Nur wenn sie krank war, brachte sie es fertig, nichts zu tun.

Es war eine Folge ihrer bizarren Bewunderung des legendären Räuberhauptmanns, daß es sie kleinlich und lachhaft dünkte, die Leute durch Geist belustigen zu wollen. Es wäre ihr leichter gefallen als manch anderm, durch Witz zu glänzen, aber diese Art Erfolg überließ sie den schwachen Seelen. Einigermaßen herzhafte Geschöpfe, so meinte sie, zeigen sich durch Taten, nicht durch Worte.

Amiele bedient sich ihres Geistes nur ganz selten, und nur, um ihren Spott zu äußern, und hart zu äußern, über alles das, was der Welt als Tugend gilt. Dabei erinnert sie sich des frommen Geschwätzes, das sie ehedem im Hautemareschen Hause gelangweilt hat.

Amiele hat nacheinander vier Liebhaber, Spiegelbilder der hauptsächlichen Eigenschaften der französischen Jugend von 1830. Amiele nimmt sie hin, als läse sie einen Roman. Jede dieser Liebschaften währt ein Vierteljahr. Darauf immer ein halbes Jahr lang Reue; dann folgt die neue.

[Modelle zu Amiele:] Ich bin ihr begegnet in den Straßen von der Bastille zum Tore Saint-Denis und auf dem Dampfer von Honfleur nach Le Havre. Ihr Kopf ist der edelste Typ der normannischen Schönheit: prächtige hohe Stirn, aschblondes Haar, eine wunderhübsche vollendet geformte kleine Nase, nicht gerade große blaue Augen; mageres, fast zu langes Kinn. Gesicht meisterhaft oval; man könnte höchstens daran den Mund tadeln, der ein wenig die Form und die hängenden Winkel des Maules eines Hechtes hat. [Vgl. S. 76.]

Pierre Valbayre

Einbrecher. Ein hübscher blonder Mensch. Amielens Amour-passion. Die Tatkraft zu großen Verbrechen geht ihm übrigens ab.

Marc Pintard

Einbrecher und Mörder. Energische Natur. Hat schreckliche Blatternarben. Grundhäßlich. Hat wolliges schwarzes Haar. Ein kühner Mensch.

[Stendhal hat bei der Ausführung seines Romans aus den beiden Verbrechern eine einzige Gestalt gemacht.]

Letztes Bruchstück

niedergeschrieben am Dienstag, den 15. März 1842
(acht Tage vor Beyles Tod)

*

[Vorbemerkung: Offenbar plante Stendhal eine gründliche Umarbeitung des ganzen Romans. In dieser neuen Fassung steht Fabian wohl an Stelle von Hans Berville; vgl. S. 120 ff.]

Eines Tages sagte Amiele zu Sansfin:

„Ich habe einem Tapezierer, dem jungen Fabian, vierzig Franken gegeben, damit er mich in puncto Liebe aufklärt."

Sansfin ist voller Wut und Enttäuschung. Er verläßt Amielens Stube. Im Gang, der zum Salon der Herzogin führt, wo sie inmitten von vier oder fünf Damen aus der Nachbarschaft Hof hält, treffen sich Sansfin und Fabian, der im Begriff ist, den Damen vorgestellt zu werden. Sorgfältigst gekleidet, erscheint er dem Arzt noch geckenhafter denn sonst. Am meisten ärgert ihn Fabians wundervoll gebügeltes Hemd. Eine der Kammerfrauen, die ihn umschmeichelt, hat es ihm hergerichtet.

Der junge Mann gab einem unglücklichen Einfalle nach und warf dem Arzt ein ziemlich geschmackloses Witzwort zu, in der Absicht, ihm das seltsame Abenteuer anzudeuten, das seine Stellung zur schönen Amiele gründlich geändert hatte. Nur zu gut verstand Sansfin den Scherz. Das Herz stand ihm still. Er riß aus seiner rechten Rocktasche den Dolch, den er für den bisher nicht eingetretenen Fall, ob seines körperlichen Gebrechens beleidigt zu werden, immer bei sich trug. Ebenso blitzschnell vergegenwärtigte er sich, daß sein Pferd, genügend angespornt, zwölf Kilometer in der Stunde zurückzulegen vermochte und ihn vor der Verfolgung des Landgendarms von Carville sicherte. Kaum war Fabian sein übler Witz entschlüpft, so antwortete ihm auch Sansfin schon, indem er ihm mitten in das Bruststück seines schön gebügelten und kokett sich spreizenden Hemds einen Dolchstoß versetzte. Fabian hatte beim Aufblitzen der Waffe gerade noch rechtzeitig Angst bekommen. Eine leichte Wendung zur Seite rettete ihm das Leben. Das Hemd war von zarter Hand so steif und glatt gebügelt, daß die Dolchspitze abglitt. Die Hautwunde war belanglos. Gleichwohl glaubte der junge Mann, er sei dem Tode verfallen. Schreiend wollte er in das Zimmer der Herzogin stürzen.

„Unsinn! Es ist nichts weiter! Morgen ist schon nichts mehr daran zu sehen!"

Mit diesen Worten, die Sansfin in seiner Geistesgegenwart ausrief, packte er den jungen Mann an seiner schönen Krawatte, wobei er sie rettungslos zerknüllte.

Fabian nahm es wahr.

„So kann ich mich den Damen unmöglich zum ersten Male präsentieren", sagte er sich. „Ich sehe ja wie ein schmutziger Arbeiter aus."

Das machte ihn wütend, und er schrie den Arzt an:

„Sie haben mich auf sechs Wochen arbeitsunfähig gemacht! Das soll Ihnen teuer zu stehen kommen. Mein Vater hat in Paris die besten Beziehungen. Übrigens wird die Frau Herzogin, der ich die Spuren Ihres Attentats zeigen werde, es nicht hingehen lassen, daß man ihre Handwerker halbtot sticht."

Sansfin ward sich während dieser Worte klar, daß er in der ganzen Gegend erledigt war, wenn der hübsche junge Mann in seinem blutbefleckten Hemd im Salon vor den Damen erschien.

‚Das Gescheiteste wäre,' sagte er bei sich, ‚ich machte diesen Liebsten Amielens gänzlich kalt. Wenn ich nicht das Pech habe, daß mich einer der Lakaien überrascht, stecke ich die Leiche dort in den Kleiderschrank und nehme den Schlüssel mit. Nachts muß mir Amiele eigenhändig helfen, den toten Pariser Schwerenöter verschwinden zu lassen. Ein Mann wie ich ist jeder Lage gewachsen.'

Da kam ihm ein Gedanke, wie ihn nur ein Normanne haben kann:

‚Ich werde dem Kerl ein paar hundert Taler bieten! Irgendwie muß ich meine Torheit sühnen. Ein Lebender ist schließlich bequemer als ein Toter!'

„Wenn du auf der Stelle mit mir das Schloß verläßt und keinem Menschen etwas verrätst, will ich dir ein Jahresgeld von hundert Talern aussetzen. Du stirbst vor Hunger. Dein geiziger Vater ist erst sechzig Jahre alt. Ehe du ihn beerbst, können noch fünfzehn bis zwanzig Jahre vergehen. Wohingegen du ein schönes Leben führen kannst mit den hundert Talern im Jahre, die ich dir sofort vor dem Notar und zwei Zeugen verschreiben werde."

Fabian, immer noch voll Wut über seine zerknüllte Krawatte, wollte sich mit Gewalt losreißen. Da packte ihn Sansfin am Halse und erwürgte ihn beinahe.

„Ich stoße dir den Dolch ins Auge!" knirschte er. „Dann bist du dein Lebelang einäugig oder gleich ganz tot! Nimm die hundert Taler Jahresgeld — oder..."

Er drückte noch fester zu.

Kaum noch atmend lispelte Fabian:

„Ich nehme das Geld!"

Sansfin hielt ihm mit der Hand den Mund zu und führte ihn eine geheime Treppe hinunter. Ein paar Minuten später waren sie im Freien.

Stendhal
im Diogenes Verlag

Werke in 10 Bänden und 1 Materialienband

Denkwürdigkeiten über Napoleon
Fragmente. Deutsch von S. Adler.
detebe 20966

Über die Liebe
Deutsch von Franz Hessel. detebe 20967

Armance
Roman. Deutsch von A. Elsaesser.
detebe 20968

Rot und Schwarz
Roman. Deutsch von Rudolf Lewy.
detebe 20969

Eine Geldheirat
Erzählungen. Deutsch von Arthur Schurig,
Franz Hessel, Franz Blei und Otto von Gemmingen. detebe 20970

Die Äbtissin von Castro
Erzählungen. Deutsch von M. von Musil und
Franz Blei. detebe 20971

Lucian Leuwen
Romanfragment. Deutsch von Joachim von
der Goltz. detebe 20972

Leben des Henri Brulard
Autobiographie. Deutsch von Adolf Schirmer. detebe 20973

Die Kartause von Parma
Roman. Deutsch von Erwin Rieger.
detebe 20974

Amiele
Romanfragment. Deutsch von Arthur Schurig. detebe 20975

Über Stendhal
Essays und Zeugnisse von Mérimée bis
Léautaud. Mit Chronik und Bibliographie.
Herausgegeben von Irene Riesen.
detebe 20976

Honoré de Balzac
Die großen Romane
im Diogenes Verlag

Die tödlichen Wünsche
Roman. Deutsch von Emil A. Rheinhardt.
detebe 20901

Die Frau von dreißig Jahren
Roman. Deutsch von Erich Noether.
detebe 20902

Eugénie Grandet
Roman. Deutsch von Mira Koffka.
detebe 20903

Vater Goriot
Roman. Deutsch von Rosa Schapire.
detebe 20904

Verlorene Illusionen
Roman. Deutsch von Otto Flake.
detebe 20905

Glanz und Elend der Kurtisanen
Roman. Deutsch von Emil A. Rheinhardt.
detebe 20906

Zwei Frauen
Roman. Deutsch von Gabrielle Betz.
detebe 20907

Junggesellenwirtschaft
Roman. Deutsch von Franz Hessel.
detebe 20908

Tante Lisbeth
Roman. Deutsch von Paul Zech.
detebe 20909

Vetter Pons
Roman. Deutsch von Otto Flake.
detebe 20910

Gustave Flaubert
im Diogenes Verlag

Jugendwerke
Erste Erzählungen. Übersetzt und
herausgegeben von Traugott König

Madame Bovary
Roman. Aus dem Französischen von René Schickele und Irene Riesen.
detebe 20721

Salammbô
Roman. Deutsch von Friedrich von Oppeln-Bronikowski.
detebe 20722

Die Erziehung des Herzens
Roman. Deutsch von E. A. Rheinhardt. detebe 20723

Die Versuchung des heiligen Antonius
Deutsch von Felix Paul Greve. detebe 20719

Drei Geschichten
Deutsch von E. W. Fischer. detebe 20724

Bouvard und Pécuchet
Roman. Deutsch von Erich Marx. detebe 20725

Briefe
Ausgewählt, kommentiert und übersetzt von Helmut Scheffel.
detebe 20386

Als Ergänzungsband liegt vor:
Über Gustave Flaubert
Aufsätze und Zeugnisse von Guy de Maupassant bis Heinrich Mann.
Mit Chronik und Bibliographie. Herausgegeben von Gerd Haffmans
und Franz Cavigelli. detebe 20726

Molières Komödien
in sieben Einzelbänden

herausgegeben und neu übertragen von Hans Weigel

Der Wirrkopf. Die lächerlichen Schwärmerinnen. Sganarell
Komödien I. detebe 20199

Die Schule der Frauen. Kritik der ›Schule der Frauen‹. Die Schule der Ehemänner
Komödien II. detebe 20200

Tartuffe. Der Betrogene. Vorspiel in Versailles
Komödien III. detebe 20201

Don Juan. Die Lästigen. Der Arzt wider Willen
Komödien IV. detebe 20202

Der Menschenfeind. Die erzwungene Heirat. Die gelehrten Frauen
Komödien V. detebe 20203

Der Geizige. Der Bürger als Edelmann. Der Herr aus der Provinz
Komödien VI. detebe 20204

Der Hypochonder. Die Gaunereien des Scappino
Komödien VII. Mit einer Chronologie und einem Nachwort des Herausgebers.
detebe 20205

Als Ergänzungsband liegt vor:
Über Molière
Zeugnisse, über Molière auf der Bühne, über Molière in deutscher Übersetzung von Audiberti, Anouilh, Baudelaire, Börne, Brecht, Elisabeth Brock-Sulzer, Bulgakow, Cocteau, Flaubert, Friedell, Gide, Goethe, Georg Hensel, Hofmannsthal, Jean Paul, Louis Jouvet, Klabund, Lessing, Th. Mann, Proust, A. W. Schlegel, Schopenhauer, Jürgen v. Stakkelberg, Stanislawski, Voltaire, Hans Weigel u.a. Chronik und Bibliographie. detebe 20067

Französische Literatur
im Diogenes Verlag

● **Honoré de Balzac**
Die tödlichen Wünsche. Roman. Deutsch von Emil A. Rheinhardt. detebe 20901
Die Frau von dreißig Jahren. Roman. Deutsch von Erich Noether. detebe 20902
Eugénie Grandet. Roman. Deutsch von Mira Koffka. detebe 20903
Vater Goriot. Roman. Deutsch von Rosa Schapire. detebe 20904
Verlorene Illusionen. Roman. Deutsch von Otto Flake. detebe 20905
Glanz und Elend der Kurtisanen. Roman. Deutsch von Emil A. Rheinhardt. detebe 20906
Zwei Frauen. Roman. Deutsch von Gabrielle Betz. detebe 20907
Junggesellenwirtschaft. Roman. Deutsch von Franz Hessel. detebe 20908
Tante Lisbeth. Roman. Deutsch von Paul Zech. detebe 20909
Vetter Pons. Roman. Deutsch von Otto Flake. detebe 20910

● **Charles Baudelaire**
Die Tänzerin Fanfarlo und Der Spleen von Paris. Sämtliche Prosadichtungen in einem Band. Deutsch von Walther Küchler. detebe 20387

● **René Clair**
Die Prinzessin von China. Roman. Deutsch von N. O. Scarpi. detebe 20579

● **Alexandre Dumas Père**
Horror in Fontenay. Roman. Deutsch von Alexander Schmitz. detebe 20367

● **Erckmann/Chatrian**
Der Rekrut. Roman. Deutsch von J. von Harten, K. Henninger und Tatjana Fischer, Vorwort von V. S. Pritchett. detebe 20012

● **Gustave Flaubert**
Jugendwerke. Erste Erzählungen. Übersetzt und herausgegeben von Traugott König
Briefe. Ausgewählt und übersetzt von Helmut Scheffel. detebe 20386
Madame Bovary. Roman. Deutsch von René Schickele und Irene Riesen. detebe 20721
Salammbô. Roman. Deutsch von Friedrich von Oppeln-Bronikowski. detebe 20722

Die Erziehung des Herzens. Roman. Deutsch von E. A. Rheinhardt. detebe 20723
Die Versuchung des heiligen Antonius. Deutsch von Felix Paul Greve. detebe 20719
Drei Geschichten. Deutsch von E. W. Fischer. detebe 20724
Bouvard und Pécuchet. Roman. Deutsch von Erich Marx. detebe 20725
Als Ergänzungsband liegt vor:
Über Gustave Flaubert. Zeugnisse und Essays. Herausgegeben von Gerd Haffmans und Franz Cavigelli. detebe 20726

● **Joris-Karl Huysmans**
Gegen den Strich. Roman. Deutsch von Hans Jacob. Einführung von Robert Baldick. Essay von Paul Valéry. detebe 20921

● **Maurice Leblanc**
Arène Lupin – Der Gentleman-Gauner. Roman. Deutsch von Erika Gebühr. detebe 20127
Die hohle Nadel oder Die Konkurrenten des Arsène Lupin. Deutsch von Erika Gebühr. detebe 20239
813 – Das Doppelleben des Arsène Lupin. Roman. Deutsch von Erika Gebühr. detebe 20931
Der Kristallstöpsel oder Die Mißgeschicke des Arsène Lupin. Roman. Deutsch von Erika Gebühr. detebe 20932
Die Gräfin von Cagliostro oder Die Jugend des Arsène Lupin. Roman. Deutsch von Erika Gebühr. detebe 20933

● **Gaston Leroux**
Das Geheimnis des gelben Zimmers. Roman. Deutsch von Klaus Walther. detebe 20924

● **Guy de Maupassant**
Meistererzählungen. Ausgewählt, übersetzt und eingeleitet von Walter Widmer. Ein Diogenes Sonderband

● **Molière**
Komödien und Materialien in 8 Einzelbänden in der Neuübersetzung von Hans Weigel:
Der Wirrkopf / Die lächerlichen Schwärmerinnen / Sganarell oder Der vermeintliche Betrogene. Komödien I. detebe 20199

Die Schule der Frauen / Kritik der ›Schule der Frauen‹ / Die Schule der Ehemänner. Komödien II. detebe 20200
Tartuffe oder Der Betrüger / Der Betrogene oder George Dandin / Vorspiel in Versailles. Komödien III. detebe 20201
Don Juan oder Der steinerne Gast / Die Lästigen / Der Arzt wider Willen. Komödien IV. detebe 20202
Der Menschenfeind / Die erzwungene Heirat Die gelehrten Frauen. Komödien V. detebe 20203
Der Geizige / Der Bürger als Edelmann Der Herr aus der Provinz. Komödien VI. detebe 20204
Der Hypochonder / Die Gaunereien des Scappino. Komödien VII. detebe 20205
Als Ergänzungsband liegt vor:
Über Molière. Zeugnisse, Essays und Aufsätze von Anouilh bis Voltaire. Mit Chronik und Bibliographie. Herausgegeben von Christian Strich, Rémy Charbon und Gerd Haffmans. detebe 20067

● **Ernest Renan**
Das Leben Jesu. Autorisierte Übersetzung von 1863. detebe 20419

● **Jean Renoir**
Die Spielregel. Drehbuch mit Fotos. Deutsch von Angela von Hagen. detebe 20434
Die große Illusion. Drehbuch mit Fotos. Deutsch von Angela von Hagen. detebe 20435
Mein Vater Auguste Renoir. Ein Bericht. Deutsch von Sigrid Stahlmann. kunst-detebe 26024

● **Maurice Sandoz**
Am Rande. Unheimliche Erzählungen. Deutsch von Gertrud Droz-Rüegg. detebe 20739

● **Georges Simenon**
Neuedition in Einzelbänden. Bisher liegen vor:
Als ich alt war. Tagebücher 1960–1963. Deutsch von Linde Birk
Briefwechsel. Georges Simenon – André Gide. Deutsch von Stefanie Weiss
Brief an meine Mutter. Deutsch von Trude Fein
Ein Mensch wie jeder andere. Mein Tonband und ich. Deutsch von Hans Jürgen Solbrig
Über Simenon. Zeugnisse und Essays von Patricia Highsmith bis Alfred Andersch. Mit einem Interview, Chronik und Bibliographie. Herausgegeben von Claudia Schmölders und Christian Strich. detebe 20499
Das Georges Simenon Lesebuch. Herausgegeben von Daniel Keel. detebe 20500
Betty / Die Tür. Zwei Romane in einem Sonderband. Deutsch von Raymond Regh und Linde Birk
Der Neger / Das blaue Zimmer. Zwei Romane in einem Sonderband. Deutsch von Linde Birk und Angela von Hagen
Maigret hat Angst / Maigret erlebt eine Niederlage. Zwei Romane in einem Sonderband. Deutsch von Elfriede Riegler
Maigret gerät in Wut / Maigret verteidigt sich. Zwei Romane in einem Sonderband. Deutsch von Wolfram Schäfer
Gesammelte Erzählungen. Deutsch von Wolfram Schäfer. Ein Diogenes Sonderband
Maigret-Geschichten. Erste Folge. Ein Diogenes Sonderband
Zum weißen Roß. Roman. Deutsch von Trude Fein
Der Tod des Auguste Mature. Roman. Deutsch von Anneliese Botond
Brief an meinen Richter. Roman. Deutsch von Hansjürgen Wille und Barbara Klau. detebe 20371
Der Schnee war schmutzig. Roman. Deutsch von Willi A. Koch. detebe 20372
Die grünen Fensterläden. Roman. Deutsch von Alfred Günther. detebe 20373
Im Falle eines Unfalls. Roman. Deutsch von Hansjürgen Wille und Barbara Klau. detebe 20374
Sonntag. Roman. Deutsch von Hansjürgen Wille und Barbara Klau. detebe 20375
Bellas Tod. Roman. Deutsch von Elisabeth Serelmann-Küchler. detebe 20376
Der Mann mit dem kleinen Hund. Roman. Deutsch von Stefanie Weiss. detebe 20377
Drei Zimmer in Manhattan. Roman Deutsch von Linde Birk. detebe 20378
Die Großmutter. Roman. Deutsch von Linde Birk. detebe 20379
Der kleine Mann von Archangelsk. Roman. Deutsch von Alfred Kuoni. detebe 20584
Der große Bob. Roman. Deutsch von Linde Birk. detebe 20585
Die Wahrheit über Bébé Donge. Roman. Deutsch von Renate Nickel. detebe 20586
Tropenkoller. Roman. Deutsch von Annerose Melter. detebe 20673
Ankunft Allerheiligen. Roman. Deutsch von Eugen Helmlé. detebe 20674
Der Präsident. Roman. Deutsch von Renate Nickel. detebe 20675
Der kleine Heilige. Roman. Deutsch von Trude Fein. detebe 20676

Der Outlaw. Roman. Deutsch von Liselotte Julius. detebe 20677
Die Glocken von Bicêtre. Roman. Deutsch von Hansjürgen Wille und Barbara Klau. detebe 20678
Der Verdächtige. Roman. Deutsch von Eugen Helmlé. detebe 20679
Die Verlobung des Monsieur Hire. Roman. Deutsch von Linde Birk. detebe 20681
Der Mörder. Roman. Deutsch von Lothar Baier. detebe 20682
Die Zeugen. Roman. Deutsch von Anneliese Botond. detebe 20683
Die Komplizen. Roman. Deutsch von Stefanie Weiss. detebe 20684
Die unbekannten im eigenen Haus. Roman. Deutsch von Gerda Scheffel. detebe 20685
Der Ausbrecher. Roman. Deutsch von Erika Tophoven. detebe 20686
Wellenschlag. Roman. Deutsch von Eugen Helmlé. detebe 20687
Der Mann aus London. Roman. Deutsch von Stefanie Weiss. detebe 20813
Die Überlebenden der Télémaque. Roman. Deutsch von Hainer Kober. detebe 20814
Der Mann, der den Zügen nachsah. Roman. Deutsch von Walter Schürenberg. detebe 20815
Maigrets erste Untersuchung. Roman. Deutsch von Roswitha Plancherel. detebe 20501
Maigret und Pietr der Lette. Roman. Deutsch von Wolfram Schäfer. detebe 20502
Maigret und die alte Dame. Roman. Deutsch von Renate Nickel. detebe 20503
Maigret und der Mann auf der Bank. Roman. Deutsch von Annerose Melter. detebe 20504
Maigret und der Minister. Roman. Deutsch von Annerose Melter. detebe 20505
Mein Freund Maigret. Roman. Deutsch von Annerose Melter. detebe 20506
Maigrets Memoiren. Roman. Deutsch von Roswitha Plancherel. detebe 20507
Maigret und die junge Tote. Roman. Deutsch von Raymond Regh. detebe 20508
Maigret amüsiert sich. Roman. Deutsch von Renate Nickel. detebe 20509
Hier irrt Maigret. Roman. Deutsch von Elfriede Riegler. detebe 20690
Maigret und der gelbe Hund. Roman. Deutsch von Raymond Regh. detebe 20691
Maigret vor dem Schwurgericht. Roman. Deutsch von Wolfram Schäfer. detebe 20692
Maigret als möblierter Herr. Roman. Deutsch von Wolfram Schäfer. detebe 20693
Madame Maigrets Freundin. Roman. Deutsch von Roswitha Plancherel. detebe 20713
Maigret kämpft um den Kopf eines Mannes. Roman. Deutsch von Roswitha Plancherel. detebe 20714
Maigret und die kopflose Leiche. Roman. Deutsch von Wolfram Schäfer. detebe 20715
Maigret und die widerspenstigen Zeugen. Roman. Deutsch von Wolfram Schäfer. detebe 20716
Maigret am Treffen der Neufundlandfahrer. Roman. Deutsch von Annerose Melter. detebe 20717
Maigret bei den Flammen. Roman. Deutsch von Claus Sprick. detebe 20718
Maigret und die Bohnenstange. Roman. Deutsch von Guy Montag. detebe 20808
Maigret und das Verbrechen in Holland. Roman. Deutsch von Renate Nickel. detebe 20809
Maigret und sein Toter. Roman. Deutsch von Elfriede Riegler. detebe 20810
Maigret beim Coroner. Roman. Deutsch von Wolfram Schäfer. detebe 20811
Maigret, Lognon und die Gangster. Roman. Deutsch von Wolfram Schäfer. detebe 20812
Maigret und der Gehängte von Saint-Pholien. Roman. Deutsch von Sibylle Powell. detebe 20816
Maigret und der verstorbene Monsieur Gallet. Roman. Deutsch von Roswitha Plancherel. detebe 20817
Maigret regt sich auf. Roman. Deutsch von Wolfram Schäfer. detebe 20820

● **Stendhal**

Denkwürdigkeiten über Napoleon. Fragmente. Deutsch von S. Adler. detebe 20966
Über die Liebe. Deutsch von Franz Hessel. detebe 20967
Armance. Roman. Deutsch von A. Elsaesser. detebe 20968
Rot und Schwarz. Roman. Deutsch von Rudolf Lewy. detebe 20969
Eine Geldheirat. Erzählungen. Deutsch von Arthur Schurig, Franz Hessel, Franz Blei und Otto von Gemmingen. detebe 20970
Die Äbtissin von Castro. Erzählungen. Deutsch von M. von Musil und Franz Blei. detebe 20971
Lucian Leuwen. Romanfragment. Deutsch von Joachim von der Goltz. detebe 20972
Leben des Henri Brulard. Autobiographie. Deutsch von Adolf Schirmer. detebe 20973
Die Kartause von Parma. Roman. Deutsch von Erwin Rieger. detebe 20974
Amiele. Romanfragment. Deutsch von Arthur Schurig. detebe 20975

Als Ergänzungsband liegt vor:
Über Stendhal. Essays und Zeugnisse. Mit Chronik und Bibliographie. Herausgegeben von Irene Riesen. detebe 20976

● **Roland Topor**
Memoiren eines alten Arschlochs. Roman. Deutsch von Eugen Helmlé. detebe 20775
Der Mieter. Roman. Deutsch von Wolfram Schäfer. detebe 20358

● **Jules Verne**
Die Hauptwerke, ungekürzt, originalgetreu, mit allen Stichen der französischen Erstausgabe. Bisher liegen vor:
Reise um die Erde in achtzig Tagen. Roman. Aus dem Französischen von Erich Fivian. detebe 20126
Fünf Wochen im Ballon. Roman. Deutsch von Felix Gasbarra. detebe 20241
Von der Erde zum Mond. Roman. Deutsch von William Matheson. detebe 20242
Reise um den Mond. Roman. Deutsch von Ute Haffmans. detebe 20243
Zwanzigtausend Meilen unter Meer. Roman in zwei Bänden. Deutsch von Peter Laneus und Peter G. Hubler. detebe 20244 + 20245
Reise zum Mittelpunkt der Erde. Roman. Deutsch von Hansjürgen Wille und Barbara Klau. detebe 20246
Der Kurier des Zaren. Roman in zwei Bänden. Deutsch von Karl Wittlinger. detebe 20401 + 20402
Die fünfhundert Millionen der Begum. Roman. Deutsch von Erich Fivian. detebe 20403
Die Kinder des Kapitäns Grant. Roman in zwei Bänden. Deutsch von Walter Gerull. detebe 20404 + 20405
Die Erfindung des Verderbens. Roman. Deutsch von Karl Wittlinger. detebe 20406
Die Leiden eines Chinesen in China. Roman. Deutsch von Erich Fivian. detebe 20407
Das Karpathenschloß. Roman. Deutsch von Hansjürgen Wille und Barbara Klau. detebe 20408
Die Gestrandeten. Roman in zwei Bänden. Deutsch von Karl Wittlinger. detebe 20409 + 20410
Der ewige Adam. Erzählungen. Deutsch von Erich Fivian. detebe 20411
Robur der Eroberer. Roman. Deutsch von Peter Laneus. detebe 20412
Zwei Jahre Ferien. Ein Abenteuerroman. Deutsch von Erika Gebühr. Mit 91 Illustrationen von Benett und einer Karte. detebe 20440
Das erstaunliche Abenteuer der Expedition Barsac. Roman. Deutsch von Eva Rechel-Mertens. Mit 54 Illustrationen von G. Roux. Ein Diogenes Sonderband
Die großen Seefahrer und Entdecker. Eine Geschichte der Entdeckung der Erde im 18. und 19. Jahrhundert. Auswahl und Redaktion von Claudia Schmölders. Mit Illustrationen von Philippoteaux und Benett sowie 125 Karten und Faksimiles (nach alten Dokumenten) von Matthis und Morieu. Register. Ein Diogenes Sonderband

● **Ambroise Vollard**
Erinnerungen eines Kunsthändlers. Deutsch von Margaretha Freifrau von Reischach-Scheffel. Reproduktionen von 29 Bildern, 22 Zeichnungen, 10 Fotos und 15 Dokumenten. kunst-detebe 26022

● **Das Diogenes Lesebuch französischer Erzähler**
Von Stendhal bis Simenon. Herausgegeben von Anne Schmucke und Gerda Lheureux. detebe 20304

● **Liebesgeschichten aus Frankreich**
Von Sade bis Simenon. Herausgegeben von Anne Schmucke und Gerda Lheureux. Ein Diogenes Sonderband

Klassiker
im Diogenes Verlag

● **Angelus Silesius**
Der cherubinische Wandersmann
Auswahl und Einleitung von Erich Brock. detebe 20644

● **Aristophanes**
Lysistrate
Mit den Illustrationen von Aubrey Beardsley. kunst-detebe 26028

● **Honoré de Balzac**
Die großen Romane
in 10 Bänden. Deutsch von Emil A. Rheinhardt, Otto Flake, Franz Hessel, Paul Zech u.a. detebe 20901–20910

● **Charles Baudelaire**
Die Tänzerin Fanfarlo und Der Spleen von Paris
Sämtliche Prosadichtungen. Deutsch von Walther Küchler. detebe 20387

● **James Boswell**
Dr. Samuel Johnson
Eine Biographie. Deutsch von Fritz Güttinger. detebe 20786

● **Ulrich Bräker**
Leben und Schriften
in 2 Bänden. Herausgegeben von Samuel Voellmy und Heinz Weder. detebe 20581–20582

● **Wilhelm Busch**
Studienausgabe
in 7 Bänden. Herausgegeben von Friedrich Bohne. detebe 20107–20113

● **Anton Čechov**
Das erzählende Werk
In der Neuedition von Peter Urban. detebe 20261–20270

Das dramatische Werk
In der Neuedition und -übersetzung von Peter Urban. detebe.

Briefe – Chronik
Übersetzt und herausgegeben von Peter Urban

● **Das Diogenes Lesebuch klassischer deutscher Erzähler**
Band I:
Geschichten von Wieland bis Kleist.

Band II:
Geschichten von Eichendorff bis zu den Brüdern Grimm.

Band III:
Geschichten von Mörike bis Busch.

Alle drei Bände herausgegeben von Christian Strich und Fritz Eicken. detebe 20727, 20728, 20669

● **Meister Eckehart**
Deutsche Predigten und Traktate
Herausgegeben von Josef Quint. detebe 20642

● **Gustave Flaubert**
Werke – Briefe – Materialien
in 8 Bänden. Jeder Band mit einem Anhang zeitgenössischer Rezensionen. detebe.

Jugendwerke
Erste Erzählungen. Herausgegeben und übersetzt von Traugott König

● **Franz von Assisi**
Die Werke
Edition und Übersetzung von Wolfram von den Steinen. detebe 20641

● **Iwan Gontscharow**
Ein Monat Mai in Petersburg
Ausgewählte Erzählungen. Deutsch von Johannes von Guenther und Erich Müller-Kamp. detebe 20625

● **Jeremias Gotthelf**
Ausgewählte Werke
in 12 Bänden. Herausgegeben von Walter Muschg. detebe 20561–20572

- **Heinrich Heine**
Gedichte
Ausgewählt, eingeleitet und kommentiert von Ludwig Marcuse. detebe 20383

- **Homer**
Ilias und *Odyssee*
Übersetzung von Heinrich Voss. Edition von Peter Von der Mühll.
detebe 20778–20779

- **Joris-Karl Huysmanns**
Gegen den Strich
Roman. Deutsch von Hans Jacob. Einführung von Robert Baldick. Essay von Paul Valéry. detebe 20921

- **Gottfried Keller**
Zürcher Ausgabe
in 8 Bänden. Edition von Gustav Steiner.
detebe 20521–20528

- **Herman Melville**
Moby-Dick
Roman. Deutsch von Thesi Mutzenbecher und Ernst Schnabel. detebe 20385

Billy Budd
Erzählung. Deutsch von Richard Moering.
detebe 20787

- **Molière**
Komödien
Neuübersetzung von Hans Weigel.
detebe.

- **Thomas Morus**
Utopia
Deutsch von Alfred Hartmann.
detebe 20420

- **Edgar Allan Poe**
Der Untergang des Hauses Usher
Ausgewählte Erzählungen und sämtliche Detektivgeschichten. Deutsch von Gisela Etzel. detebe 20233

- **Arthur Schopenhauer**
Zürcher Ausgabe
in 10 Bänden nach der historisch-kritischen Ausgabe von Arthur Hübscher. Editorische Materialien von Angelika Hübscher.
detebe 20421–20430

- **William Shakespeare**
Dramatische Werke
in 10 Bänden. Übersetzung von Schlegel/ Tieck. Edition von Hans Matter. Illustrationen von Heinrich Füßli.
detebe 20631–20640

- **Stendhal**
Werke
in 10 Bänden. Deutsch von Franz Hessel, Franz Blei, Arthur Schurig u.a.
detebe 20966–20975

- **R. L. Stevenson**
Werke
in 12 Bänden. Edition und Übersetzung von Curt und Marguerite Thesing.
detebe 20701–20712

- **Teresa von Avila**
Die innere Burg
Edition und Übersetzung von Fritz Vogelgsang. detebe 20643

- **Das Neue Testament**
in 4 Sprachen: Lateinisch, Griechisch, Deutsch und Englisch. detebe 20925

- **Henri David Thoreau**
Walden
oder Leben in den Wäldern
Deutsch von Emma Emmerich und Tatjana Fischer. detebe 20019

Über die Pflicht zum Ungehorsam gegen den Staat
Ausgewählte Essays. Deutsch von Walter E. Richartz. detebe 20063

- **Mark Twain**
Die Million-Pfund-Note
Skizzen und Erzählungen. Deutsch von N. O. Scarpi u.a. detebe 20918

Menschenfresserei in der Eisenbahn
Skizzen und Erzählungen. Deutsch von Marie-Louise Bischof und Ruth Binde.
detebe 20919

● **Jules Verne**
Die Hauptwerke
ungekürzt, originalgetreu, mit allen Stichen der französischen Erstausgabe. Bisher liegen 20 Bände vor. detebe.

● **Oscar Wilde**
Der Sozialismus und die Seele des Menschen
Ein Essay. Deutsch von Gustav Landauer und Hedwig Lachmann. detebe 20003

Die Sphinx ohne Geheimnis
Sämtliche Erzählungen. Zeichnungen von Aubrey Beardsley. Herausgegeben und mit einem Nachwort von Gerd Haffmans.
detebe 20922

Die großen Unbequemen in Wort und Bild bei Diogenes

- **Henry David Thoreau**
Walden oder Leben in den Wäldern
Deutsch von Emma Emmerich und Tatjana Fischer. Vorwort von W. E. Richartz. detebe 20019

Über die Pflicht zum Ungehorsam gegen den Staat
Ausgewählte Essays. Herausgegeben, übersetzt und mit einem Nachwort von W. E. Richartz. detebe 20063

- **Oscar Wilde**
Der Sozialismus und die Seele des Menschen
Ein Essay. Deutsch von Gustav Landauer und Hedwig Lachmann. detebe 20003

- **D. H. Lawrence**
Pornographie und Obszönität
und andere Essays über Liebe, Sex und Emanzipation. Deutsch von Elisabeth Schnack. detebe 20011

- **Liam O'Flaherty**
Ich ging nach Rußland
Ein politischer Reisebericht. Deutsch von Heinrich Hauser. detebe 20016

- **Arthur Schopenhauer**
Zürcher Ausgabe
Studienausgabe der Werke in zehn Bänden nach der historisch-kritischen Edition von Arthur Hübscher. detebe 20421–20430

- **Fritz Mauthner**
Wörterbuch der Philosophie
in zwei Bänden. detebe 20780

- **Albert Einstein & Sigmund Freud**
Warum Krieg?
Ein Briefwechsel. Mit einem Essay von Isaac Asimov. detebe 20028

- **Das Karl Kraus Lesebuch**
Ein Querschnitt durch die Fackel
Herausgegeben und mit einem Essay von Hans Wollschläger. detebe 20781

- **Ludwig Marcuse**
Philosophie des Glücks
von Hiob bis Freud. detebe 20021
Argumente und Rezepte
Ein Wörterbuch für Zeitgenossen. detebe 20064

Essays, Porträts, Polemiken
Gesammelt, ausgewählt und vorgestellt von Harald von Hofe

Briefe von und an Ludwig Marcuse
Herausgegeben und eingeleitet von Harald von Hofe

- **George Orwell**
Farm der Tiere
Eine Fabel. Deutsch von N. O. Scarpi. detebe 20118

Im Innern des Wals
Ausgewählte Essays I. Deutsch von Felix Gasbarra. detebe 20213

Rache ist sauer
Ausgewählte Essays II. Deutsch von Felix Gasbarra. detebe 20250

Mein Katalonien
Bericht über den Spanischen Bürgerkrieg. Deutsch von Wolfgang Rieger. detebe 20214

Erledigt in Paris und London
Sozialreportage. Deutsch von Alexander Schmitz. detebe 20533

Das George Orwell Lesebuch
Herausgegeben und mit einem Nachwort von Fritz Senn. Deutsch von Tina Richter. detebe 20788

● **Gustave Flaubert**
Briefe
Ausgewählt, kommentiert und aus dem Französischen übersetzt von Helmut Scheffel. detebe 20386

● **Andrej Sacharow**
Wie ich mir die Zukunft vorstelle
Memorandum über Fortschritt, friedliche Koexistenz und geistige Freiheit. Aus dem Russischen von E. Guttenberger. Mit einem Nachwort von Max Frisch. detebe 20116

● **Alexander Sinowjew**
Gähnende Höhen
Deutsch von G. von Halle und Eberhard Storeck

Lichte Zukunft
Deutsch von Franziska Funke und Eberhard Storeck. Mit einer Beilage ›Über Alexander Sinowjew‹ von Jutta Scherrer

Ohne Illusionen
Interviews, Vorträge, Aufsätze. Deutsch von Alexander Rothstein

Kommunismus als Realität
Deutsch von Katharina Häußler

● **Alfred Andersch**
Öffentlicher Brief an einen sowjetischen Schriftsteller, das Überholte betreffend
Reportagen und Aufsätze. detebe 20398

Die Blindheit des Kunstwerks
Literarische Essays und Aufsätze.
detebe 20593

Ein neuer Scheiterhaufen für alte Ketzer
Kritiken und Rezensionen. detebe 20594

Das Alfred Andersch Lesebuch
Herausgegeben von Gerd Haffmans.
detebe 20695

● **Friedrich Dürrenmatt**
Theater
Essays, Gedichte und Reden. detebe 20855

Kritik
Kritiken und Zeichnungen. detebe 20856

Literatur und Kunst
Essays, Gedichte und Reden. detebe 20857

Philosophie und Naturwissenschaft
Essays, Gedichte und Reden. detebe 20858

Politik
Essays, Gedichte und Reden. detebe 20859

Zusammenhänge/Nachgedanken
Essay über Israel. detebe 20860

● **Hans Wollschläger**
Die Gegenwart einer Illusion
Reden gegen ein Monstrum. detebe 20576

Die bewaffneten Wallfahrten gen Jerusalem
Geschichte der Kreuzzüge. detebe 20082

● **Urs Widmer**
Das Normale und die Sehnsucht
Essays und Geschichten. detebe 20057

Vom Fenster meines Hauses aus
Prosa

Das Urs Widmer Lesebuch
Herausgegeben von Thomas Bodmer, Vorwort von H. C. Artmann, Nachwort von Hanns Grössel. detebe 20783

● **Francisco Goya**
Caprichos
Mit einem Vorwort von Urs Widmer.
kunst-detebe 26003

Desastres de la Guerra
Mit einem Vorwort von Konrad Farner.
kunst-detebe 26014

● **Honoré Daumier**
Mesdames / Messieurs
Herausgegeben von Anton Friedrich.
kunst-detebe 26015 und 26016

● **Wilhelm Busch**
Schöne Studienausgabe in 7 Bänden
Gedichte – Max und Moritz – Die fromme Helene – Tobias Knopp – Hans Huckebein / Fipps der Affe / Plisch und Plum – Balduin Bählamm / Maler Klecksel – Prosa.
detebe 20107–20113

- **José Guadalupe Posada**
Auswahl von Anton Friedrich, mit einem Vorwort von Hugo Loetscher.
kunst-detebe 26007

- **Friedrich Karl Waechter**
Wahrscheinlich guckt wieder kein Schwein
Die besten aus den »100 besten von Professor Göttlich«

- **Tomi Ungerer**
politrics
Die politischen Zeichnungen, Plakate und Cartoons, gesammelt von Anton Friedrich.
kunst-detebe 26010

Babylon
The Book To End All Books